No es mío

Susi Fox

No es mío

Traducción de
María del Mar López Gil

Papel certificado por el Forest Stewardship Council®

Título original: *Mine*
Primera edición: septiembre de 2018

Printed in Spain – Impreso en España

ISBN: 978-84-9129-235-7
Depósito legal: B-10908-2018

Impreso en Rodesa
Villatuerta (Navarra)

S L 9 2 3 5 7

Penguin
Random House
Grupo Editorial

A aquellos que entienden

«Más allá del concepto del bien y del mal hay un campo.
Nos vemos allí».

RUMI

Antes

Pensaba que me encantaría ser madre.

Me equivocaba.

No me gusta nada; ni por asomo. Sé que se me da mal. Mi vida, tal y como la entiendo, terminó el día en que di a luz. Ser madre es lo más duro que he tenido que hacer hasta la fecha.

Todo esto ha sido un tremendo error.

No quiero seguir con esto.

No puedo seguir con esto.

Enmendaré lo que he hecho. Haré que todo vuelva a ir bien..., por ti y por mí.

Y, por favor, te lo suplico: perdóname por lo que estoy a punto de hacer.

Día 1
Sábado al amanecer

Un fino haz de luz proyecta una veta amarilla en el suelo, junto a la cama. Tengo la cabeza totalmente embotada, la lengua como una lija en la boca. Bajo la apretada sábana las piernas se me han dormido. Empujo los pies contra el algodón para intentar liberarlas.

Cuesta inhalar el aire, denso y caliente. La ventana de la derecha se halla fuera de mi alcance. Las cortinas de rayas están echadas; entre los pliegues únicamente se atisba un pálido resquicio de cielo salpicado de copas de árboles. Al lado de la cama hay un monitor emitiendo pitidos y destellos rojos intermitentes. Las barras de seguridad metálicas están subidas a ambos lados del colchón, desde los pies al torso. Un camisón de hospital blanco me cubre el pecho.

¿Cómo es que Mark no está aquí, a mi lado? Me incorporo sobre un codo y echo un vistazo a la habitación. Vacía. No hay ningún asiento. Tampoco una cuna.

Una cuna. La realidad me golpea. «El bebé».

Aparto la sábana y me remango el camisón hasta el cuello. Una gruesa venda me cubre el hueso púbico. Tengo el vientre menos protuberante que antes, y blando. Estoy vacía.

Me recuesto sobre el colchón inspirando. Percibo un retazo de recuerdo de los instantes anteriores a la sedación: una mascarilla sobre mi cara, la presión de esta contra las mejillas, el olor mohoso del plástico. La mirada penetrante del anestesista. A Mark, con la vista clavada en mí, parpadeando a cámara lenta. A continuación frío, punzante como una ortiga, en el dorso de la mano.

Acerco los dedos a los ojos. Enfoco la mirada. Un líquido transparente gotea por un tubo en mi vena. Tiro del plástico, fuertemente pegado a mi piel con esparadrapo.

Hay un timbre sobre la mesilla de noche. Alargo el brazo bruscamente por encima de la barra y con las prisas tiro un vaso de agua al suelo. El líquido forma un charco en la moqueta apelmazada y a continuación comienza a calar, creando una mancha dentada. Agarro el cable del timbre y consigo colocarlo sobre mi regazo. Lo aprieto con ambos pulgares y escucho un sonoro timbrazo que resuena en el pasillo, fuera de la habitación. El chirrido de un carrito de metal. El gemido de un bebé procedente de una habitación cercana.

Pero nadie acude.

Pulso el timbre sin cesar y oigo el eco del timbrazo más allá de la puerta. Y, aun así, nadie responde.

Una luz roja parpadea en el timbre; súbitamente, el color me resulta demasiado familiar. Sangre. ¿Sangré anoche? ¿Por qué no puedo acordarme? Ahora siento algo mucho peor. ¿Dónde está mi bebé?

—¿Hola? —exclamo en dirección al pasillo—. ¿Hay alguien ahí?

Trato de serenar mi respiración y observo atentamente a mi alrededor. Todo me produce una sensación de desasosiego. Hay un hilo de telaraña que pende de lo alto del techo, una fina grieta en la escayola que cubre el rodapié junto a la puerta, una mancha marrón desvaída en la sábana de la cama. No debería estar aquí. Este no es el Royal, con sus acogedoras *suites* de maternidad y habitaciones limpias y diáfanas. Allí las matronas son atentas y cariñosas. Suena una envolvente música relajante en todos los pasillos. Se suponía que yo iba a dar a luz a nuestra niña en el Royal.

Este..., este es el hospital que hay calle abajo, el que tiene esa «reputación». El que insistí en evitar en esta ciudad, lo bastante grande como para poder elegir, lo bastante pequeña como para conocer personalmente a todos los tocólogos. Como patóloga de la localidad, soy la encargada de redactar los informes de las autopsias de los bebés que no salen adelante. He visto cómo trabaja cada uno de los especialistas. Sé mejor que nadie la cantidad de cosas que pueden salir mal.

Me dan náuseas. «Eso» no le ha ocurrido a mi bebé. No después de todo. Es imposible. No puede ser.

La puerta se abre; la silueta de una mujer corpulenta se perfila contra las luces del pasillo.

—Ayuda. Por favor —digo.

—Oh, para eso estoy aquí.

La figura avanza bajo los focos empotrados en el techo: una matrona con un delantal azul marino. La placa identificativa que lleva prendida a la cintura reza: «Ursula».

—Discúlpeme. Hemos estado muy ocupadas —dice. Deja caer un puñado de carpetas a los pies de mi cama, coge la de arriba y la escudriña con las gafas que lleva colgadas de una fina cadena al cuello—. Saskia Martin.

—Esa no soy yo. —Se me estremece el corazón—. ¿Dónde está mi bebé?

Ursula me examina por encima de las gafas, deja caer la carpeta encima de la cama y coge la siguiente.

—Ah. ¿Es Sasha Moloney?

Asiento aliviada.

—Entonces es la del desprendimiento prematuro de placenta.

Ante mis ojos se forma la imagen de unas masas granates sobre el asfalto, humeantes. El hedor metálico de los coágulos, del sangrado de detrás de la placenta, desprendiendo a mi bebé del interior de mi útero antes de tiempo. Entonces, la hemorragia fue real, no mero fruto de mi imaginación.

—Cielo santo. Ha perdido mucha sangre.

No pregunto qué cantidad.

—Mi bebé. Por favor, dígame...

Echa un vistazo al informe.

—Tiene treinta y siete años.

—Sí.

—Y es primeriza.

—Efectivamente.

En ese momento se oyen llantos de bebés al unísono procedentes del pasillo. Finalmente, Ursula levanta la cabeza del informe.

—Le han practicado una cesárea de urgencia a las treinta y cinco semanas. Han trasladado al niño al nido. Felicidades.

«¿Un niño?». Inhalo bruscamente.

—Creía que iba a tener una niña.

Ursula ojea el informe y pega el índice a la hoja.

—Un varón, sin ninguna duda —dice.

Tardo unos instantes en asimilarlo. No es una niña; es un niño. Me pilla totalmente por sorpresa. Pero cabe la posibilidad de que la ecografía —y mi instinto maternal— haya fallado.

—¿Está segura?

—Desde luego. Aquí dice «niño». —Se le tensa la mandíbula—. Oh —mascula—. Eh...

«Oh, no. Lo que sea, el sexo es lo de menos con tal de que se encuentre bien. Por favor, por favor, que se encuentre bien...».

Ursula revuelve las hojas y, a continuación, me examina de nuevo a través de la mitad inferior de sus lentes bifocales.

—Parece que se encuentra bien. Cuesta leer los partes hoy en día. Hay muchísimos bebés. Y muchísimas madres que atender. Le dejaremos verlo en cuanto podamos.

Siento un tremendo alivio. Mi bebé está vivo. Soy madre. Y el niño que acabo de dar a luz se encuentra en algún lugar de este hospital. El corazón sigue aporreándome las costillas como un tambor.

—¿Puedo verlo ahora, por favor?

—Con suerte no tardará en verlo. Estamos desbordados. —Suelta un suspiro teatral—. Estoy segura de que se hace cargo. —Revisa el informe de nuevo—. Es médica, ¿no?

No estoy segura, pero parece que está jugando a una especie de juego perverso. Tal vez simplemente esté desbordada. He oído los comentarios sobre este lugar: objeto de constantes recortes presupuestarios, continua falta de personal, médicos y enfermeras saturados de trabajo.

Asiento.

—Bueno, soy patóloga... ¿Al menos puede decirme cómo se encuentra?

Ursula desliza un dedo de nuevo por la hoja.

—No queda demasiado claro en estas notas. —Cierra la carpeta.

Hago un ovillo con la sábana bajo las palmas de mis manos.

—Necesito verlo. Necesito verlo ya.

—Entiendo —dice Ursula, al tiempo que deja la carpeta encima de la mesilla de noche—. Cómo no. Volveré con una silla de ruedas en cuanto me sea posible.

—Mark me llevará. Mi marido. ¿Dónde está?

—Debe de estar con el bebé. Seguro que lo verá cuando la llevemos arriba. —Coge mi móvil del cajón de arriba de la mesilla de noche y me lo tiende—. Puede llamarlo. Decirle que venga al mostrador a por una silla de ruedas.

Un timbre chirría en una habitación cercana. Ursula frunce el ceño y sale al pasillo.

Busco el número de Mark y me pego el teléfono con fuerza al oído. Suena hasta que se corta la llamada. Vuelvo a marcar. Esta vez dejo un mensaje con una voz que apenas reconozco, suplicándole que venga a por mí enseguida para llevarme arriba. Le digo que lo necesito. Que necesito comprobar el estado del bebé.

Llevo años trabajando en hospitales. Conozco el sistema, las deficiencias y los puntos flacos. En teoría debería encontrarme más a gusto aquí. Pero ser paciente es distinto a ser médico. Ahora soy la examinada en vez de la que examina; soy la que someten a análisis, reconocimiento, valoración. Detecto la incompetencia a la legua. Y, para colmo, me consta lo fácil que resulta cometer errores.

Las enfermeras intercambian risitas en el pasillo. Los llantos amortiguados de los recién nacidos se dejan sentir en el ambiente. Me da la impresión de que el útero se me contrae en las entrañas. A medida que se mitiga el hormigueo comienzo a sentir las piernas. Mis músculos se aflojan con el último calmante y tomo una bocanada de aire pegajoso y caliente, haciendo acopio de fuerzas para aguantar, para permanecer consciente, no hay tiempo para dormir, pero la habitación se inclina y el remolino me hace girar mientras las paredes chocan las unas contra las otras y la habitación se funde en negro.

Día 1
Sábado a la hora del desayuno

Me despierta el repiqueteo de una bandeja. En la habitación flota un olor correoso a azufre con un poso de lejía. Abro los ojos despacio. Huevos revueltos de un amarillo pálido sobre una rebanada de pan blanco pastoso. Guarnición de beicon de olor acre, con los bordes churruscados. Hay una mujer de pie a mi lado. Su nombre aletea en mi mente: «Ursula».

A continuación: «El bebé. El niño».

Se me entumece el cuerpo al recordar que ya soy madre; que estoy sola. Igual que mi hijo. ¿Y dónde está Mark?

—Por favor... ¿Se encuentra bien mi bebé?

No debería haberme quedado dormida bajo ningún concepto. Es mi primer fracaso como madre. Mejor dicho: el segundo. Mi primer fracaso fue la incapacidad de mantenerlo dentro de mí cuarenta semanas.

—He ido al nido mientras dormía. Se encuentra estable. Pero es pequeño. Seguramente no le extrañará. —Señala hacia mi pecho; todavía no me ha subido la leche—. Lo que ahora mismo necesita es calostro.

«Calostro». La primera leche. Está llena de anticuerpos, grasa, todos los nutrientes básicos. Quiero proporcionársela cuanto antes.

—Después de eso, ¿puedo verlo? —Cuando lo vea, sabré cómo está. Y también cómo estoy yo.

—Las cosas han vuelto a la normalidad en el ala. Seguro que se puede realizar una visita. Podrá ver a su marido en el nido.

Mark. Seguro que me tranquilizará, que me ayudará a olvidar las imágenes de bebés prematuros fallecidos que me vienen a la cabeza, los que he diseccionado en autopsias a lo largo de los años.

—Mi bebé saldrá adelante, ¿verdad? —Recuerdo su edad gestacional—. O sea, treinta y cinco semanas está bien, ¿verdad?

Ursula me levanta el camisón.

—Seguro que saldrá adelante. —Coloca el pulgar y el índice en sendos lados de mi pezón, primero lo aplasta contra mi pared torácica y luego lo estruja como si estuviera exprimiendo un limón. Hago una mueca de dolor, pero no me quejo.

—¿Entiende que tenemos que estimular las mamas para que fluya la leche? ¿Sabe que los sacaleches no surten efecto aún?

Asiento.

—Bien. —Ursula aprieta con más fuerza—. ¿Han decidido cómo se va a llamar?

El bebé de la ecografía era de nariz respingona, labios carnosos y barbilla chata. Yo me sentí pletórica al saber que íbamos a tener una niña. Al fin y al cabo, había conservado mis muñecas de la infancia, mis colecciones de *Ana de las Tejas Verdes* y *Torres de Malory* en una caja debajo de nuestra cama para nuestra futura hija. Mark también se alegró bastante, a pesar de que yo sabía que, en el fondo, deseaba un varón. Ahora que tenemos un niño estará eufórico.

—Habíamos elegido el nombre de Gabrielle para una niña —respondo—. Así que supongo que le pondremos Gabriel.

Ursula enarca las cejas.

—Ahora pruebe usted. —Desenreda mi brazo de la vía intravenosa que cuelga del gotero. Seguidamente bombeo la mama, presionando con los dedos contra las costillas, apretando como me ha indicado, estrujando el pezón con todas mis fuerzas hasta que se pone como una fresa cárdena. No sale nada, ni siquiera cuando se me entumece la mano de un calambre.

—Déjeme —dice Ursula.

Siempre me ha fascinado el tejido mamario al microscopio; esos filamentos ramificados, como un árbol creciendo en el interior. En las mujeres lactantes, los filamentos están llenos de bolsitas de leche con una pigmentación salmón. Yo daba por sentado que mis conductos mamarios se llenarían de manera natural. En ningún momento me planteé la necesidad de extraer la leche empleando la fuerza bruta.

Ursula retuerce y estruja mis pechos, intentando extraer una mínima gota. Yo me concentro en el llanto de los bebés que resuena a través de las paredes, de la puerta abierta, en cada milímetro de esta habitación hasta que, finalmente, asoma una gota amarillenta con un brillo perlado a la punta de mi pezón.

—Él va a necesitar esto —señala Ursula, al tiempo que la absorbe con una jeringa—. Bien hecho.

No estoy segura de si está hablando conmigo o para sus adentros. El pecho me da punzadas. Muevo los dedos de los pies contra la fría sábana y a continuación deslizo los dedos tanteando los lados de mis muslos hasta mi flácido vientre. Noto una extraña ligereza en mis piernas, una soltura de movimiento que he echado en falta estos últimos meses. Tengo, sin embargo, una sensación de vacío en la barriga después de las incesantes patadas.

—¿Puedo ir ya al nido?

—Cada cosa a su tiempo. Volveré en cuanto le administre esto al bebé.

—¿No sabe dónde está Mark?

Sin dejar de bombearme el pecho, Ursula alza la barbilla en dirección a un jarrón que hay en la repisa frente a la cama.

—Las ha mandado él. Dijo que no la despertáramos. Está arriba con el niño.

Doce rosas de un rojo intenso. En la floristería se habrán confundido de color. Mark sabe que mis favoritas son las blancas. Al apoyar la cabeza contra la funda de algodón de la almohada me da un escalofrío en la nuca.

Ursula sostiene la jeringa en dirección al techo crema descascarillado y examina el contenido de color amarillento.

—Creo que con esto basta de momento. Tienen el estómago del tamaño de una canica, ¿sabe? Y en unas dos o tres horas necesitaremos más. —Vuelve a colocar en su sitio la barra del lado de la cama con un chasquido y sale de la habitación.

Oh, Dios, no. Se supone que la lactancia materna no es así. Me quedo mirando los desconchones de pintura del techo. Nada de esto formaba parte de mi plan de dar a luz. En teoría iba a tener un tranquilo parto vaginal, con Mark a mi lado masajeándome los hombros, susurrándome palabras de ánimo al oído. Con epidural en caso necesario. Una niña sana.

Se suponía que todo me iba a ir bien, después de todo lo que me había ido mal antes. Había escrito mi plan de parto con todo lujo de detalles durante mi plácido embarazo con estimulación hormonal. Quizá ese ha sido el problema: no debería haber escrito absolutamente nada.

Las barras de la cama son barrotes carcelarios que me aprisionan contra el estrecho colchón. Tengo que esperar a que Ursula venga a por mí y me lleve con mi hijo.

Día 1
Sábado a media mañana

Voy agarrada con fuerza a los reposabrazos de la silla de ruedas mientras pasamos junto al mostrador de enfermería que hay justo enfrente de mi habitación. ¿Por qué han tardado tanto en responder a mis llamadas? Ursula me empuja por interminables pasillos con pasamanos metálicos fijados a paredes rosa claro. Los tubos fluorescentes parpadean en hileras continuas por encima. De las habitaciones adyacentes emana el olor a desinfectante, mezclado con tenues murmullos. Los pasos del personal golpetean el suelo laminado de formica. ¿Es porque voy en una silla de ruedas por lo que las personas con las que nos cruzamos parece que apartan la vista? Doblamos, torcemos, pasillo tras pasillo; me siento como si me estuvieran conduciendo al centro de la Tierra.

La silla se detiene ruidosamente delante de un ascensor y las puertas chirrían al abrirse. Dentro, Ursula hunde el pulgar en el botón del cinco. A juzgar por el intenso olor a antiséptico que despide el ascensor, lo han limpiado recientemente. Mi cara se refleja en los espejos desde todos los ángulos: el pelo rubio desgreñado y los ojos inyectados en sangre asoman de la manta blanca de hospital que me cubre los hombros; las imágenes de mi cara moteada se repiten hasta la saciedad. Siento un hormigueo en los dedos, apoyados sobre los reposabrazos. El aire continúa cargado. Mi pecho comienza a agitarse y jadeo. ¿Es esta la sensación del pánico?

El ascensor se para. Mientras me saca, el hueco del interior del ascensor me recuerda a un útero retrayéndose. Avanzamos por el pasillo y veo un helecho de plástico junto a una fila de asientos, un tablón de corcho con fotos de bebés risueños enfrente. Llegamos a una pequeña antesala. Se dejan sentir tenues gimoteos de bebés. Hay un lavabo alargado de metal brillante encastrado en una pared sobre el que cuelgan numerosos grifos sin mando. Al lado del lavabo de la antesala hay una puerta de cristal esmerilado donde se anuncia con gruesas letras negras: «Unidad de Cuidados Intensivos Neonatal. Lávese las manos antes de entrar».

—Que no se le olvide —dice Ursula—. Las infecciones pueden propagarse con rapidez. Hemos tenido problemas cuando la gente no se lava las manos.

Al poner los dedos bajo el grifo automático, cae un chorro de agua. Me unto las palmas de las manos con jabón líquido morado y me froto con un cepillo de uñas las motas de sangre impregnadas en las cutículas de los dedos hasta dejar mi piel sin mácula. Lo hago a conciencia. Sé mejor que nadie el peligro que entrañan las infecciones.

La puerta corredera se abre con un sonido estridente para dar paso a la cacofonía del interior. Los pitidos de monitores, los llantos de bebés y las alarmas de apneas reverberan en las impolutas paredes blancas. Percibo un súbito olor a ropa blanca almidonada. El matiz dulzón de las heces de los recién nacidos. El olor de los guantes de látex. Todo me resulta muy familiar, de la época de mis turnos como médica residente en un nido en la gran ciudad, cuando no tenía ni idea de cómo introducir agujas en las diminutas venas de los bebés ni de cómo insertarles sondas en sus minúsculos pulmones. Era la época en que no tenía experiencia y no sabía lo grave que podía llegar a ponerse un bebé.

Ursula me conduce a una sala de techos bajos. Mark debe de estar aquí. Mi bebé también. Se me hace un nudo en el estómago.

A la derecha del nido, con forma de L, las incubadoras —cámaras de plástico iluminadas con luces blancas, cada una de ellas con un bebé en miniatura— están ensartadas de cables y monitores conectados a pantallas parpadeantes en las mesas anexas como una rocambolesca decoración navideña. Dos filas de incubadoras, con unas cinco a cada lado, se extienden en un largo pasillo. La pequeña ventana de la pared del fondo es la única fuente de luz natural. Las cunas, para los bebés de mayor peso y menos graves, se apiñan a la izquierda cerca del área de enfermería, en el brazo más pequeño de la planta. Al haber dos alas separadas, imagino que al personal le resultará difícil vigilar a todos los bebés al mismo tiempo. Solo espero que estén cuidando bien de mi hijo.

Un grupo de enfermeras me escudriña desde el mostrador que hay al lado de la puerta mientras Ursula me empuja en la silla de ruedas en dirección al pasillo de incubadoras de la derecha. Aquí las enfermeras, muy ajetreadas, muestran indiferencia, casi hostilidad; lo percibo en sus miradas inquisitivas y en sus labios apretados. Otra madre que les está dando más que hacer. Otra madre que le ha fallado a su bebé.

En cuanto al edificio, está deteriorado, anticuado, un pelín sucio. Parece obsoleto comparado con el moderno hospital de la ciudad donde trabajé de residente; donde conocí a Damien, el bebé al que llevo años intentando olvidar. En ese se respiraba un ambiente completamente distinto, en toda la institución se palpaba serenidad, modernidad y eficiencia.

Ursula señala hacia el final de la fila.

—Su bebé está por aquí. Voy llamar a un médico para que venga a ponerla al corriente de su estado en breve.

¿Acaso le incomoda ponerme al tanto ella misma porque sabe que soy médica?

—¿Y Mark?

—Creo que acaba de marcharse. Seguro que volverá de un momento a otro.

¿Dónde habrá ido? ¿Abajo a verme?

—Tengo entendido que trabajó en un nido, ¿verdad? —pregunta Ursula.

Asiento, a pesar de que solo fue durante un breve periodo y hace tiempo, durante mis prácticas como residente en pediatría. Como cualquier médico joven, roté en multitud de especialidades para tratar de encontrar la que mejor encajaba conmigo. Obstetricia, pediatría, urgencias, psiquiatría, entre otras. No hay necesidad de que Ursula sepa lo poco que recuerdo de aquellos tiempos; lo mucho que he borrado de mi mente.

Calculo que habrá más o menos unos veinte recién nacidos aquí. No tengo ni idea de dónde está mi bebé.

—Ya hemos llegado —dice Ursula, parando en seco junto a una incubadora situada a la izquierda, junto a la ventana—. Su bebé.

Me da un vuelco el corazón. Una parte de mí se resiste a verlo. Clavo la mirada en el exterior de la incubadora. Es un modelo que desconozco: la base gris mate con una barra en el lateral, la cubierta de plástico transparente como una bola de nieve que encierra otro mundo. En la pared que tengo frente a mí hay una tarjeta rectangular de color azul pegada con cinta adhesiva que se ha desprendido por una esquina.

Nombre: _____

Hijo de: Sasha Moloney

Sexo: Varón

Y a continuación una serie de números: peso, fecha y hora de nacimiento.

Tengo que asomarme por un lateral para verlo por detrás de la tarjeta. Hay cables sujetos a su pecho; de la nariz le sale una sonda. Es diminuto, más pequeño incluso que el osito de peluche que le compré, que le espera en la cuna en casa. El pecho se le hunde entre las costillas, el abdomen se le agita con cada respiración. Parece estar a disgusto. Tiene los brazos y las piernas como palillos, con vendajes en rodillas y codos para ajustar el crecimiento, la piel casi traslúcida, con racimos morados de venas bajo la capa superficial.

Da la impresión de que pugna por sobrevivir. Como si supiera que aún debería estar en mi matriz. Me reprocho a mí misma que haya nacido prematuramente. Como madre, la que supuestamente debía velar por su seguridad, me consta que es culpa mía. No obstante, a pesar de mi remordimiento, no se remueve nada en mi interior, no se me encoge el corazón. No se parece al bebé que aparecía en mis sueños durante el embarazo. Lo observo fijamente como a cualquier otro bebé prematuro. No me siento su madre en absoluto. Por un momento, me viene a la cabeza una idea espantosa: ¿y si este no fuera mi bebé? Pero pongo en orden mis pensamientos, aparto esa idea inconcebible de mi mente.

Ursula ha vuelto al mostrador; está de cháchara con otra enfermera. Ambas interrumpen la conversación y me observan. Les sonrío fugazmente y me vuelvo hacia mi bebé.

Tenía entendido que sentiría amor a primera vista. Así es como lo habían descrito otras madres, eso es lo que había leído, como siempre había soñado que sería. Supongo que es extraño, pero encuentro a este bebé poco agraciado. Tiene la nariz roma, los ojos ralos, de color azul grisáceo —distintos a los de Mark y a los míos— y las orejas de soplillo como un mono. Entre los pegotes de sangre seca de su cabeza abombada asoman unos cuantos mechones de pelo oscuro.

Me quedo a la espera de que surja un vínculo maternal, que me invada un sentimiento de certeza, pero nada cambia conforme pasan los segundos. Podría tratarse de un bebé cualquiera. Puesto a buen recaudo bajo plástico, fuera del alcance, sin posibilidad de tocarlo, sin posibilidad de sentir la textura de su piel: apenas es el esbozo de un niño. Esto no es lo que he pasado meses planificando. Esto no encaja en absoluto con lo que tenía entendido que era la maternidad. Ojalá estuviera aquí Mark. Necesito que me diga que todo va a ir bien.

A mi alrededor, varias madres le acarician la espalda a sus bebés, arrullándolos embelesadas y sonriendo de dicha. En una cuna que hay más allá, un padre le hace cosquillas debajo de la barbilla a su hijo mientras este suspira y hace gorgoritos. Los contemplo tratando de averiguar cómo consiguen tocar a sus hijos. Claro... Los ojos de buey. No puedo creer que lo haya olvidado.

Toqueteo el pestillo de uno de los dos ojos de buey del lateral de la incubadora y presiono el cierre con firmeza hasta que cede con un chasquido y la puerta se abre. Este es el momento con el que he soñado. Piel contra piel con mi bebé por primera vez. Me inclino hacia delante en la silla de ruedas y alargo la mano hacia mi hijo.

Tiene la planta del pie blanda, como la carne picada. Retiro la mano. Las demás madres siguen masajeando a sus bebés. Alargo la mano de nuevo, acerco el pulgar al puente de su pie, pero él se zafa de mi mano con una patadita. Saco el brazo de la incubadora y cierro la puerta de golpe.

Me había imaginado a mi bebé pegado a mi torso, acurrucado contra mis pechos; nada que ver con la imagen que tengo delante de mí ahora, la de una flacucha y esquelética piltrafa pugnando por respirar, ajena incluso a mi presencia.

Recuerdo a una de mis pacientes, una madre que acababa de dar a luz, hace años, cuando era médica residente. En su habitación compartida había estado intentando acurrucar al recién nacido contra su pecho, pero el bebé se apartaba una y otra vez.

«Esto es lo peor —me comentó la mujer en tono quejumbroso, observando a su hijo mientras este yacía sobre la manta, despatarrado e inquieto entre las piernas extendidas de su madre—. ¿Cómo voy a quererlo cuando da la impresión de que ni siquiera desea conocerme?».

Yo chasqué la lengua.

«No es que no desee conocerla —dije—. Está aprendiendo. La lactancia materna es una labor que ambos deben aprender».

«¿Entonces por qué puñetas es tan duro?», preguntó la mujer.

Al carecer de experiencia personal con los bebés o la maternidad, en aquel entonces no pude darle una respuesta. Pensé que el problema radicaba en ella. No tenía ni idea de la razón que ella tenía; de lo duro que esto podía ser.

A mi lado, la pequeña ventana proporciona el único escaparate del mundo exterior desde el nido. El paño está tintado de negro para suavizar el reflejo. Aun así, consigo ver el exterior, pero nadie puede ver el interior. Justo debajo discurre la principal arteria de la ciudad, el tráfico fluye sobre el asfalto. Frente al hospital se distingue un parque infantil rodeado por una valla negra. Hay un puñado de eucaliptos en un extremo del parque. Más allá de los árboles, los tejados rojos se extienden como grandes olas a lo lejos en dirección a las colinas donde comienza la espesura.

El parque es donde deseo estar en este preciso instante. Lejos de este lugar aséptico y ruidoso. Lejos de este diminuto bebé que podría sobrevivir, o que podría morir. Pero nadie entendería mi deseo de huir. Es mi hijo. Y me necesita.

Una sirena reverbera desde la carretera a medida que un coche de bomberos avanza en zigzag con luces centelleantes entre los carriles. El recuerdo me viene a la cabeza en un cúmulo de imágenes inconexas: nuestro coche dando bandazos en la calzada. Una oscura silueta perfilada contra el parabrisas. Las luces azules intermitentes de un vehículo que se aproxima. Me trasladaron aquí en ambulancia. Mark llamó a urgencias desde el arcén.

En el panel de la incubadora, dos cifras parpadean en rojo entre los diales y botones. Oxígeno, veintinueve por ciento. Temperatura, treinta y cuatro grados. El monitor gris que hay en la pared por encima de mi cabeza muestra más números en pantalla. Ritmo cardiaco, frecuencia respiratoria, saturación de oxígeno..., todo parpadeando en tonos chillones de azul, rojo, verde.

Bajo el plástico transparente, el ombligo del bebé es de un rojo cárdeno con matices amarillentos. ¿Debería avisar a una enfermera, advertirles sobre una posible infección? Pero la plantilla está integrada por profesionales capacitados; debería centrarme en mostrar una actitud de madre en vez de médica, de momento.

Examino a mi hijo más de cerca. Sus dedos, que dan golpecitos contra los lados de la incubadora, son regordetes;

sus palmas, gruesas; todo desproporcionado con su escuálido cuerpo. Hace bastante tiempo que no tengo relación con bebés vivos, que respiran. ¿Acaso no son todos poco agraciados y cuesta crear vínculos con ellos? ¿A lo mejor lo único que necesito es más tiempo para sentir algo por el mío?

Los efectos residuales de los sedantes aflojan mis músculos, me adormecen los miembros, me apelmazan los párpados por más que intento mantenerlos abiertos. Ursula está detrás de mí, apretándome los hombros, ofreciéndose a conducirme abajo. Intento oponer resistencia —debería quedarme aquí, esperar a Mark—, pero Ursula se muestra inflexible.

—Necesita descansar —dice.

Me conduce de vuelta por la puerta corredera del nido al brillante ascensor y luego por el largo pasillo rosa hasta mi habitación individual. Cierra la puerta al entrar, me acerca a la cama y me acomoda. Los bebés del resto de habitaciones están callados ahora. Las luces fluorescentes del techo emiten zumbidos. Cuando Ursula las apaga, intento combatir la oscuridad sin fin, la apaciguadora promesa de no tener que pensar o sentir, incluso mientras mi cuerpo se va aquietando. A medida que me vence el sueño, prácticamente noto la presencia de Mark junto a mi cama, rascándome en una zona entre los hombros a la que no alcanzo, atusándome el pelo, susurrando que me ama, que todo va a salir bien.

Día 0

Viernes antes del atardecer

Estoy embarazada de treinta y cinco semanas. Vamos de camino a casa por carreteras secundarias. Al amparo del coche, con el sol asomando entre las nubes del horizonte y dibujando estelas definidas de luz sobre las colinas lejanas, de nuevo me prometo a mí misma y a mi futura hija: «Voy a ser la madre perfecta».

Mark va en el asiento del pasajero; su aliento huele al whisky de las copas a la salida del trabajo el viernes por la tarde. Un mechón ondulado le cae por la frente y lleva desabrochado el botón del cuello de su camisa favorita mientras canta al son de Billie Holiday en un falsete desafinado. Cuando termina la canción, se inclina hacia mí y pega los labios a mi oreja. Cuando lleguemos a casa me va a dar una sorpresa, musita, y a continuación acaricia mi protuberante barriga con la palma de la mano. Sonrío para mis adentros y lo aparto de un empujoncito con el codo.

Al borde de la carretera, cerca de la curva a la que nos aproximamos, aparece una figura gris. Un canguro dando saltos en nuestra dirección. No hay tiempo. Doy un frenazo. Suena un angustioso golpe seco contra el lado izquierdo del parachoques y el coche se zarandea al parar en seco.

Con el volante firmemente agarrado, procuro aquietar la mente, a mil por hora. El corazón me aporrea el pecho. No quiero ver el estrago que he provocado; ojalá pudiera marcharme sin más, seguir conduciendo, olvidar lo ocurrido. Esto es inaudito en mí. No soy de las personas que tienen accidentes, de las personas que cometen errores o que causan daño intencionadamente. Soy de las personas que siempre tratan de hacer lo correcto.

—Desvíate al arcén, desvíate al arcén —dice Mark arrastrando las palabras.

Me tiemblan los dedos al apartar el coche hacia el arcén de la curva. Noto que empiezo a hiperventilar.

Mark abre la guantera y saca el pequeño kit de primeros auxilios que guardamos a mano. Aunque es chef desde que tenía veintitantos años, le gusta ejercer de veterinario aficionado cuando se le presenta la ocasión. Yo le inculqué esa afición al principio de nuestra relación, le enseñé a cogerle el tranquillo. Hasta la fecha, los bultos en el sucio arcén de la carretera siempre han sido responsabilidad de otros.

—¿El bebé está bien?

Poso la mano en mi apretada barriga y asiento. Me tiende el kit de primeros auxilios.

—Entonces supongo que será mejor que atendamos a este canguro.

Llevamos años parando para socorrer a animales. Nuestros «rescates». Ver a Mark en momentos como este todavía me recuerda cómo era hace muchos años, cuando nos enamoramos. Al principio de nuestro noviazgo dejé claro que no quería tener hijos. Al haberme criado sin madre durante la mayor parte de mi vida, estaba convencida de que sería una madre pésima. Mark lo había aceptado sin poner peros. Entonces, un día, vi que detrás de nuestro cobertizo sacaba de una caja un gatito recién nacido que todavía tenía los ojos firmemente cerrados. Mientras lo acunaba en la palma de la mano, tuve la certeza, con un repentino escalofrío que me recorrió desde el pecho, pasando por los brazos, hasta las yemas de los dedos: ese hombre estaba hecho para ser padre. Nunca se contentaría conmigo. Siempre desearía algo más.

Por suerte para Mark —para ambos—, al cabo de unos años comencé mis estudios de pediatría. En el primer parto que atendí preveíamos que el bebé necesitaría reanimación. Al entrar sigilosamente al paritorio, encontré a la mujer empujando, con el sudor asomando ligeramente en su frente. Sin darme tiempo a preparar la cuna de reanimación, el bebé salió despedido a los brazos del tocólogo. Al colocar al recién nacido sobre el pecho de su madre, vi cómo ambos se iluminaban: la madre tenía el semblante radiante; el bebé, sereno. Ya estaba respirando, inhalando en perfecta sintonía con su madre. Al final resultó que mi presencia allí era del todo innecesaria.

Al principio no me di cuenta de que mis ovarios estaban revolucionados, pero con cada parto que atendía, con cada recién nacido que examinaba y entregaba a su resplandeciente madre, la perspectiva de tener a mi propio bebé comenzó a parecerme cada vez más viable y menos descartable. Yo podía ser como aquellas mujeres. Con el apoyo de Mark, a lo mejor también podía ser una madre lo bastante buena.

Mark no cabía en sí de alegría, su entusiasmo era contagioso. Decía que sabía que la mejor manera de convencerme era dejar que yo llegara a la misma conclusión por mí misma. Ni siquiera permití que su actitud condescendiente me molestara. Tendríamos un hijo. ¿Para qué provocar una discusión innecesaria? Quedarme embarazada no tardó en convertirse en una fijación para mí. Mark no se quejaba en absoluto mientras mis intentos de concebir un hijo empezaron a adquirir el fervor de una fanática religiosa.

Pero lo que se avecinaba era un revés de ocho años de infertilidad. Dos abortos. Todas las pruebas habidas y por haber de la medicina occidental revelaron que era yo —mis óvulos y la endometriosis— el problema. El esperma de Mark era de primera calidad. Entonces probamos todos los tratamientos médicos posibles, menos la fecundación *in vitro*, la cual Mark descartaba. Agotamos nuestra última chispa de esperanza. No solo me encontraba hundida, sino que también había fallado al hombre que amaba por no ser capaz de darle lo que más deseaba. Hasta que, finalmente, llegó: el milagroso embarazo. Y un matrimonio que no terminaba de superar los años de infertilidad a pesar de los intentos de realizar terapia de pareja. Tal vez si la espera no se hubiese alargado durante tantos años no me habría planteado pedirle a Mark que nos tomáramos un tiempo en nuestra relación justo antes de descubrir que estaba embarazada. Pero eso ya era agua pasada. Todo mejoraría entre nosotros cuando naciera el niño.

Salgo con cuidado del coche. El canguro yace de costado, con las patas dobladas sobre la gravilla. Tiene bolsa: es una hembra. Permanece quieta, observándome con la mirada aterrada mientras me aproximo. Tiene la pata izquierda torcida en un ángulo imposible. La sangre emana de un corte profundo en la rodilla y forma un charco sobre el asfalto, sus patas delanteras arañan la mugre.

Mark se pone en cuclillas y arrastra los pies para acercarse, al tiempo que le susurra para tranquilizarla. Deja de arañar el suelo con las patas, la cabeza le cae lánguidamente a la calzada y los ojos se le ponen vidriosos. Demasiado tarde.

A Mark se le tuerce el gesto. Hace tiempo que no lo veo en un rescate. Últimamente apenas viajamos juntos en el coche. Se remanga la camisa hasta el codo, se enfunda unos guantes de goma y me pasa otro par. Ha llegado el momento de comprobar la bolsa. Se arrodilla sobre la gravilla y se agacha sobre la crespa bolsa. Parece que agarra algo con la mano. Por su bien, espero que no sea una cría demasiado pequeña para sobrevivir. Mark odia verse en la tesitura de sacrificarlas, a pesar de que es lo más humano que se puede hacer.

Coge a la cría de la pata y la saca a la superficie. Todavía está mamando de su madre. Pero mide más de veinte centímetros; la longitud suficiente para tener la posibilidad de sobrevivir. Cojo las tijeras quirúrgicas del kit mientras Mark sujeta a la cría. Después de recibir clases los fines de semana en el refugio de animales municipal, le enseñé que las crías de canguro se aferran con fuerza al pezón y continúan mamando mucho después de que sus madres mueran. Al apartarlas se les daña la mandíbula, lo cual impide su supervivencia. La única manera de salvarlas es cortar la mama para separarlas. He cercenado decenas de mamas de animales a lo largo de los años, además de cosas peores en mis pacientes: tumores, forúnculos llenos de pus y heridas putrefactas. Sin embargo, esta noche la idea de rebanar la faja de carne blandengue me revuelve el estómago. Aprieto los dientes, me inclino hacia delante, estiro el pezón con una mano y acto seguido lo corto de un tajo limpio.

Noto un hormigueo en el dedo índice.

La sangre gotea del guante de goma y chorrea por la curva de mi muñeca. Me quito el guante de un tirón y lo tiro al suelo. Mierda. No he estado atenta. Me he cortado.

Es un corte profundo que atraviesa la piel hasta la grasa. Maldita sea. Presiono la mano contra una vieja funda de almohada del kit, que se supone que es para la cría de canguro, tratando de frenar la hemorragia.

Mark tiene al cangurito acurrucado en las palmas de las manos, hecho un ovillo, con la mandíbula aferrada fuertemente al pezón cercenado como un crío chupando una piruleta.

Mark me mira.

—Sash, ¿qué has hecho?

—Solo es un corte.

Envuelve al cangurito en una toalla y lo acurruca contra su pecho.

—Por favor, ten cuidado —dice, en tono preocupado.

Sonrío con dulzura y me aprieto con más fuerza el dedo.

—¿Para qué, si ya estás tú cuidando tan bien de mí?

Mark se muerde el labio inferior. Una vez confirmado que el embarazo tenía posibilidades de seguir su curso, empezó a tratarme como a una reina, a cargar con la compra desde el coche, a llenar la bañera hasta arriba para mí, a cocinarme platos nutritivos en cada comida. Supongo que tengo suerte. Siempre procuro recordarme para mis adentros lo afortunada que soy.

Un hilo de fluido me resbala desde la ingle.

—Mierda —digo—. Y ahora me he orinado.

Hago un ovillo con la funda de almohada para limpiarme la pierna y levanto la vista hacia Mark anticipando su sonrisa burlona, pero tiene los ojos como platos, brillantes. Cuando alzo la funda hasta mi cara, veo que está manchada de sangre de color rojo vivo, del tono de un extintor, o de una caja de cerillas.

—Será del dedo —digo. Otro borbotón. Esta vez noto como si un grumo de gelatina me hubiera salido de dentro, empapando mis braguitas. No es del dedo.

Examino la calzada. Ahora estoy sangrando tanto que hay grandes coágulos brillantes de color rojo vivo sobre la gravilla, trémulos como mis dedos al inclinarme hacia Mark para intentar agarrarme a algo.

—¡Mark! —grito.

Está de pie, sujetando con fuerza la cría de canguro contra el pecho con una mano, alargando la otra hacia mí. Al doblarme sobre el asfalto, me raspo la palma contra la áspera gravilla y tanteo con la otra mano la piel de mi barriga, pero, por más que intento sentir un atisbo de vida dentro, mi tripa permanece inerte, en silencio y en una quietud alarmante.

Día 1

Sábado a última hora de la mañana

Un monitor de saturación de oxígeno pita a un ritmo desacompasado con mis latidos, con el tono de la alarma de un coche. Trato de no analizar el ritmo. Esta vez la realidad me golpea más rápido: dónde me encuentro, lo que me ha ocurrido. La incisión que me atraviesa el vientre..., la prueba de que ya soy madre. Pero me he vuelto a quedar dormida, cuando debería haber estado pendiente de mi hijo. Le estoy fallando a pesar de que su vida no ha hecho más que empezar.

Un retazo de mi sueño inducido por la medicación asalta mi conciencia: el bebé de mis sueños. A estas alturas llevo meses imaginándola —lo que pensaba que era una niña—. La cabeza, cubierta de mechones de pelo castaño. Las mejillas de color melocotón, los ojos azules brillantes. Jamás emite el menor sonido. Sin embargo, tiene la cara muy diferente a la del bebé que hay en la incubadora arriba. Ese niño me sigue resultando ajeno.

Comienzo a sentir un tenue zumbido en la cabeza, el persistente murmullo de un recuerdo. Una noticia que informa sobre un caso de bebés intercambiados por error en un hospital de Estados Unidos. Yo había oído la noticia en un programa de radio hacía años. Por aquel entonces me quedé impresionada, escuchando entre el horror y la fascinación. Las confusiones con los recién nacidos no eran casos esporádicos, informó el periodista, citando ejemplos de todos los rincones del mundo.

Un escalofrío me recorre la espalda de arriba abajo, deslizándose como riachuelos de lluvia por mi piel. De repente soy presa del pánico. ¿Es posible que me hayan dado un niño en vez de una niña por equivocación? Qué disparate. Tengo que tranquilizarme. Respiro hondo para intentar calmarme.

Como si percibiera mi desasosiego, la corpulenta figura de Ursula aparece, creando una sombra sobre mi cama. Tiene una mancha de pintalabios marrón en los dientes incisivos, oscuras bolsas bajo los ojos. Se pone a tomar notas en una carpeta roja sin levantar la vista mientras yo me rebullo sobre el colchón. Las luces fluorescentes del techo emiten un zumbido de advertencia.

—Sasha. Me llamo Sasha —digo.

Me observa con los ojos entornados a través de sus lentes bifocales.

—Lo sé —afirma, pero echa un vistazo a la etiqueta identificativa de la esquina superior de la carpeta para comprobarlo. ¿Es posible que ella, u otra persona, haya cometido un grave error? En el caso mencionado en la radio, fue culpa de una matrona; una simple equivocación. Los recién nacidos se parecen mucho entre sí. El personal está ocupado. No se cumple el protocolo. Resulta muy fácil cometer errores.

—El bebé tiene la leche que le hemos extraído. Supongo que ahora querrá volver a subir a verlo.

Asiento. Al parecer ahora empieza a darse cuenta de mi ansiedad, por fin.

—Podría haber jurado que iba a tener una niña.

—No es raro que las ecografías fallen —señala Ursula.

—Lo sé. —Lo que no le digo: yo tenía la clara sensación de que el bebé era una niña.

—¿Se siente decepcionada? —Ursula me mira fijamente.

Tal vez solo se trate de eso: mi paranoia es decepción.

—Porque decepcionarse por el sexo del bebé es bastante común. Lo asimilará.

No, concluyo, no se trata de ese tipo de decepción. No me importaba que fuera niño o niña. Lo que me preocupa es algo muchísimo peor.

—¿Ha estado acompañado en todo momento mi bebé desde el parto?

Me escudriña con los ojos entrecerrados y seguidamente pulsa un botón de un monitor que emite pitidos junto a mi cama. La alarma cesa de inmediato.

—Por supuesto. Nunca dejamos solos a los bebés. —De mi mesilla de noche de madera, saca una bandeja riñón de plástico del color de la bilis y coge una jeringa—. La llevaremos a verlo en cuanto se tome la medicación.

—¿Qué medicación?

—Morfina. Los efectos de los calmantes se le pasarán en cualquier momento.

El dolor tampoco es para tanto, aunque las náuseas circulan por mi estómago como por una montaña rusa. Tengo la cabeza embotada, pero he de mantenerme espabilada. Lo último que necesito es más medicación.

—No, gracias.

¿Me mira furiosa o perpleja? Saca otra jeringa de un recipiente transparente.

—Pues, entonces, antibióticos. —Me sonríe con gesto adusto—. Es el procedimiento habitual en este hospital. Yo formé parte del comité del hospital que introdujo este protocolo a raíz de un brote infeccioso que se produjo hace unos años. No querrá ponerse enferma ahora, ¿verdad?

Diga lo que diga el protocolo, no tengo ninguna infección, de modo que no hay necesidad de antibióticos. Aparto el brazo y lo escondo bajo la sábana de algodón blanca.

—Mejor no. Necesito ir al nido inmediatamente.

Deja la jeringa en la bandeja de plástico bruscamente.

—Disculpe; voy a hablar con el doctor Solomon —dice, y sale de la habitación sin volver la vista.

La ropa de cama parece una camisa de fuerza. Empujo la sábana hasta los tobillos y me levanto el camisón hasta el cuello. Todavía tengo la barriga hinchada, casi tan protuberante como cuando estaba embarazada. No puedo creer que no me fijara con más atención en los cuerpos de las mujeres tras los partos. Supongo que estaba tan pendiente del bienestar de los bebés que me daba la sensación de que las madres prácticamente se fundían con sus hijos hasta tal punto que nada los separaba, que no quedaba rastro de los cuerpos que tenían anteriormente.

Recorro las estrías, las vetas brillantes, hasta el sólido y correoso bulto de mi útero, oculto bajo la piel fruncida. Las capas de mi cuerpo que el tocólogo, el doctor Solomon, ha seccionado: glóbulos de grasa amarillentos, fascia blanca tersa, y a continuación el voluminoso músculo malva del útero que me falló. Los tocólogos no siempre cosen todas las capas al terminar; dejan algunas abiertas para que estas encuentren la manera natural de unirse. Los tejidos segregan un fluido que a veces penetra en lugares donde no debería. Lo sé por las autopsias que he realizado a lo largo de los años a mujeres que han dado a luz. Las imágenes de sus cuerpos inflamados, de sus pechos hinchados, no me impresionan tanto como las de los bebés muertos que he diseccionado..., cuyos diminutos cuerpos, supurando fluidos granates, todavía me atemorizan en sueños.

Un destello rojo por el rabillo del ojo. Las rosas de Mark en la repisa. Lo necesito. Necesito que me dé su opinión sobre todo esto. Ya.

Alargo la mano para alcanzar el móvil de la mesilla de noche. Se desplaza y cae al suelo. Me estiro para agarrar el manubrio del cabecero y tomo impulso para tratar de incorporarme. Noto que una quemazón me aguijonea bajo el vendaje. Presiono el mullido vendaje con la palma de la mano mientras lo intento de nuevo. Esta vez siento como si me atravesasen con una espuela caliente. Me desplomo sobre el colchón con un gemido. Voy a necesitar ayuda para salir de la cama.

Llamo al timbre, el sonido reverbera en el pasillo. Se deja sentir el llanto lejano de bebés en las habitaciones, sollozos de angustia. ¿Dónde están sus madres? ¿Por qué no los atiende nadie?

Ursula entra con aire resuelto en mi habitación sujetando en alto otra bandeja riñón —en esta ocasión de plástico transparente— como un mayordomo.

—¿Me hace el favor de pasarme el móvil?

Se agacha y me lo deja en el regazo; seguidamente se inclina sobre la cama y me examina los antebrazos. Su gesto es impertérrito; su voz, impasible. Cuesta leerle la expresión.

—El doctor Solomon ha pedido que le tome una muestra de sangre.

—Es que no quiero que me hagan un análisis de sangre.

—Ha insistido. Recuerde que ha perdido mucha. —Me sostiene la mirada con una sonrisa falsa. Soy la primera en apartarla.

Mis dedos adquieren un tono pálido, después azulado, luego índigo, contenidos como un río bajo la banda elástica. Finalmente, termina de etiquetar los tubos. Sostiene en alto la jeringa, lista para clavármela.

Me quedo mirando la luz que hay sobre mi cama, un haz definido como una espada láser. No espero sentir nada —Dios, me han hecho tal cantidad de análisis de sangre a lo largo de los años de infertilidad como para montar mi propia clínica de patología—, pero me pincha un nervio y, al darme un calambre en el brazo, sacudo la mano y la aguja se desplaza de la cara interna de mi codo.

Ursula da un respingo sin soltar la jeringa.

—Perdón —murmura.

Me dan punzadas de calor en el brazo, noto un hormigueo de dolor en la mano al tiempo que me sale un cardenal con el borde azulado en la piel.

—¡Dios!

Es Mark. Lleva puesta la camisa de manga larga verde oliva que le compré en Nueva York hace varios inviernos; se acerca a mi cama con las mejillas sonrojadas.

—Sash, ¿estás bien?

Ursula mete la jeringa en el recipiente de agujas, prácticamente lleno, y cierra la tapa con un chasquido.

—Necesito ayuda —respondo—. Cuánto me alegro de que estés aquí.

Mark me coge de la mano y me la pone boca arriba de manera que queda visible la cara interna de mi codo, el oscuro moretón hinchado casi a punto de explotar.

—¿Es normal eso?

Ursula asiente con los labios apretados.

Después de pasar tantas horas en salas de espera, consultas médicas y cubículos hospitalarios intentando quedarme embarazada, Mark y yo interpretamos las señales de nuestras respectivas manos. «No aguanto más, Mark. Sácame de aquí».

Él también me la aprieta, al tiempo que escudriña a Ursula. «Pase lo que pase, todo saldrá bien».

—Tendré que repetir la analítica más tarde —dice Ursula. Le dirige una mirada de advertencia a Mark y acto seguido sale por la puerta y nos deja a solas. Espero hasta que sus pasos se apagan por el pasillo.

—No me explico lo que tiene contra mí.

—No te preocupes, Sash —dice él—. Nuestro precioso hijo está aquí. Un poco antes de tiempo, pero está bien. Y tú estás bien. Estaba muy preocupado ante la perspectiva de perderte a ti también. —Se le tuerce el gesto como una bolsa de papel arrugada. Se acerca a mí y me abraza con fuerza, tal vez con más ímpetu del que debería teniendo en cuenta mi estado. Le acaricio el pelo y aspiro la fragancia de su champú con matices de almendra.

—Hemos tenido un niño —le susurro al oído.

—¿A que es estupendo?

Tal y como yo pensaba, está más contento porque es varón.

—Dime lo que ha pasado desde que me anestesiaron. —Doy unas palmaditas sobre el colchón.

Se sienta un poco más lejos de donde le indico. El cobertor se arruga bajo su peso. Agarro su mano, me la llevo a la cara y aspiro un poso familiar a ajo bajo el olor a jabón del hospital.

—¿Has estado preparando la comida?

Niega con la cabeza y aprieta su frío pulgar contra el mío, tibio. Lleva las uñas cortadas con esmero en forma de media luna, con los extremos limpios de la mugre incrustada tras haber trabajado en el huerto el fin de semana pasado.

Vuelvo a deslizar la mano por su pelo castaño claro, noto la sensación húmeda en la palma de la mano. Trato de pronunciar las siguientes palabras con delicadeza, sin recriminaciones; no quiero echar a perder el momento.

—¿Dónde has estado? Al planificar el parto acordamos que, en caso de practicarme una cesárea, te quedarías con ella..., o sea, con él, desde el parto hasta que se encontrara estable. Lo hiciste, ¿no?

Me aprieta la mano con más fuerza. Su pulgar me produce la sensación de la empuñadura de un bastón: solidez, seguridad. Es la presión que siempre ejerce para que tenga presente que está diciéndome la verdad.

—Me he quedado con él, Sash, en todo momento. —Con la mano que tiene libre toquetea una hebra suelta de la colcha mientras me relata los pormenores de la reanimación, la intubación, la mascarilla de oxígeno que lleva fuertemente apretada contra la cara nuestro bebé en el nido.

—¿En todo momento? Pero si no estabas cuando la matrona me ha subido a verlo.

—Tuve que ir al baño, Sash.

Sonrío por primera vez desde el parto. Qué tontería. Confío en el hombre con el que me casé. ¿Por qué iba a mentirme Mark sobre esto?

—¿Y el cangurito? ¿Sobrevivió?

Mark asiente y me besa en la mejilla. Me acurruco contra él; su barba incipiente me raspa la frente. La calidez de su cuerpo, que penetra por el camisón del hospital hasta mi piel enrojecida, me provoca la misma sensación que el roce de su mano sobre la mía la noche que nos conocimos. A pesar de todo lo que hemos pasado a lo largo de los últimos diez años, su presencia aún me tranquiliza.

—Gracias por las rosas.

Sus ojos marrones se arrugan.

—La florista dijo que se le habían agotado las blancas. Supuse que no te importaría. ¿A que son bonitas? Igual que nuestro hijo.

La respiración se agita en mi interior como la cuerda de una campanilla.

—¿A quién crees que se parece?

—A los dos. Tiene tu nariz. —Apunta hacia mi cara, y luego hacia la suya—. Y mis ojos; al menos la forma. ¿No te parece?

Las líneas entre Mark y la pared de atrás se difuminan. Seguro que se ha dado cuenta de que algo va mal, ¿no? Intento concentrarme en el contorno de sus pómulos, en su mentón, en los lóbulos de sus orejas, en partes de un todo que definen las facciones de mi marido.

—No estoy segura —respondo vacilante. Se aparta sin darme tiempo a añadir nada más.

—Sabía que no te gustaría la comida del hospital —comenta, al tiempo que se agacha para coger una bolsa que hay en el suelo junto a la cama. Saca una fiambrera de plástico, la agita y la deja de golpe sobre la mesa bandeja que hay a mi lado—. Te he comprado comida en la cafetería. Tu plato favorito. Me habría gustado prepararte algo yo mismo, pero todavía no me ha sido posible.

Es una ensalada de prosciutto, queso halloumi y espárragos. Trato de disimular mi decepción, a pesar de que Mark debería saber de sobra que no es mi plato favorito. Desde mi primer día de embarazo, la textura del halloumi —el sabor acre y punzante en la lengua— me provoca arcadas. Aparto la fiambrera a un lado.

Mark no repara en ello. Está demasiado enfrascado colocando varias revistas, *Delicious, Taste* y *Saveur,* todavía envueltas en plástico, sobre la mesita que hay junto a la cama.

—Ayer me las dejé olvidadas en el coche. Al menos ahora tendrás algo para leer. —Suscripciones de revistas anuales, un regalo de Navidad de sus padres, más para Mark que para mí. Llevan años comprándolas, desde que Mark les comentó su idea de montar su propio café. Fotografías satinadas de pierna de cordero guisada con una salsa de menta gelatinosa, confit de pato con alubias y tarta de chocolate cubierta de chocolate líquido. No tiene nada que ver con la comida que Mark tiene previsto servir en su café: platos vegetarianos sencillos, pero deliciosos. No creo que sus padres hayan llegado a entender nunca lo que pretende.

—Gracias —digo. Ahora mismo me apetecen sus sencillos ñoquis, el potente sabor de la mantequilla mezclado con el delicado matiz acre de la salvia, cocinados hasta que prácticamente se derriten en mi boca. Los hemos preparado juntos tantas veces, hombro con hombro junto a la encimera de la cocina, enrollando las bolitas, presionando con los pulgares la masa para dejar las muescas, lamiéndonos los dedos enharinados para comprobar el punto de sal. Es el plato que más me recuerda a nosotros, a él, y a sus esperanzas y sueños.

Mark me vuelve a coger la mano.

—Mañana le quitarán el gotero si le va bien la leche de fórmula para lactantes. —Hace un gesto con los labios como si supiera lo que se avecina.

—¿Leche de fórmula para lactantes? —Se me quiebra la voz.

Mark ha cruzado la habitación para acercarse a la ventana y descorrer las cortinas; al otro lado del cristal, densos nubarrones se deslizan por delante del sol.

—No quería despertarte —explica—. Empezaron a administrarle leche de fórmula hace unas horas por la sonda nasogástrica. Según dijeron, necesitaba tener algo en el estómago.

—¿Es que no te acuerdas de que descartamos la fórmula?

En la fiambrera que hay sobre la mesa bandeja el prosciutto ya está empezando a rizarse por los bordes.

Mark continúa con su parloteo.

—No sabía qué hacer, Sash. Estaba hecho polvo. Yo no he pasado por todo lo que tú has pasado. No sé lo que se siente. Las enfermeras dijeron que necesitaba leche de fórmula y tú no estabas allí. Estoy intentando hacerlo lo mejor posible, de veras. —Hace una pausa, se acerca a la cama para cogerme la mano y recurre a su infalible táctica para distraerme de mi inquietud: la misma sonrisa descarada que me dedicó en el club de jazz hace tantos años. No puedo evitarlo; le correspondo a la sonrisa—. Sash, por favor. Estoy preocupado por ti —añade.

Durante un breve instante albergo la esperanza de que se haya producido un error. Que las enfermeras se hayan confundido: que el bebé no sea el nuestro. Y cuando me reúna con mi verdadero bebé, la estrecharé —o lo estrecharé— entre mis brazos y me sentiré embargada por una oleada de amor maternal. Haremos borrón y cuenta nueva. Tendré otra oportunidad para ser la madre perfecta que tanto anhelo ser.

Rompo el silencio con preguntas cuyas respuestas ni siquiera sabía que necesitaba:

—¿Es como lo imaginabas? ¿De quién crees que tiene las orejas? ¿Y la forma de la boca? ¿Te fijaste en si tiene los dedos de los pies palmeados como tú?

Tras un silencio incómodo, Mark comienza a hablar, despacio, en el tono que adopta cuando desea cerciorarse de que estoy prestando atención.

—No me fijé en los dedos de los pies. Sí que tiene los lóbulos de las orejas pegados, como yo. Ya sabes, igual que los de mi padre, muy pegados a la cabeza. Los que odias.

Inhalo con la esperanza de que Mark no repare en ello. Solo habría una cosa peor que un error en la identificación del bebé: que la verdadera confusión sea fruto de mi imaginación; que continúe sin sentir nada en absoluto por mi hijo.

—Tiene tu piel, tu tez clara. Lo reconocería en cualquier parte, Sash. Vayamos a verlo ahora, juntos. Te ayudará a sentirte mejor.

—No me pasa nada. Solo estoy cansada.

—Bueno, entonces vamos —insiste Mark. Parece ser que no tengo elección.

Trece años antes

Mark

Mi historia con Sash comenzó inesperadamente. Todos los chicos excepto Adam y yo se habían desmarcado de la salida nocturna que llevábamos meses organizando. En el ambiente del sombrío club de jazz flotaba una nube de humo viciado de cigarrillos. Apuré los restos de mi cerveza, tibia y sin gas, en mi boca, mientras el cuarteto se retiraba para hacer un breve descanso. Adam se había puesto a ligar con una morena cerca de los aseos. Yo estaba solo, arrinconado en una mesa al fondo, empezando a pensar que ojalá me hubiese quedado en casa como el resto.

Me acerqué a la barra. Una mujer cogió el taburete que había a mi lado. Llevaba el pelo rubio muy corto; tenía la cara delgada y la barbilla puntiaguda, como un duendecillo. No era mi tipo, pero encajaba con el concepto de belleza de otros hombres.

—¿Lo estás pasando bien? —le pregunté.

—Claro. —Hizo un gesto hacia Adam y la morena, que en ese momento estaban dándose el lote en un sofá junto a la pared del fondo—. Creo que nuestros amigos han ligado.

Tenía razón. Adam y la morena anónima se estaban dando chupetones en el cuello. Daba la impresión de que iban a pasar una noche de muerte.

—¿Te apetece una cerveza? —Fue directa desde el primer momento. Asentí, llamó al camarero y me pidió una. Eligió mi marca favorita—. Confío en que tu amigo trate bien a las mujeres.

—Claro.

—Es que Bec ha pasado una mala racha, eso es todo. —La banda subió el tono, ahogando lo que fuera que comentara a continuación. Le di un sonoro trago a mi cerveza y apoyé los codos en la barra, tratando de fingir que estaba apreciando las sutilezas del solo. Ella alzó la voz por encima del saxo.

—¿En qué trabajas?

—Soy aprendiz de chef. Pero mi verdadero sueño es montar mi propio café. —Hasta ese momento jamás lo había dicho en voz alta, pero me daba la sensación de que esa mujer exigía ambición. Valor. Miras.

—Vaya, eso está muy bien —dijo—. Cuéntame más detalles.

Pensé rápidamente.

—Estoy mirando locales para un café de comida vegetariana. Siempre he soñado con montar uno.

—Me encanta la comida vegetariana.

Esbocé una amplia sonrisa.

—¿Y tú? ¿Qué haces?

—Nada especial.

—Nada especial suena genial.

Sus mejillas, sus ojos, se iluminaron. Antes de que terminara la canción, tenía su mano ahuecada sobre mi oreja, su cálido aliento sobre mi cuello.

—Me molesta el sonido tan estridente. ¿Y si nos vamos? Ni siquiera me gusta el jazz.

Aún no estoy seguro al cien por cien de qué vi en ella que me hizo responder «sí» sin pensármelo dos veces. Quizá fuera la calidez que destilaba su piel, quizá el destello de sus pendientes de plata en la penumbra, o su sonrisa fácil.

Acabamos junto a la bahía, en la estrecha franja entre el camino y el agua. Ella caminaba a mi lado, cerca de las olas que lamían suavemente la orilla, mientras las plantas de nuestros pies se hundían en la arena.

—Se te ve algo silencioso. No sé, como si estuvieras triste —comentó en voz baja.

Yo intenté mantener el gesto impasible, levanté arena con el pie.

—Mi hermano murió hace poco.

—¿Tu hermano? Lo siento mucho.

—Mi mellizo.

Se detuvo, contempló las luces titilantes del otro lado de la bahía y se sentó en la arena.

—Qué horror. Lo siento. ¿Cómo era?

Me dejé caer pesadamente a su lado y me dio por contarle toda la historia de Simon. La leucemia. Su estoicismo mientras lo acribillaban de arriba abajo a pinchazos. Los mechones de pelo sobre la funda de la almohada, atascados en el desagüe. Los médicos que insistían en hacerle una prueba más, en someterlo a un tratamiento más, hasta que se les agotaron las promesas. Ella escuchaba, asentía en los momentos adecuados. Daba la impresión de que lo entendía. Casi seguro que Simon le habría dado el visto bueno.

Después ella me habló de su madre. No me contó todo, ahora lo sé, pero sí lo suficiente para entender que Sash había sufrido y había salido de ello más ligera, vital y radiante; sentí la calidez de su piel cuando acercó la mano a la mía.

Ahí fue donde todo comenzó, supongo, mientras las estrellas se cernían sobre nosotros como un manto, con su cabeza apoyada en mi regazo y el agua humedeciendo la arena.

Día 1
Sábado a la hora del almuerzo

En la manta de lana blanca que me cubre el regazo hay tejida una cenefa del color de un corte limpio. La pellizco mientras Mark empuja mi silla de ruedas para cruzar la puerta automática en dirección al nido. El murmullo de la conversación se apaga. Los padres y familiares se giran para mirarme; soy la madre recién llegada. Las enfermeras, sonrientes, también me observan.

Cerca del mostrador de enfermería pasamos junto a una puerta con un cartel que reza: «Sala de Reanimación», en la que no me había fijado la última vez. Espero no verme en la tesitura de entrar en ese espacio jamás. Los bebés están llorando a grito pelado en el nido; su llanto se intensifica en acordes disonantes. En el ambiente se respira un desagradable y empalagoso olor; reparo en que procede de la sala de fórmula para lactantes cuando pasamos rápidamente junto a la puerta con el cartel. Espero poder darle de mamar. Aunque quizá también esto está fuera de mi alcance.

Al llegar al final del pasillo de incubadoras, Mark me conduce a la derecha en vez de a la izquierda.

—Por aquí no es —señalo.

—Lo han trasladado desde tu última visita. Otro bebé necesitaba la incubadora, por las luces. —Para la silla de ruedas de golpe.

La tarjeta pegada a la cuna sigue tal cual, con mi nombre y un espacio en blanco para el del bebé. Miro detenidamente a través del plástico. No estoy segura de lo que esperaba hasta que siento una congoja en el pecho. Es el mismo bebé de esta mañana.

La incubadora donde había estado nuestro bebé, al otro lado del angosto pasillo, está iluminada con un azul eléctrico. Hay otro bebé dentro. La luz fosforescente se refleja a través del plástico, proyectando sombras azules onduladas sobre las paredes del nido, como si estuviéramos en el océano, a demasiada profundidad como para distinguir el cielo.

Junto a la incubadora azul hay una mujer menuda con piel de porcelana sentada muy erguida. Tiene una madeja de lana roja sobre el regazo y agujas de punto grises en las manos. Sus delicados pies están enfundados en sandalias bajo el camisón de hospital. Está tarareando una nana, prácticamente para sí misma, mientras teje punto tras punto. *My Bonnie lies over the ocean.* Una profunda arruga de preocupación le surca el entrecejo, pero los ojos de la mujer, pequeños y penetrantes como los de un pájaro, brillan al reparar en mi presencia.

Le sonrío, pero mi sonrisa de compromiso se quiebra al darme cuenta de que no soy la única que se siente sobrepasada por todo esto. Ella me devuelve la sonrisa, dejando a la vista un hueco de inocencia entre las paletas. A continuación baja la mirada a la pieza cuadrada de lana que pende sobre su regazo y junta las agujas con un tenue clic. Introvertida. Tal vez una posible aliada. O una amiga.

La nueva incubadora de nuestro bebé está iluminada con un anodino foco que crea oscuras sombras en las esquinas. Extiendo la mano para subir la intensidad a fin de examinarlo más detenidamente, pero Mark me sujeta la mano.

—Me dijeron que mantuviera tenues las luces, Sash. Es mejor que no lo estresemos.

El bebé ya se ha echado a llorar, pero no con el plañido gutural propio de un recién nacido, sino más bien con el gañido estridente de una gaviota. Tiene los ojos fuertemente cerrados, la cara sofocada. Aunque darle más intensidad a las luces no afectará al bebé, en este momento estoy demasiado abrumada para explicárselo a Mark. Él cree que hace lo correcto al seguir las instrucciones de las enfermeras al pie de la letra. Me sorbo la nariz para contener las lágrimas que amenazan con resbalar por mis mejillas.

Mark abre la puerta de la incubadora —¿cuántas veces lo habrá hecho hasta ahora?— y acurruca al bebé entre sus manos; ahueca una bajo su cabeza y coloca la otra debajo de su espalda, de la misma manera que cogió a la cría de canguro.

—Le gusta —dice Mark y, efectivamente, el bebé deja de berrear, su llanto se va aplacando en pucheros hasta apagarse por completo. No era consciente de que Mark tenía mano izquierda con los bebés, no sabía que se le ocurriría algo para calmarlos. Este rasgo de él debería agradarme. Sin embargo, en cierto modo me duele que ya tenga más apego con este bebé que yo.

El bebé está tendido boca abajo, con el cuello hacia un lado y la cabeza ladeada hacia mí. Siento un sofoco en el pecho, una oleada de decepción. Yo tenía razón desde el principio: no se parece nada al bebé de mis sueños, ni al de los recodos más recónditos de mi mente. La forma abombada de su cabeza no parece tan acusada como esta mañana, aunque su oscuro pelo sigue cubierto de vérnix. El moretón que tiene en el cuero cabelludo ha pasado del marrón al violeta. Sus ojos, separados y perfilados por tupidas pestañas y oscuras cejas, permanecen inertes, con la mirada perdida. La tez aceitunada de sus hombros está cubierta de sedoso vello negro. Parece más simio que humano.

—¿A que es una monada? —comenta Mark.

—Es un pelín feo. —En cuanto lo digo, tengo la certeza de que he metido la pata.

Mark se queda boquiabierto, como si fuera a reprenderme, pero en vez de eso respira hondo para controlarse y vuelve la vista hacia la incubadora.

—¿Sigues de acuerdo en ponerle Tobias? ¿Toby?

—Pero habíamos decidido ponerle Gabrielle. Como es niño, le ponemos Gabriel, ¿vale?

—No sé, Sash. Gabriel no le pega. A mí me da la impresión de que él tiene personalidad. Emana fuerza. Tobias es un nombre potente. Masculino. Era la primera opción entre los nombres de niño, ¿recuerdas? Me parece que le pega más Tobias. ¿Qué opinas?

Me encojo de hombros. Siempre hay tiempo de cambiar de parecer. Supongo.

—Una vez que lo tengamos claro no creo que lo cambiemos, cariño —dice Mark como quien no quiere la cosa.

Noto que me pongo colorada... ¿Lo habré dicho en voz alta?

—Decídelo tú —murmuro entre dientes.

—Entonces, Toby —zanja Mark—. ¿Por qué no lo coges?

Mientras va en busca de una enfermera para que nos ayude, vuelve la vista y me dedica una de sus sonrisas.

Mark ha dejado abiertas las puertas de la incubadora. Meto los dedos lentamente por los ojos de buey hasta posar ambas manos sobre el bebé. Tiene la piel fría y húmeda, como la de una rana. Arquea la espalda y emite un tenue quejido. Deslizo la mano por su viscoso cráneo, le froto el vérnix con las yemas de los dedos y seguidamente apoyo la palma de la mano sobre su caja torácica, por la espalda. Alargo la otra mano para comprobar si tiene los pies palmeados. En caso contrario, sería un indicio de que no es hijo de Mark. De repente, sin darme tiempo a separarle los dedos de los pies, su respiración comienza a emitir un sonido ronco como una serpiente de cascabel. Saco las manos por los ojos de buey y los cierro de un portazo.

—¿A que casi no parecen humanos?

Es la mujer que hay junto a la incubadora con luces azules al otro lado del pasillo; una sonrisa afable le ilumina el semblante. La luz de la sala del nido parpadea por encima de ella.

—Y son tan frágiles. Da la impresión de que con solo tocarlos se les podría desgarrar la piel.

Por fin alguien que parece entenderlo. Alguien con quien cabe la posibilidad de conectar. Alguien que puede responder a la pregunta que crece en mi interior como una marea.

—Efectivamente —digo. No añado que el parto prematuro, al menos, debe de ser culpa mía.

Ella deja las labores sobre el regazo.

—Soy Brigitte. Mi hijo es Jeremy. Ha nacido esta mañana, a las treinta y siete semanas, y pesa cuatro libras con nueve onzas.

—¿Cuánto es eso en kilos?

—Hum..., no lo sé. Lo que sí sé es que pasará mucho tiempo antes de ponerle esto. —Me muestra la pieza cuadrada de lana que tiene sobre el regazo—. Tenía previsto terminarlo antes de que naciera. Esperaba que fuera más grande. Al menos ahora tendré más tiempo para tejerlo.

Yo no sé hacer punto, ni siquiera coser. La verdad es que debería haber aprendido ya; es algo que hacen las madres. Brigitte es como las madres que me daban envidia cuando trabajaba en pediatría, las mujeres que han nacido para ser madres. Las mujeres que siempre parecen encontrarse a sus anchas cuidando a sus retoños. Que siempre saben perfectamente qué hacer.

—Este es Tobias. —El nombre me trastabilla en la punta de la lengua, casi tartamudeo al pronunciarlo por primera vez. Decido recitar los datos que figuran en la ficha. Por lo visto es la manera en la que generalmente se presentan las nuevas madres—. Cesárea de urgencia a las treinta y cinco semanas, un kilo novecientos.

Su mirada se pone vidriosa. No cabe duda de que me considera una fracasada por haber dado a luz por cesárea. Aprieto los dedos contra las palmas de las manos.

—Tuve una hemorragia. Coágulos. De ahí la cesárea. —Aparte de eso, lo único que recuerdo mientras estaba tendida empapada de sangre era la voz de la madre de Bec calmándome en mi fuero interno. «Mi vida, oh, mi vida. Respira y nada más». Ojalá aún viviera para reconfortarme en persona.

Brigitte se encoge y estremece ante mi relato de la sangre.

—Puf. Qué horror. Por eso estudié naturopatía. ¿A qué te dedicas?

Naturopatía. Será mejor que no exponga mi opinión sobre la medicina natural delante de ella. Y probablemente no verá con buenos ojos mi trabajo.

—Soy patóloga.

En un primer momento, doy por supuesto que su reacción de contener la respiración se debe al desagrado: me consta lo que los naturópatas opinan de los médicos. Pero entonces se pone a hablar a borbotones.

—Vaya, pero eso es genial. Debes de ver de todo. Me apasionan esas series de televisión. ¿Es como en *CSI*? ¿Huellas dactilares, pruebas de ADN?

—Lo mío es la anatomía patológica, no forense. Mi trabajo consiste principalmente en examinar al microscopio grumos rosas y puntos morados y en redactar informes que luego nadie lee. Tengo que escribir las conclusiones en mayúscula para que no las pasen por alto.

—Entonces, ¿disfrutas con tu trabajo? —pregunta con una sonrisa.

—Supongo que sí. Depende del día. Me desagrada la parte de diseccionar cuerpos de bebés.

El primer bebé al que diseccioné, supuestamente un caso de muerte súbita, lo encontró muerto su madre en la cuna. Era una niña. Tenía el cuerpo rígido cuando la cambié de postura sobre la bandeja de acero. Presentaba el aspecto y la textura de una muñeca de plástico; no se parecía ni de lejos a un bebé de verdad. Al realizar la incisión en su piel, las tripas se le salieron por el corte y resbalaron por el acero. Me dieron arcadas. En ese preciso instante, allí mismo, tomé la determinación de dejarlo. No solo la patología, sino la medicina en general. Para siempre.

Fue mi supervisora quien me condujo desde los vestuarios de vuelta a la sala de disección, al bebé que yacía sobre la bandeja. Era mi obligación, dijo, averiguar la causa de la muerte de ese bebé. Darles a sus padres la respuesta que necesitaban tan desesperadamente. Era lo mejor que podía hacer, por ellos y por ella.

De modo que eso fue lo que hice; lo que todavía hago de vez en cuando. Cortar la finísima piel de los bebés, hurgar bien dentro, rebuscar en sus cavidades diseccionadas en busca de algo o de alguien a quien culpar. No finjo que me resulte agradable. Trato de no comentarlo con mis amigas cuando dan a luz. Creo que no lo entenderían.

Brigitte me está mirando fijamente con gesto horrorizado, como si yo estuviera sopesando la posibilidad de diseccionar a su bebé. Entre el calor del nido y el embotamiento que me aturde el cerebro, de repente caigo en la cuenta de que mi comentario ha sido un despropósito.

—Lo siento. No debería haberlo mencionado. Es que no me quito a los bebés de la cabeza. —Esbozo una tenue sonrisa fugaz que más bien parece una mueca. Los músculos de la cara me duelen del esfuerzo.

Brigitte frunce el ceño antes de bajar la vista a sus finas manos, entrelazadas sobre el regazo.

—Yo perdí la fe en la medicina occidental hace años. Solo confiaba en los remedios naturales. Por eso me hice naturópata. Luego, el año pasado, comencé a valorar a los médicos cuando mi prima dio a luz a las veinticuatro semanas de gestación. No creían que el bebé saliera adelante. De alguna manera, gracias al hospital, se recuperó. Y al parecer tiene buen pronóstico a largo plazo.

—Pobres padres —murmuro. Treinta y cinco semanas ya parece bastante malo.

—Fue duro para ellos. —Asiente con la cabeza—. No obstante, ya han pasado lo peor. En cuanto a mí, me muero de ganas de sacar a Jeremy de aquí. Estoy deseando llevármelo a casa. Comenzar de cero.

Brigitte tiene los labios azulados, casi cianóticos. Me dan ganas de tocarle la muñeca, de tomarle el pulso, de asegurarme de que no se convierta en uno de mis cadáveres, hasta que caigo en la cuenta de que son las luces de la incubadora las que imprimen ese matiz a su tez. Aún inclinada hacia delante, formulo la pregunta que me arde en el pecho casi en un hilo de voz:

—¿Es normal no sentir nada?

La expresión de Brigitte se suaviza.

—¿Por el bebé? Probablemente. La trabajadora social me dijo que cuesta más establecer un vínculo afectivo cuando están en el nido. Quiero decir que estoy aquí sentada, pero podría estar en cualquier parte, ¿no? ¿Cómo iba a enterarse mi bebé? Ni siquiera puedo cogerlo todavía. Cuesta más quererlos cuando están detrás del plástico. —Sonríe amablemente.

A lo mejor por eso lo encuentro feo. A lo mejor todos los bebés prematuros lo son. A lo mejor todas las madres opinan lo mismo.

—Tu actitud es normal —añade para tranquilizarme—. Tu marido es el que muestra un entusiasmo fuera de lo común. Se ha pasado aquí casi toda la mañana. En fin, supongo que eres afortunada, ¿no? ¿Es tan atento contigo también?

Me encojo de hombros. No siempre lo ha sido, pero no estoy dispuesta a revelarle eso a una extraña, por muy digna de confianza que parezca.

—¿Tú qué tal?

Suspira.

—John es más bien un marido a media jornada. Trabaja de ingeniero en distintos destinos. Llevo todo el día intentando llamarle para darle la noticia. Los lugares remotos son los peores.

Noto el peso de una mano sobre el hombro, como una mancuerna. Mark, con Ursula a su lado.

—Puedo ayudarla a coger por primera vez a Toby antes de mi pausa para el almuerzo. —Ursula abre de par en par el lateral de la incubadora y ajusta las sondas y tubos—. ¿Está lista? —Sin darme tiempo a responder, coge a Toby enganchando las sondas sobre su brazo y lo deposita en la cara interna de mi codo.

Pesa menos de lo que imaginaba; es casi ingrávido.

Se queda inmóvil entre mis brazos. Despide un tufillo metálico, quizá debido a los antibióticos, o quizá sea su olor natural. Tiene los ojos fuertemente cerrados, como si fuera yo quien emanara el olor industrial.

Alzo la vista hacia Mark. Está observando fijamente a Toby con gesto de adoración.

Cuando empiezo a destapar a Toby, Ursula me da un toque en el hombro.

—Hay que mantenerlo abrigado. —Lo cubre con la mantita y a continuación mira la hora en el reloj que lleva colgado de una cadena de plata en el bolsillo de la pechera—. Hora de comer. —Me frota la espalda—. Buena suerte.

¿A qué viene eso? ¿Se lo dice a todas las madres primerizas o es una advertencia exclusivamente para mí?

Echo una ojeada al pasillo, pero la silla de Brigitte está vacía. Se ha marchado sin despedirse.

Sentada en la silla de ruedas junto a la incubadora de Toby distingo a una mujer al otro lado de la ventana, de pie en la parada de autobús que hay enfrente del hospital. Lleva a un bebé acurrucado contra el pecho en una mochila portabebés, la barbilla le descansa sobre la cabeza del crío, las manos alrededor de su cuerpo como los lazos que envuelven un regalo.

Cojo a Tobias de las axilas, lo coloco sobre mi hombro y lo rodeo con mis manos para que parezca que estoy acurrucándolo. Mi embotamiento se está disipando. Prácticamente puedo sentir los medicamentos metabolizándose en mi interior, los compuestos químicos concentrados en mi sudor y orina que no tardarán en ser expulsados. Sin prisa pero sin pausa, comienzo a ser persona.

—¿Sabes cuántos bebés más han nacido hoy? —le susurro a Mark.

—Ni idea. ¿Por qué lo preguntas?

Supongo que pronto tendré que transmitirle mi inquietud a Mark. Es lo correcto, es lo mejor que puedo hacer. El hecho de tomar en brazos al bebé ha confirmado mis temores. Mi falta de apego hacia Toby está muy lejos de ser la reacción maternal habitual. Aunque estoy haciendo todo lo correcto, sigue sin encajar. No es «normal», como ha sugerido Brigitte, ni me siento deprimida ni mucho menos. No puedo explicar lo que siento hacia el bebé. La única explicación posible es que ha habido una confusión. Un error. Mi verdadero hijo debe de estar en el nido, en algún lugar. Voy a necesitar la ayuda de Mark para examinar a los demás bebés, para localizar a nuestro verdadero hijo. Sé que él me apoyará en esto.

Una alarma chirría desde un monitor cercano y retumba por el largo pasillo hasta el mostrador de enfermería. En el monitor aparecen luces rojas intermitentes. Todo sucede tan deprisa que un grupo de enfermeras se arremolina alrededor de mí antes de ser consciente de que la alarma la está emitiendo el monitor de Toby. Me lo arrebatan de los brazos y vuelven a meterlo en la incubadora. Después se turnan para auscultarlo con estetoscopios, al tiempo que enchufan y desenchufan cables del monitor. Mark permanece de pie a mi lado, observando con los ojos como platos.

La alarma ha cesado hace unos segundos. Ahora Toby aparentemente respira con normalidad. ¿Ha llegado a dejar de respirar?

—Una apnea. —Ursula echa el cierre lateral de la incubadora—. Es bastante habitual que los bebés de tan escaso tamaño dejen de respirar durante breves lapsos de tiempo. Puede ser debido a la postura, si la cabeza se dobla demasiado hacia delante y les bloquea el paso del aire. Tienen las vías respiratorias muy pequeñas. Pero seguro que ya lo sabe.

Ojalá me hubiera percatado de lo que estaba pasando; podría haberlo solucionado yo misma.

—¿He hecho algo mal?

Nadie responde. Ninguna de las enfermeras me mira a los ojos.

Mientras las enfermeras se dispersan, Mark no aparta su mirada de mí.

Echo un vistazo al mostrador. Las enfermeras se apiñan en un corrillo, observándome de lejos. ¿Es esto una especie de prueba de mis dotes de crianza? ¿Una broma de mal gusto a la médica-madre primeriza para ver si es capaz de darse cuenta de que le han endosado un bebé ajeno? Seguramente no: parece demasiado rebuscado, incluso dada la situación. No es posible que la confusión haya sido intencionada. En un fugaz instante de lucidez, recuerdo que Ursula cometió un error con mi nombre. Es culpa de ellos. Del hospital.

Toby permanece inmóvil sobre la sábana de algodón. Al observarlo ahora no siento nada. Al cogerlo en brazos tampoco he sentido nada. Me fijo en la mirada temerosa de Mark. Hay cosas que necesito decir.

—Sé que te has encariñado con este bebé. Pero que yo no lo haya hecho no significa necesariamente que me pase algo a mí.

Todo esto va mucho más allá del hecho de que Toby sea prematuro, mucho más allá de mi sentimiento de culpabilidad y temor, mucho más allá de la racionalidad y el amor. Sé que tengo razón. Que es necesario depositar la confianza, el respeto y la fe en mi bebé, el que se me aparecía en sueños.

—Mark, sé cuál es el problema. —Las palabras que lo cambiarán todo se cristalizan en mi mente mientras la cara de Toby se funde con el bebé de la ecografía, el bebé que yo sabía que estábamos destinados a tener incluso antes de ser consciente de que deseaba uno, el bebé con el que me comprometí al casarme con Mark—. Mark, escúchame: este no es nuestro bebé. Este bebé no es nuestro hijo.

Diez años antes

Mark

Que cómo fue el día de nuestra boda? Perfecto. Bueno, casi.

Sash no estaba en su lado de la cama al despertarme. Se empeñó en quedarse a dormir en casa de Bec. Cosas de la tradición, por lo visto. No puedo decir que lo entendiera. Adam —la pareja de Bec desde que se conocieron en el club de jazz y el padrino de mi boda— se presentó a eso de las doce. Nos pusimos los esmóquines, nos peinamos y nos sentamos a ver el fútbol tomando una cerveza. Mientras veíamos el programa previo al partido me lanzó unas cuantas pullas sobre el hecho de haberme ahorcado para el resto de mi vida. Le advertí que seguramente él sería el siguiente. A partir de ahí cerró el pico. Además, Sash no era para nada exigente. Siempre me daba carta blanca. De hecho, en aquella época me animaba constantemente a salir, a vivir un poco, a intentar pasarlo bien.

Las limusinas se estaban retrasando mucho. Sash me había dicho que la organización de los coches para la boda era cosa mía. Fue lo único que tuve que hacer. Ya era la una. Los jugadores estaban empezando a calentar en la pantalla cuando recibí un mensaje de Sash.

«¿Les queda mucho a los coches?».

Yo había hecho la reserva para las doce y media. Definitivamente, iban con retraso.

Llamé por teléfono a la empresa de limusinas. No respondieron. Llamé al número de móvil que aparecía en la página web. Nada.

—Joder, tío, ¿has hablado con ellos hace poco? —preguntó Adam.

«Ya casi están», contesté en un mensaje. El capullo de rosa que llevaba en la solapa ya se estaba poniendo mustio por los bordes.

—Vais a tener que coger un taxi para vuestra boda —comentó Adam, meneando la cabeza.

Consulté el correo electrónico. La empresa de limusinas me había mandado la confirmación de la reserva. Dos limusinas, a las doce y media, para el 14 de febrero de 2002. «¿2002?». Ese era el año siguiente. Deseé con todas mis fuerzas que no hubieran aceptado una reserva con un año de antelación.

Abrí de par en par la puerta principal y me asomé a la calle, desierta. Adam estaba en el porche, pidiendo un taxi. Ni rastro de la limusina. Simon no habría cometido semejante error. ¿Qué haría él ahora? Volví dentro para pensar.

Mi padre tenía un antiguo Chevrolet azul en el garaje. Estaba oxidado por algunos sitios, pero todavía lo utilizaba de vez en cuando. La primera vez que Sash y yo fuimos de visita a su casa se ofreció a llevarla a dar una vuelta. Ella declinó el ofrecimiento amablemente; los coches antiguos no eran lo suyo, comentó. Puede que el coche fuera viejo y pequeño, pero no tenía más remedio que llamar a mi padre, aun cuando ya estuviera de camino a la iglesia. Ese coche era mi única salvación.

Sash estaba despampanante mientras caminaba por el pasillo de la iglesia. Su sonrisa era radiante; llevaba un resplandeciente peinado trenzado. No creo que jamás la hubiera visto tan guapa. En el altar se giró para mirarme de frente, me cogió las manos entre las suyas y me dio un fuerte apretón. Después esbozó esa radiante sonrisa de nuevo. Yo sabía que ya me había perdonado por haberla pifiado con las limusinas, por haber tenido que llevarla en coche a la boda, por haberla visto antes de la ceremonia, por haber llegado a la iglesia con más de media hora de retraso.

Con los rayos de sol que se filtraban por la vidriera danzando sobre su rostro, apenas pude concentrarme durante la ceremonia. Hasta me atasqué al pronunciar los votos. Los habíamos escrito la semana anterior; Sash se ocupó de la mayor parte, pero me pareció bien lo de los sentimientos. No sé qué sobre la honestidad. No sé qué sobre el amor. En cualquier caso, lo que dijésemos era lo de menos. Lo único que importaba era que nos amábamos. Que no queríamos pasar nuestra vida con ninguna otra persona. Que estaríamos juntos «hasta que la muerte nos separara».

Volviendo la vista atrás, yo debería haber dicho más cosas: todas las razones por las que amaba a Sash. Su compasión, su consideración. Su pasión en todo lo que se proponía. Su intachable integridad. Ella era alguien con quien yo podía contar, en quien podía confiar; que creía en mí y en mis sueños disparatados, con quien yo deseaba crear una familia. Me moría de ganas de comenzar nuestra vida juntos, de ser todo lo que Sash deseaba, de darle todo cuanto necesitase.

Cuando terminaron las formalidades y salimos de la iglesia bajo un sol cegador, Sash se pegó a mí, ahuecó la mano contra mi oreja y me dijo: «Bien hecho con lo del coche. Esa es una de las cosas que más adoro de ti, Mark. Nunca te rindes. Siempre encuentras solución a los problemas. Y nunca tiras la toalla conmigo».

Día 1
Sábado a la hora del almuerzo

Retiro la manta de lana de mi regazo y la dejo caer a mis tobillos. Es un alivio haberlo dicho por fin.

Mark se queda mudo. Se acerca más a mí mientras comprueba si alguien del personal o alguna de las visitas lo ha oído.

—¿Cómo que no es nuestro bebé? —cuchichea—. No tiene gracia, Sash. ¿Estás de coña o qué? Como aquel Día de los Inocentes en que me tragué la bola de que había una serpiente marrón en el baño. Es una broma, ¿no? ¿¿No??

El bebé está dormido delante de nosotros, tendido de costado como un barco varado. Observo boquiabierta su piel traslúcida.

—No es el nuestro —repito en el tono más sereno posible, el que empleaba con los pacientes cuando estaban alterados o disgustados. El mismo tono de voz que utilicé con los padres de Damien aquella fatídica noche hace once años, cuando seguía formándome como pediatra. Damien, sentado en el regazo de su madre en la sala de urgencias, tenía las mejillas enrojecidas y humedecidas de lágrimas. Mientras lo examinaba, arremetía con sus regordetas piernas contra mí como un animal salvaje. Me quedé tranquila al comprobar su energía y sus valores normales. La fiebre había remitido con la medicación. Incluso me dedicó un atisbo de sonrisa cuando le hice una mueca.

«De momento está bien —recuerdo que les dije a los padres con la mayor serenidad—. Sé que están preocupados. ¿Por qué no se lo llevan a casa, a ver cómo pasa la noche? Siempre pueden traerlo por la mañana si siguen preocupados. ¿Les parece?».

El padre, atento a cada palabra, asintió. La madre mecía a Damien entre sus brazos. Pensé que habían reaccionado desproporcionadamente por la fiebre del bebé, como tantos otros padres con los que había tratado anteriormente. Pensé que lo más oportuno era tranquilizarles. ¿Cómo iba yo a imaginar que empeoraría tanto?

Miro a Mark a los ojos y le obligo a sostenerme la mirada.

—Mark, hablo totalmente en serio. —Señalo al bebé que duerme delante de nosotros—. Este no es nuestro bebé.

—Por el amor de Dios. —A Mark se le salen los ojos de las órbitas—. ¿Cómo...? O sea... Mierda, Sash. ¿Seguro? Porque esto puede ser peliagudo. No es para andarse con bromas.

—No estoy bromeando. Tienes que creerme. Estoy convencida. —De nuevo, mi tono más sereno.

—Pero ¿cómo demonios podría haber ocurrido algo así?

—No estoy segura. Tampoco es tan difícil, supongo. Sobre todo si alguien tiene un descuido. —Las muestras anatómicas se mezclan, se etiquetan erróneamente, se extravían en el sistema cada dos por tres en el trabajo. Los informes patológicos también—. Y me consta que ha sucedido antes, en Estados Unidos. Y en muchos otros sitios. Y esta vez nos ha sucedido a nosotros. —Ahora que lo he soltado, noto una ligereza en el pecho.

Él me escudriña.

—¿Y estás segura de ello?

Asiento y me aferro a sus manos.

—No es el nuestro. Y ahora tenemos que encontrar a nuestro verdadero hijo.

Él, a su vez, me aprieta las manos. «No te preocupes, te creo».

El roce de su mano es cálido y suave, como aquella primera noche en que nos conocimos, sentados en la playa a la luz de la luna, con la arena fría en nuestras pantorrillas. Cuando me habló de su hermano, Simon, yo le relaté la historia de la última vez que recuerdo haber visto a mi madre. No se rio ni mostró incredulidad. Por el contrario, me escuchó mientras describía el pelo de mi madre, sus reflejos dorados bajo la luz del porche. Ella se volvió hacia mí y se puso el índice sobre los labios como instándome a callarme antes de internarse en la noche.

Mark ha salido a grandes zancadas del nido sin mediar palabra. Tratando de mantener la calma, me encorvo en la silla de ruedas y saco el móvil del fondo del bolsillo de mi camisón. No hay mensajes. Supongo que a Mark todavía no le ha dado tiempo de enviar el mensaje con el anuncio del nacimiento que redactamos juntos hace una semana a nuestros amigos y familiares.

Las enfermeras no me están mirando. No veo adónde ha ido Mark; seguramente en busca de una matrona. Con dedos temblorosos escribo lentamente las palabras «Errores en la identificación de bebés» en el motor de búsqueda. Casi se me cae el teléfono cuando se carga la página. ¿Catorce millones de resultados?

Me quedo pasmada conforme voy revisando los resultados de la búsqueda. Es tal y como le he dicho a Mark, salvo que más habitual de lo que imaginaba. Francia. Brasil. Polonia. Sudáfrica. Canadá. Todos los estados de Australia. Casos notorios ante tribunales de todo el mundo. Casi siempre fortuitos. Las madres siempre se percataron de ello en el acto y, cuando las autoridades les dieron crédito, recuperaron a sus bebés inmediatamente. Sin embargo, a veces se tardaba horas en detectar y enmendar los errores. Entretanto, dejaban que las mujeres amamantaran a los bebés equivocados. Y, a veces, las autoridades no daban crédito a las mujeres hasta años después. O jamás.

Ya han transcurrido horas desde el nacimiento de nuestro bebé. Al menos a nuestra niña no le habrá dado el pecho la mujer equivocada. Puede que le hayan suministrado su leche, pero no habrá podido amamantar. Es demasiado prematura para que otra mujer le haya dado el pecho.

Echo un vistazo a más páginas en busca de cualquier cosa que pudiera ser de provecho. En los artículos de las noticias aparecen citas de directores de hospitales transmitiendo sus sinceras disculpas, con promesas de arreglar el sistema. Fragmentos de comparecencias en procesos judiciales, declaraciones de los propios hijos ya adultos. Nada de las madres. ¿Por qué no se manifiestan?

¿Y si llamo a los medios de comunicación, a abogados? No. Mejor no meter cizaña. Mark tiene capacidad de sobra para resolver todo esto. Está de mi parte, siempre ha creído en mí, incluso cuando yo pensaba que sería incapaz de aguantar más. Y los médicos son razonables. Depositan su confianza en otros médicos. Tengo que confiar en que se resolverán las cosas, en que nos devolverán a nuestro bebé en el momento menos pensado.

Me da un escalofrío. Tiro de la manta para cubrirme el regazo. Ni que decir tiene que espero una disculpa sincera una vez que por fin tenga a mi precioso bebé en mis brazos. No obstante, el hospital debería agradecer que esto le haya sucedido a alguien que entiende que el ser humano comete errores. Lo fácilmente que pueden cometerse equivocaciones. A pesar de que rara vez haya sido mi caso.

Al cabo de media hora como mínimo, Mark sigue sin aparecer. Seguramente estará tratando de localizar a nuestro bebé. Pero no puedo quedarme aquí sentada impotente. He de hacer algo, encontrar pruebas. A fin de cuentas, reconoceré a mi bebé en el acto: en realidad, soy la persona más idónea para buscarla.

Al tomar impulso para incorporarme, casi me doblo del lacerante dolor que me atenaza las entrañas. Supongo que debería haber accedido a tomar al menos una pequeña dosis de morfina. Me pongo a moverme con torpeza de una incubadora a otra. Hay diez en total en ambas paredes de este pasillo; las he contado tres veces para asegurarme. La niña que hay en la incubadora junto a la de Toby tiene pelusa en el cuero cabelludo y la nariz chata. La segunda niña de la fila, las manos regordetas y los dedos de los pies combados hacia abajo. Ya veo a Mark otra vez, enfrascado en una conversación con Ursula en el mostrador. Aprieto el paso, echando un vistazo a través del metacrilato de cada incubadora conforme paso, fijándome más en los bebés con fichas rosas. Qué cantidad de niños; todos y cada uno de ellos con falta de cariño. Me extraña que los padres no estén a su lado. Cuando encuentre a mi bebé, estoy convencida de que no me apartaré de la incubadora ni un segundo. Continúo adelante por la fila.

Piernas finas, piel oscura. Orejas de soplillo, barbilla respingona.

Doblo la esquina del nido con forma de L y me aprieto la barriga por el dolor mientras doy traspiés entre las cunas abiertas del ala más pequeña, ocho en total.

Ojos negros, rostro rubicundo. Pelo oscuro, tripita rechoncha.

Siguiente cuna, después otra, y otra. Finalmente llego al fondo del nido. Es imposible que me haya saltado a algún bebé. Entonces, ¿cómo es posible que ninguno parezca el mío?

Me desplomo en un banco próximo, haciendo un sumo esfuerzo por mantenerme erguida a pesar del dolor, que ahora es como una espada que me aguijonea las entrañas. Oigo un chirrido detrás de mí. Ursula, empujando una silla de ruedas en dirección hacia mí.

—No debería estar deambulando por aquí en su estado —dice—. La mayoría de las mujeres casi no pueden caminar al día siguiente de la cesárea. —Me ayuda a sentarme en la silla y me conduce hacia el otro lado del nido—. La llevaré a su habitación en breve. Mark ha estado hablando conmigo. Resolveremos esto. Mientras tanto, ¿necesita calmantes?

—No necesito calmantes. Lo único que necesito es a mi bebé —respondo, con el corazón martilleándome el pecho—. Ya.

—Por supuesto —contesta, y me deja delante de la incubadora de Toby—. Mientras tanto, sugiero que pase un rato junto a este bebé.

Antes de que se marche, se me ocurre una idea, una forma de comenzar a reunir pruebas irrefutables. Levanto la cabeza e intento recomponerme.

—¿Podemos pesar a este bebé, por favor?

Ursula hace un mohín.

—Oh, pero si ya lo han pesado hoy. —Señala hacia la ficha del extremo de la incubadora al tiempo que acerca la silla de ruedas—. Un kilo novecientos. Es un peso saludable.

—No se tarda nada.

—No querrá molestarlo innecesariamente, ¿verdad? Necesita el máximo tiempo posible para desarrollarse.

Fue Ursula quien se confundió con mi nombre desde un principio. ¿Acaso tiene algo que ver con esto?

—Es que estoy un poco preocupada, eso es todo. No estoy segura de que lo hayan pesado correctamente.

Ursula ladea ligeramente la cabeza.

—No estuvo presente cuando lo pesaron por primera vez. Entiendo. Por esta vez, vale.

El carrito traquetea al deslizarse por las juntas del suelo laminado conforme empuja la báscula desde la sala de fórmula para lactantes. Coloca a Toby sobre el metal como si fuera un pescado. Él no emite el menor sonido. Los números parpadean en rojo hasta que se detienen en una cifra: 2.070 gramos.

—Sabía que algo iba mal —comento, mientras noto una descarga de adrenalina por las extremidades al señalar la discrepancia entre las dos cifras—. Este no es mi bebé.

Ursula coge a Toby como un fardo, lo mete en la incubadora y cierra el lateral de un portazo.

—Debería habérselo dicho. Tanto la sonda nasogástrica como los cables del conector añaden cierto peso, ¿sabe? Nosotros restamos ese margen estimativo al calcular el peso de su hijo.

Se pone en cuclillas a mi lado y me frota el antebrazo. Su roce, su cambio de actitud me empujan a apartarme, pero me contengo justo a tiempo.

—Impresiona, ¿verdad? Parecen distintos cuando son prematuros. Ya verá cómo se le estirarán las arrugas y la piel a medida que crezca. —Su tono se endurece casi imperceptiblemente al añadir—: Tiene que convencerse de que este bebé es el suyo.

Me dan ganas de escapar, de fingir que nada de esto ha ocurrido ni por un momento. En lugar de eso, enderezo la espalda contra el respaldo de la silla de ruedas.

—¿Hay algo que no me esté diciendo?

Ursula retrocede con los labios apretados.

—Tengo que serle sincera: estoy muy preocupada por la salud de su hijo. Y por usted. —Señala hacia la incubadora con el dedo rígido—. Este es su hijo, Sasha. Fíjese: tanto las muñecas como los tobillos llevan los brazaletes de identificación. —Se inclina para coger la carpeta que hay en la mesa y, enseñándome el informe, pasa las páginas—. Toda la documentación está en orden.

—Eso no significa nada —objeto—. Debería saberlo. Lo único que deseo es encontrar a mi bebé. ¿Acaso es mucho pedir?

Dos enfermeras se aproximan desde el mostrador apretando las mandíbulas. Se detienen a escasos metros de mí. ¿Es que temen acercarse demasiado?

—Ursula, ¿necesitas ayuda? —pregunta una—. ¿Activamos un código?

Un código. Le están preguntando a Ursula si avisan a seguridad.

Ursula me escudriña desde el mostrador.

—Avisad a la doctora Niles —dice.

—¿Van a encerrarme o qué? —grito—. ¿Me toman por loca?

Unos cuantos visitantes se rebullen en sus asientos alrededor de otras cunas del nido. Un tenue murmullo flota en el caldeado ambiente. ¿He subido el tono de voz demasiado? ¿O acaso estos padres también están hartos de ser ignorados?

—Seguro que está al corriente del caso de Estados Unidos —digo, alzando la voz mientras Mark viene a mi encuentro. ¿Dónde estaba?—. Fue por error de una matrona. Además, ha habido muchos otros casos. —Titubeo. De repente, no consigo recordar los detalles.

Mark niega con la cabeza en dirección a Ursula al tiempo que le hace un gesto con la mano en alto. Ella se aparta con las demás enfermeras. Él se arrodilla delante de mí sobre el suelo laminado y apoya las manos en mis rodillas, con los ojos fuera de las órbitas, como atemorizado. Emplea el tono que utiliza durante los rescates de animales, cuando intenta aplacar a ejemplares heridos.

—Cariño, tienes que tranquilizarte. Ha venido alguien a verte. Alguien con quien puedes contar.

Detrás de Mark se cierne una figura borrosa que cobra nitidez.

—Felicidades a los dos.

Es mi padre, con su áspera voz más débil de lo habitual al inclinarse sobre la silla de ruedas para plantarme un seco beso en la mejilla. Lleva en la mano una bolsa verde y un periódico, las profundas arrugas de sus manos plegadas sobre sí como las líneas ondulantes de las olas al aproximarse a la orilla.

Mark se aleja, me figuro que para darnos privacidad. Las enfermeras regresan al mostrador. Los visitantes desperdigados permanecen junto a los recién nacidos. Mi padre me mira fijamente como cuando de pequeña hacía alguna que otra trastada. No vale la pena contarle lo de la confusión de bebés. Con la de años que han pasado, sigue traumatizado por mi nacimiento. De todas formas, tampoco me creería. Además, sería imposible que entendiera por lo que estoy pasando.

Mi padre se agacha y observa detenidamente el interior de la incubadora.

—El bebé es idéntico a ti cuando naciste.

Mi padre nunca ha tenido buen ojo para las caras.

—No estoy segura, papá.

No da muestras de haberme escuchado. Saca una colcha del fondo de la bolsa verde y la extiende con un ademán sobre mi regazo.

—Pensé que te gustaría para él.

Es mi colcha de *patchwork* de la infancia. Noto la sensación fría del algodón bajo mis dedos. Algunos motivos me resultan familiares —ositos de peluche, ballenas, coches de bomberos— y de otros no guardo el menor recuerdo. De pequeña, solía pegármela a la nariz y rozar mi piel contra el tejido, aspirando los diversos olores de la textura. Era mi mayor fuente de consuelo.

—No creo que te lo haya comentado nunca, pero la hizo tu madre para ti. Cuando estaba embarazada.

Deslizo los dedos por las costuras de los octógonos, cosidos entre sí con diminutos pespuntes blancos, y extiendo la colcha sobre mi regazo. Por un momento, el trance del día parece agua pasada. Mi madre la hizo especialmente para mí.

—¿Tenía costumbre de coser?

—Rose hacía cerámica cuando la conocí. Pero en vista de los desaguisados que liaba con el barro, le sugerí que se pasara a la costura.

Saca un álbum de fotos de la bolsa. En la cubierta hay una jirafa rosa.

—El álbum de fotos de cuando naciste. También he dado con él. Pensé que igual te interesaría.

Hace años que no veo uno así: fotografías adheridas al pegajoso papel amarillento, con una película de plástico transparente encima para mantenerlas en su sitio. Después de tanto tiempo, el plástico se está despegando. Hay algunas fotos sueltas entre las páginas, que han resbalado bajo las capas de plástico como si estuvieran tratando de escapar.

—Papá, ¿cómo estaba mamá a raíz de mi nacimiento?

Los pliegues de su sonrisa se expanden por su rostro.

—Pletórica. —Acto seguido se le apaga la mirada.

Echo una ojeada a las imágenes. Recién nacida, envuelta en toquillas y un gorro de punto, con mi madre sujetándome con fuerza entre sus brazos con aire incómodo mientras mira fijamente a la cámara, con los párpados entornados, sin sonreír.

—No parece... pletórica.

Mi padre toma asiento junto a la incubadora y deja la bolsa en el suelo entre nosotros. Despliega el periódico y a continuación lo vuelve a doblar de una manera rebuscada de forma que solo queda a la vista el crucigrama.

—En estos tiempos es posible que le hubiesen diagnosticado algo. Les encanta hacer eso, ¿no?

Aprieto con fuerza la colcha.

—¿Qué quieres decir?

Mi padre rellena algunas letras de la línea superior.

—Eso de la depresión posparto, supongo —contesta—. Últimamente todo el mundo la padece.

Cierro los ojos con fuerza.

—Nunca me lo habías dicho. Y nunca me habías enseñado este álbum.

—Pensaba que sí.

Las fotografías se vuelven borrosas delante de mí. Yo, muy pequeña en una piscina infantil; empujando una vagoneta de madera; desnuda en una bañera. Ni rastro de mi madre. Siempre había dado por hecho que era debido a que ella hacía las fotos. Cierro el álbum.

—No. Nunca me lo habías dicho.

Solían venirme a la cabeza retazos de recuerdos de vez en cuando: imágenes de mi madre, pálida, en el espejo del tocador de su dormitorio. Cepillándose el pelo desde la raíz hasta las puntas quebradas, o aplicándose maquillaje con toquecitos, o quitándose un pelo rebelde de la barbilla con pinzas de depilar. Ella nunca reparaba en mí, sentada a su lado en el banco del tocador. Cuando su cara empezaba a iluminarse yo alargaba la mano hacia el espejo, pero la imagen se rompía en mil pedazos antes de poder tocar su reflejo.

Guardo la colcha y el álbum de fotos en la bolsa verde. Me viene de golpe el olor rancio de las bolas de alcanfor, el aroma del costurero de mi madre. Debió de tardar horas y horas en hacer la colcha, dando minúsculas puntadas en cada sitio con mi imagen en mente mientras yo daba pataditas en su interior. Algunas costuras se han descosido y asoman trozos de tela deshilachados como viejas telarañas. No voy a tener más remedio que aprender a coser, de lo contrario la colcha se hará trizas.

Mi padre aparta la pluma de la manchita de tinta que ha dejado sobre el papel de periódico. Me rehúye la mirada.

—Rose estuvo en un pabellón psiquiátrico varias veces. La primera vez tú tenías seis meses..., demasiado pequeña para acordarte. No sé por qué te estoy contando esto ahora. Todo me está viniendo a la memoria.

Un escalofrío me recorre el cuerpo. Definitivamente, nunca me había contado esto. Me estremezco y aprieto los brazos contra mi pecho. Mi padre continúa hablando. Hace una pausa y recorre con la mirada mi rostro, mis manos.

—Pero tú lo llevarás estupendamente, por supuesto. Has nacido para ello. No te pareces en nada a tu madre.

Como siempre es de una franqueza aplastante, normalmente confío en sus juicios sobre mí. Pero, si no soy como mi madre, ¿a quién me parezco?

Se pone a doblar el periódico hasta que consigue guardárselo en el bolsillo.

—Siempre dabas la impresión de... sobrellevar muy bien su ausencia. Nunca pareció afectarte demasiado.

Siento un creciente escozor tras los párpados.

—Supongo que no.

Se inclina para darme un beso de despedida.

—Por cierto, hoy he averiguado la palabra de ocho letras: «exonerar».

¿Ya se marcha? Pese a que siempre ha rehuido mostrar sus sentimientos, ha reprimido sus emociones, sigue siendo un aliado. Necesito su presencia. Ladeo la cabeza para que sus labios me rocen la oreja.

—¿No puedes quedarte un poquito más?

—Me encantaría, pero tengo una partida de golf. Por cierto, esto es para Toby.

El celofán amarillo se pega a mis dedos húmedos.

—Lo he comprado abajo, en la Asociación de Voluntarias. Rose también hacía labores de punto, ¿sabes?

Sus zapatos chirrían sobre el suelo laminado conforme se aleja arrastrando los pies hacia la puerta del nido.

Arranco la cinta adhesiva del celofán. Dentro hay una rebeca de lana celeste con cuello de canalé y botones nacarados en la pechera. Es sencilla, pero una monada. La sujeto en alto contra el plexiglás de la incubadora de Toby. Es un pelín grande para un bebé prematuro. Más adelante le quedará preciosa a nuestra niña —cuando la encontremos, claro está—. Espero que el personal haga caso a Mark, que lo tomen en serio. Él podrá dar con su paradero. Mi único deseo es que no tarde demasiado.

Día 1

Sábado a primera hora de la tarde

Mark me sonríe al regresar. No estoy segura del tiempo que ha transcurrido desde que se marchó mi padre.

—Todo va a salir bien, Sash —dice, con más confianza de la que yo siento. Agarra las empuñaduras de la silla de ruedas—. Quieren que vayamos a tu habitación para hablar.

Los pasillos, el ascensor que baja hasta la primera planta, a rebosar mientras Mark me conduce de vuelta a la sala de maternidad. Soy Alicia en un País de las Maravillas de pesadilla, creciendo cada vez más mientras las paredes del hospital se empequeñecen alrededor. Bebés berreando por cada puerta que pasamos, sus plañidos resuenan en mi cabeza como sirenas de niebla. No puedo evitar desear que uno de estos bebés sanos de partos a término de repente resultara ser mi niña extraviada.

El doctor Solomon, ataviado con un impecable traje y una corbata que le cuelga justo en el centro de su camisa almidonada, aguarda en la habitación. Tiene las manos metidas en los bolsillos. Da golpecitos con una lustrosa bota sobre la polvorienta alfombrilla que hay al lado de mi cama.

Ursula se encuentra a su lado, siguiéndome con su dura mirada. Mark para la silla y me ayuda a meterme en la cama. Me muerdo el labio para no gritar del dolor que me desgarra las entrañas. No quiero dar la menor muestra de debilidad precisamente ahora.

En cuanto apoyo la cabeza contra la almohada, poso la mirada en la reproducción de Van Gogh que hay sobre la mesilla de noche. No me había fijado en ella en todo el día. *Primeros pasos:* una entregada madre sujeta a su hija de las axilas mientras esta da pasos vacilantes en dirección a su padre en el campo. En nuestro viaje a Nueva York, mientras Mark frecuentaba cafés bohemios en los que inspirarse, yo deambulé por el Museo de Arte Metropolitano y vi este cuadro por casualidad. Los ojos se me llenaron de lágrimas al contemplar las figuras, imaginándome a mí misma como la madre que sacrifica todo por su hija y a Mark como el padre que hace señas a su hija.

El doctor Solomon se cruza de brazos y pregunta a bocajarro:

—¿Tengo entendido que hay un problema?

—Sí —respondo—. Tenemos que encontrar a nuestro bebé. Por favor, ayúdenos.

Mark se sienta a los pies de la cama y me aprieta con tanta fuerza la mano que me hace daño en los nudillos.

—Por favor —repite.

Pongo al doctor Solomon al corriente de todo: la medicación, el análisis de sangre frustrado, la anestesia general, el largo rato que Toby pasó separado de mí, su ausencia de parecido físico con Mark o conmigo. El doctor Solomon permanece inmóvil; de tanto en tanto se descruza de brazos para rascarse la nariz o atusarse el pelo. Ursula me observa fijamente desde el otro lado de la habitación.

Cuando termino, el doctor Solomon me indica con un gesto que me tumbe. Mark me ayuda a recostarme. El doctor Solomon me levanta el camisón. Con manos frías y movimientos enérgicos, me presiona con fuerza la barriga para cerciorarse de que mi matriz sigue contraída y examina el vendaje. Me siento un poco como un cadáver. Vuelve a cubrir mi piel desnuda al tiempo que da un gruñido de satisfacción.

—Le pido disculpas por cualquier malentendido que haya podido haber con el personal de enfermería —dice en tono seco—. He examinado a Toby en el nido antes de venir. Es el bebé del parto al que he asistido a primera hora de la mañana. Me consta que esperaban una niña, pero han tenido un niño sin ningún género de dudas. Tal y como establece el protocolo habitual, al bebé le pusieron dos brazaletes identificativos al nacer. Dado su periodo de gestación, una matrona lo trasladó del quirófano al nido. —Firma mi gráfico de observaciones y lo deja encima de la mesa bandeja a mi lado.

Ha hecho oídos sordos a mis comentarios.

—Pero se suponía que era una niña —murmuro.

El doctor Solomon asiente.

—Me figuro que sabrá que ninguna prueba médica, incluida la ecografía, es infalible al cien por cien.

—Yo estaba convencida —afirmo ahora con más rotundidad—. A mí me daba la sensación de que era niña.

—Ajá.

Esto es lo que hacen los médicos. Desechar las piezas del puzle que no encajan. Desechar la intuición femenina también.

—¿Se quedó solo nuestro bebé en algún momento? —pregunto. Mark me estruja la mano con fuerza. «Tranquila, Sash».

—Estuvo en todo momento con el bebé, ¿verdad? —pregunta el doctor Solomon dirigiéndose a Ursula.

—Oh, sí —responde ella, deslizando la cadena de sus gafas entre el índice y el pulgar—. No se quedó solo en ningún momento.

—Pero ella se equivocó con mi nombre —exclamo, al tiempo que me agarro a la barra del cabecero para incorporarme. Noto escozor y quemazón en los puntos del vientre y en el corte que me hice en el dedo durante el rescate del canguro.

Ursula coge mi informe y con gran despliegue examina las páginas bajo las luces. ¿Cómo es posible que le permitan salirse con la suya en esta situación? ¿Cómo es posible que se salga con la suya cualquiera de ellos?

—Lo único que necesito es confirmarlo. ¿No podemos hacerle la prueba de ADN?

—No se trata de un bebé de fecundación *in vitro*, ¿no? —dice el doctor Solomon.

En el transcurso de los meses que se convirtieron en años mientras intentábamos concebir un bebé, yo insistía sin cesar a Mark en empezar el tratamiento de fecundación *in vitro*. Se lo pedía en el coche, se lo pedía en la mesa mientras cenábamos, se lo pedía en la cama. Mark se opuso en todas y cada una de las ocasiones. Finalmente, una mañana, mientras tomábamos los huevos escalfados que había preparado Mark, exploté.

«¿Acaso no quieres tener un hijo?».

Él cogió el huevo con la espumadera para escurrir el agua en la cacerola.

«Más que nada en este mundo».

«¿Más que a mí?».

Negó con la cabeza.

«Sash, vamos. No quiero que te sometas a tratamientos médicos invasivos. No después de presenciar lo que pasó

Simon. Semejante cantidad de pinchazos. En los brazos. En la espina dorsal. En la cadera. Te conté por lo que pasó, ¿no? —Se sirvió el huevo en la tostada—. Ya sabes que no soporto los hospitales».

Hundí el cuchillo en el huevo de mi plato. La yema se derramó como los fluidos corporales, untando las espinacas, extendiéndose entre los champiñones.

«Además, ya hemos tenido bastantes quebraderos de cabeza en los últimos años con..., ya sabes —añadió—. Ese bebé que murió. No quiero ser el causante de que sufras más estrés».

Removí los dientes del tenedor entre la yema y la extendí por el borde del plato.

«Haré lo que sea menos la fecundación *in vitro*», zanjó.

Estuvimos tres días sin dirigirnos la palabra. Al final Mark se salió con la suya. Hicimos lo que él deseaba. Esperar. Esperar un milagro. No tuve más remedio.

—No hubo fecundación *in vitro* —le digo al doctor Solomon.

—Entonces es imposible que haya habido una confusión en una placa de Petri o en un laboratorio. Y desde luego aquí no ha habido ninguna confusión. De modo que parece que no hay ninguna necesidad de realizar una prueba de ADN, ¿no?

El doctor Solomon habla en un tono tan serio que impone. Primero me desconcierta. Después me preocupa. Sin duda no le ha pasado nada terrible a mi bebé. No tendrían más remedio que decir algo, ¿o no? Y, sí, siento que mi bebé se ha perdido, pero en el hospital hay una cifra concreta de bebés prematuros. Lo único que tenemos que hacer es sopesar detenidamente las opciones. Pero todo el mundo me mira con tanta lástima que se me revuelven las tripas. ¿He pasado algo por alto? ¿Qué quiere decir el doctor Solomon?

Noto que se me acelera la respiración. Ninguno de los casos de los que he oído hablar incluía maniobras de encubrimiento de bebés muertos. Sería inconcebible. No obstante, los médicos prefieren ocultar sus equivocaciones. De hecho, les echan tierra.

Ursula comentó algo acerca de lo ocurrido en el hospital en el pasado. Una infección. Siento una terrible sacudida en mi interior por segunda vez... ¿Cabe la posibilidad de que mi hija esté muerta?

—¿Le ha ocurrido algo a mi bebé? —pregunto con voz temblorosa.

El doctor Solomon y Ursula se cruzan la mirada.

—Por supuesto que no, Sasha —afirma él categóricamente.

Siento una tremenda oleada de alivio hasta que, con un respingo, caigo en la cuenta de que tendré que andarme con más cuidado. No debería verter más acusaciones hasta que no localice a mi bebé..., hasta que no sepa la verdad.

Le doy un fuerte apretón en la mano a Mark. «Ayúdame, por favor».

—¿No podríamos comprobar el ADN de Toby, para asegurarnos? —sugiere Mark.

El doctor Solomon se afloja el nudo de la corbata.

—Toda la documentación está en orden. En estas circunstancias, no hay necesidad de hacer nada más.

—¿Por qué no respetan mis deseos? —intervengo, casi aplastando la mano de Mark—. ¿Por qué no nos ayuda a encontrar a nuestro bebé?

—Sasha, todos estamos intentando ayudarla. —El doctor Solomon alarga la mano hacia la hoja de administración de la medicación colgada a los pies de mi cama—. Se le han recetado somníferos, dos antes de acostarse, y Valium a demanda.

Y asegúrese de tomar suficientes analgésicos. Con eso se sentirá mejor en general —dice.

Mark me aprieta la mano entre las suyas. «Todo saldrá bien». Mark hace caso a los médicos, pero lo que no entiende es que los médicos no siempre aciertan.

El doctor Solomon cuelga la hoja de administración de la medicación a los pies de mi cama bruscamente y enfila hacia la puerta con Ursula a la zaga.

—Por favor —digo, haciendo un sumo esfuerzo por no dar voces. ¿Cómo es posible que se haya zanjado la conversación?—. ¿No puede llamar a mi especialista del Royal? La doctora Yang. Ella le pondrá al corriente de cómo soy. Ella sabe que yo no sería capaz de inventarme algo así. Mark también se lo puede decir. Mark, díselo.

Antes de que Mark pueda intervenir, el doctor Solomon ataja:

—Ya he hablado con la doctora Yang. Opinamos que lo mejor sería que hablara con una colega mía. Le he pedido que venga a reunirse con usted lo antes posible, para resolverlo todo hoy. —Se vuelve hacia Mark, sentado con aire impasible a mi lado—. Si me lo permite, me gustaría hablar con usted fuera.

Mark hace lo posible por esbozar una sonrisa reconfortante al salir con el doctor Solomon y Ursula.

Me quedo sola de nuevo.

A lo mejor tienen razón y estoy equivocada. La idea de una conspiración en el hospital es a todas luces rocambolesca. ¿Acaso cabía la menor posibilidad de confundir al bebé con otro, o de que haya muerto, si Mark estuvo con Ursula todo el rato? A lo mejor debería hacer caso a los médicos.

Creerles. Los médicos normalmente saben de lo que hablan. ¿O no?

«Respira —me digo para mis adentros—. Te han escuchado. No mentirían a un paciente. Estás cansada, estás enferma...».

No es la primera vez que me equivoco. Mi intuición falló en el caso de Damien. A raíz de ello, temí no estar lo suficientemente capacitada como para hacerme cargo de niños, creí no ser lo bastante responsable. Incluso antes de eso, ya había puesto en duda mi capacidad para ser una buena madre, me había cuestionado incluso si tenía derecho a intentarlo, dado que mi propia madre había renunciado a sus responsabilidades maternas. Temía haber heredado una especie de gen de mala madre.

Supongo que la solución es fácil: lo único que necesito es pasar más tiempo con Toby, poner más empeño en ser su madre. A pesar de no estar convencida de que sea mi hijo ni por asomo, tengo que intentar quererlo, del mismo modo que fui capaz de querer a los demás bebés que dejaron de crecer dentro de mí sin tener que pensarlo siquiera. Toby no tiene la culpa de estar confinado en un cubículo de plástico arriba. ¿Tanto me costaría procurar quererlo?

Jamás me he sentido tan sola como en este preciso instante. Ojalá estuviera aquí conmigo Lucia, la madre de Bec, apretándome la mano. Iluminada por las luces fluorescentes, la madre que aparece en *Primeros pasos* sostiene a su hija derecha en el cuadro que hay colgado sobre mi cabeza. Pero, con otro ataque de náuseas, me doy cuenta de que yo no soy la madre en absoluto. Soy la niña que está aprendiendo a andar. ¿Y dónde —me pregunto mientras un ardor me abrasa el fondo de la garganta— está mi madre, agarrándome de la mano mientras camino?

Doce años antes

Mark

Después de aquella noche en la playa, Sash prácticamente no volvió a mencionar a su madre. Rose los había abandonado cuando Sash era pequeña; al menos eso es lo que me contó. Intenté sacarlo a colación unas cuantas veces, pero Sash siempre cambiaba de tema, con la mirada inexpresiva, su boca en una fina línea.

Sin embargo, Sash hablaba bien sobre su infancia. Lucia había sido como la sustituta de su madre, haciéndose cargo de Sash a la salida del colegio, preparándole la cena, enseñándole las cosas de la vida. Su hija, Bec, era como una hermana para Sash. Se pasaron la niñez jugando al Lego y a las Barbies después del colegio, compitiendo entre sí mientras trepaban a los árboles y echando carreras en bici por el parque municipal los fines de semana. En cuanto a Bill, el padre de Sasha, se sumergió en el trabajo, olvidándose prácticamente por completo de que tenía una hija.

Conocí al padre de Sasha cuando llevábamos saliendo unos cuantos meses. Yo me acababa de mudar a su apartamento la semana anterior. Llamaron al timbre. Cuando abrí la puerta, Bill me miró por encima del hombro. Sash me había enseñado fotos de él, de modo que yo sabía cómo era, pero estaba claro que él no tenía ni idea de quién era yo. Me extrañó que Sash no le hubiera comentado nada de mí. Pero claro, Sash nunca le contaba casi nada, y yo me había ido a vivir con ella de la noche a la mañana.

—¿Sigue viviendo aquí Sasha Jamieson? —me preguntó.

Yo le tendí la mano.

—Soy Mark. Debe de ser Bill. Sash está trabajando. Adelante, por favor.

Bill permaneció vacilante en el umbral.

—No quiero molestar. —Me dio una bolsa—. He hecho limpieza en su habitación. Pensé que seguramente le gustaría tenerlas. —Al dar un paso atrás, casi da un traspié—. Por favor, dile que he pasado por aquí.

—Lo haré.

Examiné el contenido de la bolsa. Estaba llena de fotografías en blanco y negro cuadradas de una mujer con gesto serio posando ante fondos reconocibles al instante: la torre Eiffel, la torre inclinada de Pisa, el Coliseo. La mujer era guapa, una versión más joven de Sash, pero con la nariz más larga y afilada. Solo podía tratarse de su madre.

Cerré la bolsa y la metí en el altillo del armario de la habitación de invitados. Por aquel entonces pensaba que a Sash le resultaría doloroso ver las fotografías. En aquel momento lo justifiqué prometiéndome a mí mismo que algún día se las enseñaría. Para ser sincero, sigo esperando el momento de sacarlas.

Sash había conocido a mis padres anteriormente en una cena en un elegante restaurante italiano. Conforme entramos, mi madre se levantó y le tendió la mano a Sash con gesto seco.

—Encantada de conocerte por fin —dijo—. No creo que haya visto a mi querido hijo tan embelesado con sus anteriores novias. —Se dirigió a mí—. Excepto quizá con aquella chica, Emma. —Soltó una risita nerviosa como si fuera una broma y volvió a dirigirse a Sash—. Emma le rompió el corazón durante su primer año en la universidad. —A continuación, con los ojos entrecerrados, añadió—: Te aconsejo que te tomes las cosas con calma con nuestro hijo.

Me ardían las mejillas. Mi padre se limitó a saludar a Sash con un asentimiento de cabeza mientras ella tomaba asiento discretamente en la silla que había a su lado. Le dio un codazo a los cubiertos y el cuchillo cayó al suelo. Mi padre me miró enarcando las cejas.

—Perdón —dijo Sash, y recogió el cuchillo. No le reprochaba que estuviera aturullada. A veces mis padres podían resultar un pelín intimidatorios—. Prometo que cuidaré bien de Mark. —Sash entrelazó las manos sobre el regazo—. Y que nos tomaremos las cosas con calma.

—Bien entonces. Es agradable conocer por fin a la mujer que por lo visto le alegra la vida a nuestro hijo. —Mi madre suavizó el tono de voz—. No todo ha sido un camino de rosas, ¿sabes?

Sash le sonrió con empatía.

—Bueno, bienvenida a la familia —dijo mi padre en tono monocorde.

Mientras bebíamos *prosecco* y sorbíamos ruidosamente la pasta, reparé en que Sash estaba procurando hacer gala de los mejores modales a la mesa. Normalmente, dadas sus largas jornadas, cuando llegaba a casa estaba tan muerta de hambre que prácticamente engullía la comida de una sentada. Aquella noche se puso a liar los espaguetis en el tenedor ayudándose con la cuchara. Hizo pausas entre bocado y bocado, asintiendo al escuchar las insulsas anécdotas de mi madre y sonriendo con los chistes sin gracia de mi padre. Cuando dejó el cuchillo y el tenedor juntos sobre el plato al terminar la cena, vi que mi madre asentía con satisfacción en dirección a mi padre.

Cuando nos fuimos del restaurante y echamos a andar hacia el coche bajo el resplandor de las farolas, intuí que mis padres se habían quedado impresionados. Francamente, yo también. Impresionado por esa mujer que, a pesar de haber vivido una infancia tan inusual, había sido capaz de superarse a sí misma, podía hacerse un hueco en una familia tan disfuncional como la mía.

Día 1

Sábado por la tarde

Una mujer esbelta, que ronda los cuarenta y tantos, entra tranquilamente en mi habitación. Deja su maletín de cuero agrietado en el suelo y se alisa el traje de lino blanco. A continuación se inclina sobre la barra de la cama y coge mi informe médico de la mesa bandeja. Al echar un vistazo a la cubierta, ladea ligeramente la cabeza, y los rayos de sol del atardecer que se filtran por el cristal se reflejan en su corto pelo de color cobrizo.

—Soy Karla Niles —dice, y finalmente toma asiento a los pies de la cama—. Perdone el retraso. He venido lo antes posible.

Frunzo el ceño.

—No es de administración, ¿verdad?

Ella le quita la capucha a su pluma.

—Soy psiquiatra.

Las manos comienzan a temblarme. Cierro los puños y me las meto bajo las axilas. Siento un hormigueo en los pulmones y tomo una bocanada de aire.

—No necesito un psiquiatra.

—Le pido disculpas de antemano por plantearle preguntas indiscretas. Es imprescindible que hable con usted.

Está claro que tengo que dar una imagen de serenidad. De sensatez. De cordura. Apoyo la cabeza contra la almohada y esbozo una plácida sonrisa.

La doctora Niles me formula preguntas sobre el embarazo, el parto, el aspecto de mi hijo, y anota mis respuestas con la reluciente pluma en el informe médico. Los minutos se hacen eternos.

—¿Es todo esto relevante? —pregunto.

Ella hace una pausa sin despegar la punta de la pluma del papel.

—¿Sabe? Su marido dice que el bebé se parece a él.

Se me hace un nudo en el estómago.

—¿Ha hablado con Mark?

Ella carraspea.

—Solo para que conste —dice en tono meloso, al tiempo que cruza las piernas—. Estoy aquí para ayudarla. —Seguidamente se adentra en un territorio imprevisto al preguntarme sobre mis antecedentes familiares.

Me desconcierta la naturaleza de su pregunta, pero, tras un instante de vacilación, me lanzo de lleno a relatar la historia de mi propio nacimiento, la que mi padre me había contado tantas veces de pequeña, la única historia que me había contado sobre mi madre. Es una historia que prefiero guardarme para mis adentros, contármela a mí misma cuando la echo de menos..., pero parece pertinente teniendo en cuenta las circunstancias actuales.

—A mi madre no le permitieron verme hasta veinte horas después de mi nacimiento. El personal estaba desbordado. Ella se encontraba demasiado débil debido a la pérdida de sangre. Pero no se amilanó. Exigió que me llevaran con ella; amenazó con ir en mi busca. «Te quiso desde el primer momento», decía siempre mi padre. «No podía soportar estar separada de ti...».

La doctora Niles toma unas notas más; sus finos dedos sujetan la pluma como una lanza, sus uñas afiladas como garras. Después procede a plantear las preguntas propias de una evaluación del estado mental, las que yo solía formular hace años cuando ejercía de médica residente de psiquiatría en mi destino: ¿ha oído alguna voz que le diera la sensación de que no procedía de las personas presentes en la habitación? ¿Ha visto algo extraño? ¿Está recibiendo mensajes desde la televisión?

No, no y no. Me limpio las manos, frías y húmedas, sobre la colcha mientras niego tener pensamientos suicidas e infanticidas.

—Quiero localizar a mi bebé, no matarla..., matarlo —respondo trastabillando en las palabras.

—Son preguntas del procedimiento estándar —explica ella, esta vez con un dejo cantarín, como si estuviese entonando una nana para tranquilizar a un bebé—. Solo necesito hacerle una pregunta más. Tengo entendido que sus fetos solían hablarle. ¿Antes de los abortos?

Me quedo muda de asombro. Mark es el único a quien se lo he contado. La doctora Niles me escruta con gesto inquisitivo.

—Era una tontería que solía comentarle a Mark. Como en broma. Me sorprende que lo haya mencionado.

—Entiendo —dice la doctora Niles, aunque da la impresión de que no entiende nada en absoluto. Cierra mi informe bruscamente y acto seguido se lanza de lleno a describir la decoración de la unidad materno-infantil a la que pertenece

—cuadros que inspiran serenidad, música suave, habitaciones silenciosas— sin revelar lo que yo sé: que se trata de un área del pabellón psiquiátrico.

La interrumpo.

—Sé lo que es una unidad materno-infantil. Pero a mí no me pasa nada. Tiene que creerme.

La luz vuelve a reflejarse en su pelo cobrizo.

—Podrá estar con su bebé en cuanto le den el alta en el nido.

Siento un temblor en las extremidades. Ojalá no se percate de ello.

—La verdad es que no considero que sea necesario...

Ursula aparece en el umbral.

—Tienes una llamada urgente, Karla —dice sin mirarme—. No sé qué sobre un cambio de cita para una inseminación artificial.

La doctora Niles se disculpa y se marcha con Ursula; sus voces se van apagando a medida que se alejan por el pasillo. El maletín sigue a los pies de mi cama. Mi informe médico yace cerrado sobre la mesa bandeja. Tengo derecho a leerlo, ¿o no? A conocer sus opiniones sobre mí.

Todo continúa en silencio fuera de la habitación. Los bebés estarán mamando, o dormidos. Me muevo con dificultad hasta el borde de la cama y pongo los pies en el suelo. Una punzada abrasadora me atraviesa el vientre. Me muerdo la lengua para reprimir un gemido y me dirijo arrastrando los pies hacia la puerta. El área de enfermería, enfrente de mi habitación, está desierta. El pasillo está vacío. Me acerco a la mesa bandeja. Al coger el informe, la pluma de la doctora Niles se estampa contra el suelo. Me quedo inmóvil y aguzo el oído. Nada.

Me siento en el borde del colchón y abro la carpeta. Los dedos se me entumecen al quedarme mirando mi nombre, impreso en gruesas letras mayúsculas negras en una esquina de la página, junto a un número de identificación de seis dígitos.

La parte superior de la hoja es una Solicitud: el primero de los dos impresos que sería necesario que firmasen dos médicos para certificar que un paciente tiene un trastorno mental. ¿No estarán pensando en serio que estoy mal? Por lo general suelo leer con rapidez, pero hoy necesito deslizar el dedo por debajo de las palabras para encontrarles sentido. Al menos puedo discernir la información que me hace falta de un informe médico antes que la mayoría.

La Solicitud está firmada en la parte inferior de la página. «Dr. Solomon». La hoja siguiente es una Recomendación. Hay un espacio en blanco junto al nombre de la doctora Niles, listo para su firma.

Joder.

Si la doctora Niles firma esto, me aislarán. Me derivarán a la unidad materno-infantil contra mi voluntad. Me someterán a supervisión y vigilancia. No podré irme. Y cuando por fin encuentre a mi bebé, se mostrarán reticentes a dejarla a mi cargo por estar ingresada en psiquiatría.

Hojeo el resto de las páginas, las palabras cobran nitidez al aguzar la vista. Mi ingreso, la cesárea, la anestesia. Todo figura ahí en garabatos de jerga médica. Leo hasta la última línea, procurando memorizarlo, con la profunda sensación de que todo esto le está sucediendo a otra persona. No a mí. Seguro que a mí no.

Las notas que han tomado las enfermeras esta mañana están al final de la carpeta.

07:00: «Madre confundida sobre el sexo del bebé».

Es increíble que hayan mencionado esto. Mis preguntas se basaban en pruebas médicas. No estaba para nada confundida.

12:00: «Paciente alterada, rechaza la medicación y los intentos de realizarle análisis de sangre».

¿Alguna vez tergiversé la actitud de las pacientes de esta manera?

13:30: «Las enfermeras de la Unidad de Cuidados Intensivos Neonatal informaron de que el bebé de la paciente sufrió una apnea mientras se encontraba a su cargo. No hay testigos de las circunstancias exactas».

Excepto yo. ¿No estarán pensando que intenté hacerle daño? Me echo a temblar, se me hace un nudo en la garganta. Paso la página para leer las anotaciones que ha hecho hoy la doctora Niles.

«"Simplemente sabe" que el bebé no es el suyo».

«Niega tener pensamientos suicidas/infanticidas, pero cabe señalar la inquietud de las enfermeras *in re:* ídem».

Se me llenan los ojos de lágrimas. Parpadeo para reprimirlas. Voy a necesitar hasta el último resquicio de fortaleza para lo que se avecina. Al final escucharon a mi madre, la llevaron con su bebé tras insistir hasta la saciedad. Por alguna razón, en este preciso instante, optan por no escucharme a mí.

Entre los oscuros recodos de mi mente cobra nitidez una idea. Podría consultar el archivo de nacimientos, el voluminoso libro negro donde figura la relación de todos los recién nacidos, los datos escritos a mano. En los hospitales en los que he trabajado, siempre se guarda en el mostrador de enfermería. Se habrá registrado la fecha y hora de cada recién nacido en el hospital. Menos mal que el sistema sanitario se encuentra mucho más desfasado que cualquier otro sector en lo tocante a la digitalización. Los detalles de mi bebé figurarán en papel en ese libro.

El vientre me da pinchazos conforme avanzo a buen paso por la moqueta. Noto las piernas como palos que se balancean, listas para ceder en el momento menos pensado. Me apoyo contra la pared a medida que camino.

El mostrador continúa vacío; en el área de enfermería reina un silencio inquietante. No hay un alma. Seguramente estarán en la pausa de la merienda, para la que yo nunca tuve tiempo como médica residente. Me asomo por encima del mostrador de formica de color marrón desvaído. Ni rastro del libro de registro en ningún escritorio.

—¿Qué está haciendo levantada aquí otra vez?

Ursula sale del despacho del fondo con los brazos en jarras.

Se me traba la lengua.

—Quería revisar el libro de registro —explico—. Me interesaba saber quién atendió el parto.

Ursula tuerce el gesto.

—Toda esa información está en la ficha de su bebé. Puede leerla en el nido. Pero tiene que volver a la cama ahora mismo. Necesita descansar, Sasha.

—¿Dónde está el libro de registro? —pregunto, tratando de fingir naturalidad.

Parece perpleja.

—En estos tiempos todo queda grabado en el ordenador.

La de cosas que han cambiado desde mis turnos en obstetricia; y la de cosas que continúan igual. Regreso trastabillando a mi habitación con los ojos de Ursula como un búho, siguiéndome los pasos.

De vuelta en la cama, la sábana me da escalofríos en el cuello mientras repaso mentalmente mi lista de contactos. Bec es la única que se me ocurre que podría apoyarme, que podría entenderme.

En el colegio, Bec solía juntarse con su grupo de amigas en medio del patio. Jugaban a la goma, al *bulldog* y, más tarde, hacia el final de primaria, la pandilla al completo comenzó a pasar el rato al sol, chismorreando y riendo. Yo tenía por costumbre tomarme mis sándwiches de Vegemite sola bajo un eucalipto en un rincón del patio. Por lo visto nunca caí bien a las demás niñas. No es que me importara gran cosa. Yo sabía que no encajaba.

Un día, en su casa a la salida del colegio, Bec apagó la tele cuando terminó *Neighbours*.

—No es que no les gustes a las demás niñas —explicó—. Es solo que siempre has destacado en clase. Si no te esforzaras tanto, a lo mejor te incluirían en la pandilla.

Yo no quería formar parte de su pandilla. Me bastaba con jugar con Bec la mayoría de los días al salir del colegio.

El instituto fue más de lo mismo. Me centraba en mis estudios, pasaba la hora de comer en la biblioteca. Al terminar el bachillerato, me matriculé en la Facultad de Medicina. Bec, que había salido muy bien parada del instituto sin aparentemente hincar demasiado los codos, decidió estudiar la carrera de Derecho. A última hora cambió de idea y se matriculó en Medicina también. En la universidad, Bec salía mucho de fiesta. Yo solía quedarme en casa los fines de semana. Le pasaba los apuntes, la ayudaba con los estudios. No tomamos caminos diferentes hasta que comenzamos la formación de la especialidad.

Bec se mudó a Londres para finalizar su residencia como médica de urgencias. Adam y ella se casaron, se instalaron allí. Con océanos de por medio, nuestra amistad se fue enfriando paulatinamente. En la correspondencia que manteníamos ocasionalmente, yo siempre la animaba a regresar a casa. «Igual el año que viene, Sash», solía responder ella.

Nos reencontramos en el funeral de Lucia. Bec me confesó el problema que estaba teniendo para quedarse embarazada. A Mark y a mí también nos estaba costando engendrar un hijo. Bec y yo retomamos nuestra amistad, nos pusimos en contacto tras cada ciclo fallido y, después de mis abortos, para consolarnos. Pasamos años hablando por teléfono varias veces a la semana, comentando cada resultado de las pruebas y aportando cualquier posible alternativa. Es decir, hasta que me enteré de que me había quedado embarazada. Le mandé un mensaje enseguida dándole la noticia, antes que a nadie, antes incluso que a Mark. Ella no me llamó, ni aquella noche ni la siguiente. Tardé unas cuantas semanas en darme cuenta de que a lo mejor jamás volvería a llamar.

Cuando por fin me llamó al cabo de varias semanas, lo único que me dijo fue: «Felicidades, Sash. Supongo que siempre fuiste la primera en llegar a la línea de meta».

Desde esa noche, ha sido difícil contactar con ella. Ha estado ocupada: el trabajo, las citas para la fecundación *in vitro*, los compromisos familiares. Yo no he querido agobiarla. A fin de cuentas, sé mejor que nadie el trance por el que está pasando. Pero esta vez responde al primer tono de llamada.

—¡Sash! —exclama entre bostezos—. Dios mío. Aquí son las seis de la mañana.

—Lo siento mucho, Bec... No sabía a quién más llamar.

—Por favor, no te agobies. En este momento mi cuadrante de turnos es un desbarajuste. Y, de todas formas, se supone que esta mañana estoy de guardia. Bueno, ¿cómo lo llevas?

Tiro de la colcha de mi infancia que hay en la bolsa al lado de mi cama y me la pongo sobre el regazo. «¿Que cómo lo llevo?». Seguramente Mark la ha puesto al tanto.

Bec también fue la primera persona a la que llamé hace muchos años cuando Mark se opuso a la fecundación *in vitro*. Él no deseaba que un hijo suyo comenzara a gestarse en una probeta. En una placa de Petri, le corregí. Y no deseaba verme sufrir. Ya estoy sufriendo, dije.

Siempre me pareció que tenía otra razón para oponerse a la fecundación *in vitro*. Me daba la sensación de que se contenía para no contármelo, y sin embargo no lograba sonsacárselo por más que le tirara de la lengua. No se trataba de Simon; yo no tenía cáncer, no necesitaba quimioterapia, no iba a morir. Así que ¿acaso no deseaba tener hijos conmigo? Claro que sí, insistía. ¿Entonces por qué descartar la fecundación *in vitro*? Cada vez que lo sacaba a relucir, él negaba con la cabeza y miraba hacia otro lado.

«¿Qué es más importante, Sash —me preguntó Bec en aquel entonces—, un marido o un bebé?». Yo tenía claro que no deseaba ser madre soltera. Así que seguí a su lado. Y mantuve la esperanza. Y esperé. La perseverancia, la paciencia y Bec me ayudaron a sobrellevar los años de infertilidad. Pese a lo distantes que hemos estado en los últimos meses, seguro que también estará de mi parte en esta confusión de bebés.

—Entonces, ¿estás al corriente de toda la historia? —le pregunto por teléfono.

—¿Qué historia?

—¿No te ha llamado Mark?

—¿Debería haberme llamado? ¿Qué pasa, Sash? ¿Algo va mal?

Tiro de la manta para acercarla a mi nariz. Huele a mi infancia. Me recuerda a mi madre, y a Bec.

—Ay, Bec. Todo ha salido mal. Tuvimos un accidente. Yo estoy bien, pero me tuvieron que practicar una cesárea de urgencia. Como me pusieron anestesia general, estuve dormida durante el parto. Al despertarme, me di cuenta de que el niño que dicen que es mío no es el mío. No tengo ni idea de cómo sucedió. Es una confusión…, un error. Pero nadie del personal me cree. Ni siquiera Mark me hace caso. Piensan que estoy enajenada. Pero no lo estoy, Bec, no lo estoy. Sé que no es mi bebé.

Ella da un suspiro al otro lado de la línea telefónica.

—Madre mía, Sash. Por Dios. Ni siquiera sé qué decir. Qué movida. O sea, pensaba que finalmente tendrías todo lo que deseabas. —Por un fugaz instante me pregunto si en parte se alegra al enterarse de que las cosas me hayan salido tan mal—. Un momento, ¿has dicho «niño»? ¿Has tenido un niño, Sash? Pensaba que estabas esperando una niña.

Casi se me escapa un sollozo.

—Según la ecografía, era una niña. A mí también me daba la sensación de que era una niña. Pero el hospital insiste en que he tenido un niño.

—Qué raro. ¿Y estás segura al cien por cien de que el bebé no es el tuyo?

Me sorbo la nariz. Necesito que Bec me crea, aun cuando nadie más lo haga.

—¿Te acuerdas de aquel novio tuyo que pensabas que era gay?

—Daniel.

—¿Y del otro tío de hace años? ¿Ese del que de alguna manera estabas convencida de que te la estaba pegando? Pues esto es lo mismo. Sé que tengo razón. Nada encaja, Bec. Noto una extraña sensación al cogerlo en brazos. Al mirarlo. —Soy consciente de cómo suena incluso mientras lo estoy diciendo.

—¿No podría ser debido a los nervios por ser madre primeriza? ¿A la tristeza puerperal? ¿A la depresión posparto o algo así?

—No. —Aunque seguramente eso es lo que piensa Mark. También la psiquiatra. Pero me conozco. No estoy deprimida, ni confundida, ni delirante. Y sé cómo es mi bebé. Lo he gestado dentro de mí durante los últimos ocho meses. Toby no es mi hijo.

—¿Has comprobado los demás bebés para ver si el tuyo pudiera estar en el nido?

—Ya lo he comprobado.

—¿Estás segura? ¿Solo una vez? Tienes que volver a comprobarlo, Sash.

—Vale. —Gracias a Dios que Bec está de mi parte. Necesito desesperadamente su optimismo. No quiero volver a padecer el estado anímico en el que me encontraba durante aquellos oscuros años de infertilidad, cuando empecé a perder la esperanza no solo en mis posibilidades de ser madre, sino también en mi matrimonio. Hubo un tiempo en el que sentía que le había fallado a Mark hasta tal punto que apenas podía mirarle a la cara. Llegué incluso a decirle que se planteara abandonarme. Él me mandó callar, por supuesto, dijo que estaba diciendo sandeces. No obstante, yo no le habría reprochado que hubiera deseado hacerlo. La separación de mis padres me había enseñado a una corta edad que a veces el amor no es suficiente ni mucho menos.

Al principio de este embarazo, en la cita para el escáner en la consulta de la doctora Yang, me senté derecha en el otro extremo del atestado sofá de la sala de espera, con las piernas cruzadas lejos de Mark, a hojear ejemplares de la revista *Time* mientras lanzaba miradas furtivas a las demás parejas felices que también esperaban. Mark daba golpecitos con el pie en la moqueta mientras yo me armaba de valor ante la expectativa de un feto malogrado. La doctora Yang salió de la consulta y, extendiendo el brazo como un acomodador, nos condujo a la aséptica sala donde me desnudé detrás de una cortina y me puse un camisón de hospital. Me senté a horcajadas sobre el sillón de exploración de escay, que se me pegó a la cara posterior de los muslos, con Mark a mi lado para poder apretar su sudorosa mano, mis piernas despatarradas, el contacto físico más parecido al sexo que habíamos tenido desde que me había quedado embarazada. Apreté los dientes cuando la doctora Yang me introdujo la sonda lubricada.

«¿Lista?», preguntó, y nos mostró una imagen del feto en la pantalla, señalando su ritmo cardiaco, el tabique nasal, sus larguiruchas extremidades... Todo buena señal, todas las cosas que hasta entonces no habíamos visto con los ultrasonidos, y procuré sonreír, de verdad, y Mark sonrió a su vez, y entonces abrigué la esperanza de que, ahora que las cosas estaban funcionando por primera vez, el abismo que nos separaba no fuese demasiado grande para tender un puente.

Luego, al salir caminando bajo el sol, agarré de la mano a Mark, alardeando ante cualquiera con quien nos cruzásemos de mi gran empeño en aparentar que nuestro matrimonio iba realmente, definitivamente, al cien por cien, sobre ruedas.

La voz de Bec me devuelve al presente de golpe.

—Mira, Sash, yo te creo. Estoy totalmente de tu parte... Sé que tú te pondrías de mi parte si me encontrara en tu situación. Se trata de instinto maternal. Y eso no falla. Es lógico que no te crean. Es lo típico, ¿verdad? ¿Has visto los estudios? Desoyen el dolor de las mujeres en las salas de urgencias. Aquí, en el Reino Unido, también pasa cada dos por tres. ¿Acaso no fuiste testigo de eso en pediatría? Ya sabes, lo achacan a la ansiedad de las madres y luego descartan que sus bebés estén enfermos. O el personal sospecha que las madres han tratado de hacer enfermar a sus hijos.

—Yo no he hecho nada malo —digo.

—Estoy segura de que no has hecho nada malo —contesta en tono reconfortante—. Pero tienes que asegurarte de que ellos también lo tengan claro. Aquellos estudios de la Facultad de Medicina... ¿Te acuerdas? —Repasa los pormenores de los experimentos de Rosenhan, en los que los ayudantes de la investigación simularon oír voces. En cuanto los internaron en pabellones psiquiátricos, negaron los hechos. Los recluyeron, permanecieron ingresados durante semanas, hasta que por fin lograron convencer a los psiquiatras de que estaban cuerdos. Bec hace una pausa para adoptar un tono de lo más serio—. Una vez que te cuelgan el sambenito, es difícil desprenderse de él. Así que, para que te crean, has de actuar con total sensatez. No, mejor dicho, más allá de la sensatez. ¿Entiendes?

—Eso intento.

—Seguro que sí.

Nuestros años de experiencias compartidas me envuelven como un chal de lana los hombros, suave y cálido. En parte me sorprende que, después de evitarme a lo largo de los últimos meses, me crea a pies juntillas; no obstante, su confianza en mí alivia mi desazón.

De repente añade con aparente entusiasmo:

—Tengo una idea. ¿Y si llamo por teléfono al pabellón y finjo que soy amiga de una de las madres que han dado a luz hoy? Así podré averiguar los nombres de los otros bebés y pasártelos. Podemos indagar juntas.

—Es absurdo, Bec. No saldrá bien.

Gruñe.

—De acuerdo. Bueno, si el personal sanitario es tan sabiondo, deberían estar dispuestos a demostrar que están en lo cierto.

—Se niegan a tomarme en serio.

—Tienes que insistir más.

—Mark está hablando con ellos ahora. Ojalá consiga resolver todo esto. —Me pego la colcha al pecho, imaginando que mi madre me está abrazando. Si estuviera aquí, ¿sabría qué hacer para ayudarme?

—Espero que pueda hacer algo. Pero, Sash, tienes que actuar con sensatez. Como yo sé que te comportas. Recuerda: con total y absoluta sensatez. No les dejes un resquicio de duda.

Estoy cuerda. Sé que estoy cuerda. Sin embargo, algo me provoca un tremendo nudo en el pecho.

—¿Crees que cabe una mínima posibilidad de que mi bebé haya muerto? No tendrían más remedio que habérmelo dicho, ¿verdad? —pregunto, tratando de mitigar el temblor de mi voz.

—Tu bebé está vivo —me asegura Bec—. Y la encontrarás. O lo encontrarás. Solo tienes que buscar de nuevo.

Pero su tono de voz nunca me había sonado tan vacío. ¿Lo sabe a ciencia cierta? No me queda más remedio que creerla. Oigo que traga saliva desde el otro lado de la línea telefónica.

—Sash, siento mucho no poder estar ahí contigo.

Me muerdo el labio inferior. ¿Y no podría venir?

—Ojalá pudiera, qué más quisiera yo. Pero es imposible aplazar un mes una sesión de fecundación *in vitro* ahora que tenemos a la donante de óvulos. Las fechas están cerradas. Tengo programada una transferencia de embriones para la próxima semana.

La última vez que hablamos, Bec me reveló que sus óvulos no eran aptos para la fecundación: huevos revueltos, comentó con una sonora carcajada. Adam y ella habían pasado horas repasando un montón de perfiles de donantes de óvulos, tratando de decantarse por la descripción que más se asemejaba a sus rasgos físicos.

—¿Con donante de esperma también? —le pregunté yo, al recordar que el esperma de Adam no era precisamente de primera calidad.

—Adam se ha negado —respondió ella—. No desea un hijo que no sea biológico.

«¿Y a ti no te importa ser una madre no biológica?», me dieron ganas de preguntarle. Pero me lo guardé para mis adentros. Yo lo entendía; ella haría cualquier cosa con tal de tener un hijo. A mí me había ocurrido lo mismo.

Pero cuando Bec comentó que no tenían intención de revelarle a su futuro hijo que habían recurrido a una donante de óvulos, me aclaré la garganta.

—¿No crees que el niño tendría derecho a conocer a sus padres biológicos?

—Será nuestro hijo —contestó Bec—. No vale la pena contárselo.

—¿Qué te han aconsejado que hagas en la clínica de fecundación *in vitro*?

Ella se echó a reír.

—La clínica quiere dinero. Dejan que hagamos lo que se nos antoje.

Tal vez Mark tenía razón al descartar la opción de la fecundación *in vitro*. Demasiadas cuestiones éticas sin respuestas claras. Demasiado margen de error, y de sufrimiento.

—Entiendo que en este momento no puedas venir a Australia —contesto, procurando no reflejar la desesperación en mi voz—. Te quedarás embarazada pronto, estoy convencida. —No lo estoy, pero cómo voy a decírselo. Nos infundimos esperanza la una a la otra durante mucho tiempo; ahora no puedo echarme atrás.

Antes de poner fin a la llamada, Bec se pone a contarme los pormenores de una fiesta de nacimiento rocambolesca a la que se vio en el compromiso de asistir recientemente: clavar el esperma en el óvulo como en el juego de pegarle la cola al burro con los ojos vendados, adivinar la comida infantil por el sabor, probar la chocolatina calentada en el pañal en el microondas. Me dan ganas de chillar al oír el relato. Aprieto con fuerza la colcha que me cubre, procuro escuchar, intento reír en los momentos adecuados, pero es imposible simular interés. ¿Acaso no entiende por el trance que estoy pasando?

Bec se calla al oír que se me quiebra la voz.

—Ya sabes que siempre te sale bien todo, Sash —dice—. Así que todo esto acabará bien también. Encontrarás a tu bebé muy pronto, estoy segura. —La oigo respirar hondo—. Sash, siento no haberte llamado últimamente. Tenía ganas. Es que me ha resultado demasiado duro; lo de tu embarazo y eso. Espero que lo entiendas.

Y así es.

Al colgar, cierro los ojos y trato de visualizar el flujo y reflujo de la respiración en mi pecho. Solía aliviarme durante las incesantes exploraciones a las que me sometí durante mi infertilidad. Ahora, con el calor sofocante de la habitación, mis pulmones están encogidos como un sólido dique.

Noto la colcha fría contra el regazo. Me pego firmemente el teléfono al pecho, teniendo muy presente los miles de kilómetros de océano que nos separan a Bec y a mí.

Dos años antes

Mark

Había visto a Sash triste anteriormente. O sea, verdaderamente triste. Era como si los abortos le hubieran apagado la luz del semblante. Por entonces llevábamos como mínimo seis años intentándolo —seis años de espera; de frustración, tedio y sufrimiento— y todo sucedió de repente.

No era exactamente un aborto, le informaron los médicos. Tampoco era un bebé aún. Lo denominaron «embarazo químico». Yo entendí lo que trataban de decir, que no se había formado un ser humano en su interior. Sash, por supuesto, no se lo tomó bien.

—¿Acaso soy una fábrica de armas nucleares? —comentó en la mesa una noche cenando poco después del primer fracaso. Estaba cortando en minúsculos dados, con un cuchillo de trinchar, la panza de cerdo que yo me había pasado horas preparando con esmero.

—Solo estabas de cinco semanas —repliqué—. Supongo que no estaba predestinado en esta ocasión.

Lo dije con buena intención, tratando de consolarla, pero por lo visto mi comentario también fue un desatino.

Se le apagó la mirada. Acto seguido se quedó cabizbaja.

—Yo lo notaba dentro de mí —susurró—. Me habló antes de irse.

Me quedé a medio masticar.

—¿Sí?

Me contó en un hilo de voz que le había hablado. Palabras ininteligibles, como el parloteo de un niño desde la habitación contigua.

—De acuerdo —dije—. Un niño en la habitación contigua.

—No —rectificó—, no era un habla definida. No se trataba de palabras o frases completas. Igual fue más bien la sensación de una presencia. Prácticamente inaudible, pero presente ahí.

El tenedor se me cayó al plato con estrépito.

—No lo pillo.

Una presencia. Eso fue. No pudo dar más explicaciones. No se trataba de algo que pudiera definirse con precisión.

Sash no es creyente, ni siquiera espiritual. Este tipo de cosas no le ocurren a ella. O, si vamos al caso, a nosotros. Yo jamás he oído voces de Simon en mi cabeza. No tengo más remedio que visualizarlo mentalmente cada vez que tomo una decisión: figurarme lo que opinaría, lo que haría él. Le dije a Sash que no lo entendía, que era preciso que me lo volviera a explicar.

Pero ella no pudo darme una explicación. Lo único que sabía era que no eran imaginaciones suyas.

Conociéndola, ¿cómo iba a desconfiar de ella?

Decidí plantar un árbol. Para Sash. Para el bebé. Era lo menos que podía hacer.

Abajo, a los pies de nuestra finca, al borde de la espesura, cavé un agujero en el polvoriento suelo. Como desde la casa no se apreciaba del todo, ella tendría que buscarlo cuando desease llorar su pérdida. A tenor de lo que yo veía, ya había pasado mucho tiempo lamentándose por un embarazo que no estaba destinado a llegar a buen término. Yo no se lo habría dicho bajo ningún concepto, claro está. En vez de eso, intenté conseguir que se centrara en el futuro, en cosas que pudiera controlar.

A lo largo del verano y entrado el otoño, continuó culpándose. No me extraña: acostumbra a echarse la culpa de todo. Un día fue por el sorbo de champán que había tomado en una fiesta en el trabajo, al siguiente por la cucharada de pasta con gorgonzola que yo había cocinado por nuestro aniversario. Yo nunca sabía qué decir. Estaba bastante seguro de que se equivocaba, de que era cuestión de mala suerte y punto, pero la médica es ella. ¿No debía entender mejor que nadie por qué se habían torcido las cosas?

Ese invierno, se obsesionó. No pensaba en otra cosa que en quedarse embarazada. Como con eso se quitó a Damien de la cabeza, yo la escuchaba de buen grado cuando me relataba sus nuevos métodos de estimulación de la fertilidad.

Nada de alimentos ni bebidas que ella consideraba perjudiciales: lácteos, harina, alcohol, cafeína. Francamente, poco le quedaba que pudiera consumir. Luego vino la práctica del yoga. El ejercicio. Y, lo peor de todo, las hierbas medicinales chinas que ponía a hervir en el fogón tres veces al día, impregnando la casa de un tufo a estercolero.

Intenté explicarle que llegar a esos extremos no iba a propiciar el embarazo necesariamente. Ella hizo oídos sordos. ¿Qué iba a saber yo? Yo no había sentido cómo se gestaba una vida en mi interior, respondió. No, me dieron ganas de decir, pero estoy presenciando cómo se echa a perder una delante de mis narices.

Después del segundo aborto, ese invierno, con los copos de nieve derritiéndose mientras cavaba en la hierba de fuera, decidí plantar un eucalipto corteza de vela. La pala estuvo a punto de partirse al hundirla en el suelo helado. Con todo, era importante. Era lo único que consideraba que podía hacer.

Al aplastar con los pies la tierra alrededor del árbol, oí un ruido detrás de mí. Sash, con dos tazas humeantes de café en las manos. Me dio una y acto seguido señaló con el dedo el hilo que se deslizaba por mi mejilla bajo la mancha de barro.

—Has estado llorando —dijo.

—Es sudor.

—Hace demasiado frío para sudar. —De su boca emanaron nubes de vaho.

—Entonces es de la lluvia.

Sostuvo la mano en alto para comprobar si caían gotas.

—¿En serio que no has llorado?

Yo le di un sorbo al café y me encogí de hombros.

—Oh, Dios mío. —Se mordió el labio.

Comenzó a formarse una neblina a nuestro alrededor al tiempo que las gotas de lluvia nos salpicaban en la piel como alfileres. Jamás volvimos a sacar los embarazos químicos —los abortos— a colación.

Una noche, el otoño siguiente, a mi regreso del trabajo, la encontré en la cocina. Estaba cortando rodajas de limas frescas de nuestro jardín en una tabla de carnicero. Sus ojos tenían el brillo de las velas. Le pasé el brazo alrededor de la barriga.

—¿Tienes buenas noticias?

—Inmejorables.

La piel de su cuello tenía un matiz salado.

—Felicidades —dije—. Crucemos los dedos para que esta vez cuaje.

—Ya ha cuajado —señaló ella. Sosteniendo en alto una lima sin cortar con la corteza brillante en la palma de su mano, comentó—: ¿Te puedes creer que nuestro bebé ya tiene este tamaño? Hoy estoy de doce semanas.

Me aparté y me senté despacio en el taburete de la cocina.

Le apetecía darme una sorpresa, comentó. Me la dio. A tenor de los dos últimos fracasos, ella había preferido no hacerse ilusiones. Por supuesto, si se hubiera truncado me lo habría dicho. Me pregunté si estaba diciendo la verdad en ese sentido.

—Ahora podremos ser felices —dijo—. Eres feliz, ¿verdad?

Lo era. Pero bajo ningún concepto iba a dejarme llevar por el entusiasmo hasta que Sash tuviera en brazos a nuestro bebé.

Yo había estado regando los árboles tres veces por semana para que sobrevivieran al abrasador verano. Los canguros saltaban la alambrada para mordisquear las hojas de las ramitas. Levanté más la valla, la reforcé con una doble malla de alambre. Ojalá, pensé, sea suficiente para mantener los árboles vivos hasta que lleguen las lluvias del otoño.

Día 1

Sábado por la tarde

Noto la porcelana del lavabo de la habitación fría bajo la palma de la mano. Me agarro a él para mantener el equilibrio mientras llamo con mi móvil al paritorio. Ojalá funcione la idea de Bec.

—¿Diga? —Una voz áspera y seca. Ha respondido Ursula.

Trato de imitar la cadencia cantarina con un pelín de acento británico de Bec.

—Una familiar mía ha dado a luz hoy. Estaba hablando con ella y se ha cortado. ¿Sería tan amable de pasarme con ella?

—¿Cómo se llama?

—Es la... mujer de mi primo. Su hijo ha nacido hoy. Antes me han pasado con la persona equivocada..., con la madre de ¿Toby? —Me río en tono incómodo.

—Lo siento, necesito un nombre.

Solo tengo un nombre al que recurrir. Lo pronuncio en voz alta. Saskia Martin: el nombre con el que Ursula me identificó por error. Ojalá sea ella la otra madre. No puede haber muchas más mujeres que hayan dado a luz aquí hoy.

—Ah, quiere hablar con Saskia. La paso con ella enseguida.

—Mire, de hecho, no se tome la molestia de pasarme con ella de nuevo —digo—. No quisiera volver a molestarla. Casi mejor que vaya a visitarlos a ella y al bebé esta tarde.

—Yo misma la localizaré en el pabellón.

—Le aconsejo que hable con ella ahora. Es posible que no esté aquí esta tarde. Esta mañana han trasladado en helicóptero a su bebé al hospital St. Patrick, en la ciudad.

Suena una alarma por megafonía en la planta. Tapo el micrófono de mi móvil, un pelín demasiado tarde, y cuelgo. Me escabullo para meterme en la cama lo más rápidamente posible, escondo el teléfono debajo de la almohada y me tapo. Oigo pasos amortiguados por el pasillo. Cierro los ojos con fuerza. Los pasos se detienen en el umbral de mi habitación.

Suena un tenue pitido procedente del fondo del pasillo. Los pasos se encaminan en esa dirección.

St. Patrick. A unas cuantas horas de aquí en coche. Saco con cuidado el teléfono de debajo de la almohada, localizo el número de St. Patrick y lo marco. Tengo el alma en vilo. Pido en la centralita que me pongan con las enfermeras de la Unidad de Cuidados Intensivos Neonatal.

Siento un hormigueo en los dedos cuando una mujer responde a la llamada.

—Me llamo Ursula —digo—. Soy una matrona de The Mater. Llamo para interesarme por el estado del bebé que hemos trasladado allí hace unas horas. El niño de Saskia Martin. ¿Cómo está?

—Ah, ¿se refiere a la niña? Se encuentra bien.

«¿Niña?».

—Le han puesto Isobel.

Debe de tratarse de ella. De mi niña. Por lo visto, después de todo, yo tenía razón. He tenido una niña. Me da un vuelco el corazón, como un pájaro arrastrado por una ráfaga ascendente.

—Teníamos intención de llamar a su hospital para preguntarles cómo es posible que hayan permitido que el embarazo se prolongue tres semanas más de la fecha prevista. La propia Saskia no le encuentra explicación. No cumple el protocolo estándar, ¿no?

Oh, no. El corazón se me encoge como un globo flácido. Solo hay una cosa de la que estoy segura: mi bebé nació prematuramente. No es Isobel. Mi única pista se va al traste. Y por lo visto este hospital no ha atendido a su madre como es debido. Encaja con lo mal que me han tratado a mí.

—Tengo que colgar —susurro y, sin darle tiempo a replicar, pulso el botón para poner fin a la llamada. Mi cuerpo se pone rígido como una tabla al tiempo que aprieto los párpados para contener las lágrimas.

Al marcar el número de Mark, suena el tono de ocupado. Seguidamente pruebo a llamar al móvil a mi padre. Responde al segundo tono de llamada. Estoy hiperventilando; el flujo de aire se bloquea en mi garganta.

—Sasha, me has pillado justo entrando en casa.

—Papá, piensan que estoy trastornada. —Cuento las respiraciones conforme inhalo y exhalo, tratando de ralentizar el ritmo—. Creo que van a encerrarme en el ala psiquiátrica. —Me callo, prácticamente sin dar crédito yo misma.

Mi padre guarda silencio unos segundos.

—¿Es porque no crees que el bebé es el tuyo?

—¿Quién te lo ha contado?

—Mark está preocupado.

El cerebro me martillea la cabeza. Mark debería estar buscando a nuestro bebé, no contándole cosas sobre mí a la doctora Niles, ni llamando a mi padre a mis espaldas.

Mi padre se pone a divagar sobre la partida de golf que tiene prevista para mañana. Sé que pretende fingir que no pasa nada. No soporta las emociones; no cree en ellas, comentó en una ocasión. Barajo la mejor forma de llevarlo a mi terreno. Es un contable jubilado. Le gustan los crucigramas. Cuando tenía diecisiete años, como deseaba asistir a la fiesta organizada después de la ceremonia de graduación, preparé una hoja de cálculo, un presupuesto y una propuesta. Funcionó. A lo mejor esta vez puedo volver a apelar a su sentido de la lógica.

—Papá, esto no es algo fruto de mi imaginación. Estas cosas pasan. Y por nada del mundo me inventaría algo semejante. Es casi como el acoso sexual. O la agresión. Las estadísticas confirman que las mujeres rara vez mienten al respecto. Lo que pasa es que la gente opta por no creerlas.

—¿Estás intentando decir que te han agredido, Sasha? Gruño.

—No, papá.

En ese momento soy consciente de lo poco que me conoce mi propio padre. Tal vez nunca me haya conocido realmente. Cuando era pequeña, me recogía en coche en casa de Bec bien entrada la noche, me llevaba a casa y se iba a trabajar de nuevo antes del amanecer. Yo me despertaba con el olor a tostadas quemadas en una casa vacía. Lucia se encargaba de llevarme al colegio. No consigo recordar que alguna vez mi padre cocinase o me ayudase con las tareas del colegio. Ni siquiera veíamos la televisión juntos nunca. Él pasaba más tiempo en el trabajo que en casa.

Hizo unas cuantas intentonas, supongo. Asistió a una de mis carreras campo a través en mi adolescencia; se quedó de pie en las bandas con padres que no conocía. Fue a ver mi musical de fin de curso, *Mary Poppins*, donde interpretaba a Jane. Yo siempre le perdonaba sus ausencias. Al fin y al cabo, yo sabía mejor que nadie lo dura que resultaba la ausencia de mi madre.

La tarde en que me contó que mi madre no regresaría yo tenía seis años y estaba tendida sobre mi colcha de *patchwork* bajo la tenue luz del sol. Conejita estaba poniendo a Muñequita y Osito sobre mi almohada para echar una siesta cuando su sombra se proyectó sobre la cama.

«¿Sabes que mamá se ha ido? —dijo—. Para siempre. Ahora solo estamos tú y yo».

El rasguño que me acababa de hacer al caerme sobre el asfalto comenzó a dolerme. Mi padre salió de la habitación sin mediar palabra. Metí a Conejita debajo de la almohada. Osito arrebujó a Muñequita con la colcha de *patchwork* y le dijo que no volvería a ver a Conejita hasta dentro de un tiempo.

«¿Dónde ha ido?», preguntó Muñequita.

«A un lugar mejor», dijo Osito.

«¿Cuándo volverá?».

«Tardará un tiempo en volver».

«¿Hemos hecho algo malo?», preguntó Muñequita.

«No sé», respondió Osito.

De repente, el teléfono me pesa en la mano. Mi padre hace una pausa para tomar aliento al terminar su relato de la partida de golf.

—Seguro que consideran conveniente tu ingreso, Sasha.

Oh, joder. También han convencido a mi padre de que estoy trastornada. ¿Ahora cómo diablos voy a encontrar a mi bebé?

—Los primeros ingresos fueron beneficiosos para tu madre.

—Por Dios, papá, ¿cuántas veces estuvo allí?

—No me acuerdo...

Se le quiebra la voz. Hay tantas cosas acerca de su relación con mi madre que desconozco, de las que se niega a hablar. Es tan hermético que casi entiendo por qué ella deseaba abandonarnos. Casi.

—Debería haber hecho caso a los médicos la última vez, cuando me la llevé a casa —continúa explicando mi padre con la voz quebrada—. Todo es culpa mía. Debería haber hecho las cosas de otra manera. —Su voz se apaga en un hilo—. ¿Crees que podrás perdonarme, Sasha?

Me rebullo sobre el colchón.

—Mira, realmente no se trata de eso, papá. Se trata de que el hospital ha cometido un error con mi bebé. No obstante, estoy segura de que lo hiciste lo mejor posible. —Toqueteo la colcha, tirando de un descosido en la costura para aflojar las hebras—. Igual que mamá. —No es cierto, pero es lo mejor que se me ocurre ahora mismo—. Papá, tengo que colgar... He de encontrar a mi bebé. ¿Lo entiendes? Inmediatamente.

—Por favor, procura no preocuparte —dice—. Estate tranquila. Todo va a salir bien. Mira, voy a hablar con Mark. Tendremos una charla. Tú no hagas nada, ¿vale? Te prometo que iré a verte al ala de psiquiatría muy pronto.

«No pienso ir al ala de psiquiatría», me dan ganas de decir, pero ha colgado y solo oigo los pitidos.

Pongo el teléfono en silencio y me lo guardo en el bolsillo del camisón.

Voces amortiguadas procedentes del pasillo. La doctora Niles viene de camino a emitir su diagnóstico sobre mi estado mental. Suerte que su llamada telefónica haya durado tanto y me haya dado el tiempo que tanto necesitaba. Me acuerdo demasiado tarde de que su pluma está en el suelo. Hundo la cabeza en la almohada con el corazón a cien por hora.

La doctora Niles entra apurada en la habitación seguida de Ursula, que permanece vacilante apartada de mi cama, con la espalda contra la pared. La doctora Niles se agacha a recoger la pluma y al incorporarse se pasa la mano por el pelo para recogérselo detrás de una oreja.

—Bueno, como le estaba diciendo, cuando la trasladen le administraremos una medicación.

—Pero si no me pasa nada.

—Los efectos secundarios son mínimos.

—No necesito medicación.

Súbitamente, recuerdo el consejo de Bec: cuanto más proteste, menos cuerda pareceré.

—Todos estamos tratando de ayudarla, Sasha. Le consta, ¿verdad? —Bajo la patente serenidad del tono de la doctora Niles subyace un dejo siniestro—. Si no accede voluntariamente, me temo que es posible que tengamos que considerar ordenar su ingreso.

Ordenar mi ingreso... en contra de mi voluntad. Eso es lo último que deseo, o que necesito. La doctora Niles me sostiene la mirada.

—Tómese su tiempo para tomar una decisión.

—¿Dónde está Mark? —pregunto.

—Creo que está atendiendo a su bebé.

—¿Qué opina él de esto?

—Coincide con todos nosotros.

Mark. La única persona de la que esperaba un apoyo incondicional.

Se me nubla la mente. Logro articular unas cuantas palabras.

—Necesito hablar con él.

—Cómo no —dice la doctora Niles—. Permítanos acompañarla.

Cinco meses antes

Mark

Le dimos la noticia del embarazo a Bill una cálida noche otoñal de viento. Él y yo acabábamos de llegar a casa de ver el partido de fútbol. Fuera, las polillas aleteaban bajo las luces del porche al tenderle una cerveza y sentarme a su lado en el sofá de cuero. Sash, afectada por lo injusto de haber sufrido náuseas durante todo el día, acababa de salir de la sala para vomitar.

—Está embarazada de doce semanas —le expliqué. Esperaba que me diera la enhorabuena, un caluroso apretón de manos, incluso un gesto de asentimiento con la cabeza. Bill permaneció inmóvil en el sofá, con la boca abierta—. La verdad es que es el momento justo —continué, como si la reacción de Bill fuese la normal en un hombre que acaba de enterarse de que va a ser abuelo por primera vez—. Sash ha terminado su residencia en patología. Cumple los requisitos para solicitar una baja por maternidad.

Bill apretó los labios.

—Sash está irritada porque a mí no me pagarán la baja por paternidad, pero al menos el jefe de cocina en principio no pondrá pegas a que me tome unas semanas de permiso cuando nazca el bebé —comenté.

Bill estaba mirando absorto por la ventana hacia donde las estrellas, casi como luciérnagas, se estaban concentrando en el cielo cada vez más oscuro.

—¿Pasa algo, Bill? —pregunté.

Respondió en un tono tan bajo que tuve que inclinarme para oírlo.

—No, son buenas noticias. Cómo no. Es que... a raíz del nacimiento de Sasha... —Se aclaró la garganta—. La madre de Sasha se disgustó porque no le permitieron verla. Ella pensó que había pasado algo. Rose estaba convencida de que los médicos y las enfermeras le ocultaban algo. —Se frotó las palmas de las manos como intentando calentárselas.

—Pero Sash estaba bien, ¿no? No le pasaba nada.

Bill negó con la cabeza.

—Sasha estaba bien. Yo sabía que las enfermeras estaban ocupadas. Intenté dar la cara por Rose, de veras. Pero el hecho de que yo exigiera a las matronas que le llevaran a Sasha a la habitación por lo visto empeoró las cosas.

—Sash no es como su madre —señalé, tal vez subiendo un pelín el tono de voz.

No dio muestras de haberme oído.

—Rose se puso un poco histérica. A partir de ahí fue cuesta abajo. Ahí fue donde todo empezó.

Se quedó mirándose las manos, con manchas de sol, los dedos extendidos a lo largo y ancho de su regazo.

—Asegúrate de no quitarle los ojos de encima después del parto —dijo Bill finalmente, con voz ronca.

Por aquel entonces no le di demasiado crédito a la historia de Bill. Si hubiera prestado más atención, si hubiera sido más cauto, a lo mejor todo habría salido de manera diferente. Igual que con Simon, supongo.

Cuando Sash volvió, Bill se puso de pie de un brinco y le apretó fuertemente las manos entre las suyas.

—Felicidades, cielo. Mark acaba de darme la noticia. Me alegro mucho por ti.

Sash se acurrucó entre mis brazos en el sofá de cuero. Con la calidez de su cuerpo pegado al mío, el destello de la amplia sonrisa de Bill titilando entre nosotros y la luna alzándose en lo alto entre las estrellas, era inconcebible pensar en otra cosa que no fuera en la eterna felicidad.

Día 1

Sábado a media tarde

Para cuando Ursula me empuja en la silla de ruedas hasta el ascensor, subimos a la quinta planta y me conduce al nido, la doctora Niles ya está de pie junto a una estructura plegable de paneles de lona de fuerte armazón, con la mano sujeta a uno de los extremos. Ursula despliega los paneles uno a uno, levantando una barrera protectora alrededor de la incubadora de Toby. La doctora Niles empuja mi silla de ruedas hacia el interior y a continuación cierra los paneles que hay detrás de mí, cerciorándose de que encajen a la perfección a fin de quedarnos completamente ocultos del resto del nido. Mark está encorvado en una silla junto a la incubadora de Toby, con la mirada clavada en el suelo. No alza la vista.

Carraspeo y Mark levanta la cabeza de un respingo.

—Sasha. —Tiene oscuras bolsas bajo los ojos—. Cuánto me alegro de que estés aquí. —Extiende el brazo para cogerme la mano y desliza un dedo por mi palma como si la estuviera leyendo. Es algo que suele hacer para serenarse cuando está afligido—. Tienes que comprender que lo mejor para todos es que hagas lo posible por creer que Toby es nuestro bebé. Mira.

Repasa de un tirón los rasgos de Toby, contándolos con los dedos. Las palmas del abuelo Bob. Los tobillos del tío Will. La barbilla de la prima Emily. Yo no logro encontrar las similitudes. Toby no se parece a los Moloney en absoluto; al menos, a ninguno de los Moloney que conozco. Mark no menciona ningún rasgo de mi lado de la familia.

La doctora Niles da un paso al frente esbozando una sonrisa serena. Las puntas de su pelo pelirrojo asoman como cuernos.

—Es normal sentirse así, Sasha. Muchas madres reaccionan de este modo. Le puede servir de ayuda el tratar de ser consciente de que todos estamos aquí para ayudarla. Lo demás, todo se arreglará. Tiene toda la vida por delante para conocerlo a fondo. Para establecer un vínculo con él. Para aprender a quererlo.

Ursula murmura un tópico detrás de otro por detrás de mí.

—¿Qué dices, Sash? Es el nuestro, ¿a que sí? —Mark pone las palmas boca arriba y extiende los brazos—. Lo único que tienes que hacer es decirles que es el nuestro y punto. La doctora Niles no volverá a molestarte.

Me dan ganas de coger a Mark de los hombros y zarandearle. Se supone que tiene que defenderme, no traicionarme. Solo tiene razón en una cosa: sería muchísimo más fácil seguirles la corriente y aceptar que Toby es nuestro bebé. Acto seguido, Mark se inclina delante de mí, rogándome, suplicándome con desesperación, casi de rodillas, tratando de facilitarme las cosas convenciéndome para ceder. Es lo que desea para mí, una salida fácil.

Él sabe que he tomado decisiones duras anteriormente. Después de lo de Damien, yo tenía presente que la pediatría no era la especialidad indicada para mí. Al principio, Mark trató de persuadirme de lo contrario: «Tienes muy buena mano con los críos», comentaba a la mínima oportunidad. Me arrinconaba en el cuarto de baño, en el lavadero, en la cama por la noche. Al principio, yo negaba con la cabeza sin más.

Una noche, sentados en el sofá delante de la televisión, exploté.

«Es que no me escuchas —grité—. No puedo apechugar con las consecuencias de equivocarme en el diagnóstico de los críos. La patología siempre fue mi primera opción. La pediatría fue un error. Ya lo he decidido».

Se quedó pasmado durante un rato. Luego apagó la tele y me cogió la mano.

«Si la pediatría se te está haciendo tan cuesta arriba, ¿por qué no tomas un camino más fácil? La medicina general. La investigación médica. Un campo totalmente diferente de la medicina. La patología es una carrera larga donde vas a sudar tinta. Tú misma lo has comentado. Exigente. Estresante. Con un montón de exámenes. Sin garantías de que consigas licenciarte».

«La patología es lo que quiero estudiar». Me zafé de él y me fui derecha a la cama. Y patología fue lo que estudié. Me encanta, más si cabe ahora que estoy cualificada y que he empezado a escalar posiciones en mi profesión: acerté, por lo menos en lo tocante a la patología, al guiarme por mi instinto.

Repaso mi estado mental en una lista ordenada. No hay pensamientos atropellados, bajones ni subidones de ánimo, ideas o convicciones raras, pensamientos suicidas. Sería consciente de que no rijo bien, estoy convencida de ello. Hay dos cosas de las que tengo la certeza en medio de este caos: primero, que estoy cuerda. Segundo, que el bebé de la incubadora que hay delante de mí no es mío.

No voy a dar mi brazo a torcer. No voy a darme por vencida para ponérselo fácil a todo el mundo. Dejaré que me conduzcan en silla de ruedas a la unidad materno-infantil. No es lo ideal; eso casi con toda seguridad prolongará la búsqueda de mi bebé y después, cuando la encuentre, el hecho de que este ingreso conste en mi historial clínico puede retrasar que me la entreguen. Y pondrá en peligro mi carrera. Cuando me den el alta, me remitirán a la junta médica, me pondrán en periodo de prueba, me veré obligada a someterme a revisiones psiquiátricas, a valoraciones periódicas. Los médicos con trastornos mentales no llegan muy lejos en la medicina. Cabe la posibilidad de que tenga que renunciar a mis sueños de promocionarme en el campo de la patología. Pero, llegados a este punto, esa parece ser la menor de mis preocupaciones.

En la incubadora, Toby continúa plácidamente dormido. Él es el inocente en todo este embrollo. No parece en absoluto mi bebé. Podría haber decidido ejercer de madre para él lo mejor posible hasta que se reuniera con su verdadera madre, pero bajo ningún concepto se me pasaría por la cabeza que sea mío. Y, cuando se demuestre que tengo razón, se darán cuenta de que estoy perfectamente.

Que se jodan. Que se jodan todos.

—No, Mark —digo entre dientes, haciendo acopio de toda mi fortaleza—. Tú me conoces. No cometo errores. He luchado tan duro y durante tanto tiempo para tener a nuestro bebé que por nada del mundo voy a darme por vencida ahora. No permitiré que nada me detenga para averiguar la verdad. Este no es nuestro hijo.

Parece que Mark va a echarse a llorar. Asiente en dirección a la doctora Niles, que hace lo mismo.

—Entonces tendrá que acompañarnos —dice la doctora Niles, y se le borra la sonrisa—. Esta noche.

—Si insiste... —contesto—. Haré lo que sea con tal de encontrar a mi bebé.

Para la doctora Niles debe de ser un alivio no tener que cumplimentar todo el papeleo para declararme incapacitada ahora que van a recluirme con mi consentimiento. Me pregunto cuánto tardaré en convencerla de que estoy en mis cabales.

—Me temo que no podrá darle el pecho con la medicación —dice la doctora Niles. A pesar de la pena que me da, pues el hecho de no empezar a darle de mamar significa que probablemente nunca tendré la oportunidad de amamantar a mi verdadera hija, en parte me siento aliviada. Al menos no sufriré más la agonía de extraerme la leche—. Por último, es importante que solicite mi permiso para abandonar las instalaciones del hospital —apostilla—. ¿Entiende?

Me encojo de hombros.

—Es importante que tenga presente que las visitas al nido constituyen una parte esencial de su recuperación. Eso la ayudará a estrechar lazos con Toby. —La doctora Niles esboza una sonrisa de compromiso—. Se pondrá bien, Sasha. Se lo garantizo. —Se desabrocha los botones de la chaqueta y se escabulle entre los paneles de lona. Ursula pliega los paneles como si fueran un abanico y acto seguido los empuja para llevárselos rodando por el pasillo hasta el otro lado del nido.

Mark me observa fijamente como si no me reconociera. Me pone una manta sobre el regazo y la remete por los bordes como si yo fuese una figura de porcelana.

Averiguaré la verdad. Al final conseguiré salir de allí y recuperar a mi bebé, digan lo que digan o hagan lo que hagan.

Mark se inclina hacia delante y me susurra al oído como si fuera la última oportunidad que tiene de hablar conmigo:

—No tienes por qué luchar contra viento y marea, Sasha. Los médicos están de tu parte. Tienes que hacerles caso. Limítate a seguir sus indicaciones. Por favor, prométeme que lo intentarás.

Sigo sin creer que no confíe en mí. Mark enseguida se percata de que le estoy mintiendo cuando le digo que me gusta su último corte de pelo o la ropa que se acaba de comprar. Lo nota en mi mirada, dice, pero nunca ha sido capaz de entender realmente cómo lo consigue. Yo pensaba que, al principio, me había creído con respecto a lo del bebé. Pero los médicos le han comido el tarro, lo han convencido de que estoy equivocada.

Se coloca detrás de mí, con las manos en las empuñaduras de la silla de ruedas, preparado para empujar. No puede verme la cara.

—Lo prometo —digo entre dientes.

—Será mejor que te llevemos de vuelta a tu habitación, Sasha —dice.

Me pregunto a quién se refiere con «llevemos». Y él nunca, jamás, me llama Sasha.

Día 1
Sábado a la hora de la cena

La doctora Niles viene a buscarme.

—Los psiquiatras normalmente no acompañan a los pacientes al ala de psiquiatría —dice—, pero en vista de que se trata de un caso especial...

No quiero ser un caso especial, pero no vale la pena poner objeciones. Pongo los ojos en blanco y me hundo en la silla de ruedas. Intento ignorar el estridente llanto de los bebés mientras la doctora Niles empuja mi silla de ruedas por el pasillo rosa de la planta de maternidad.

Cogemos el ascensor para bajar a la planta baja del hospital. Desde allí me conduce por una galería revestida de cristaleras a ambos lados, por lo visto para proporcionar amparo ante las inclemencias meteorológicas, ¿o quizá para impedir que los pacientes se fuguen? Al otro lado del cristal hay un muelle de carga de hormigón delante de un aparcamiento de varios pisos atestado de coches. Delante de nosotras, al final del pasillo, hay un anodino edificio achaparrado: el pabellón psiquiátrico. La unidad materno-infantil se halla en la planta baja.

La doctora Niles me conduce a través de una puerta de doble hoja que se cierra de un portazo al entrar. Ya está. Pese a que he sido coaccionada para ingresar aquí en teoría por voluntad propia, me siento atrapada.

Un tenue murmullo procedente del mostrador de enfermería y algún que otro llanto de bebé se dejan sentir en el ambiente. Hace frío aquí. Me tapo hasta la cintura con la colcha de mi madre. El pabellón continúa oliendo a hospital, todo rezuma un olor a baños desinfectados con productos químicos y a incomible comida de hospital y hay un tufo a algo innombrable: lo que yo identifico con el hedor a muerte. El mismo olor que de vez en cuando percibo súbitamente en el laboratorio, tal vez procedente de un espécimen recién diseccionado o de una muestra de células en un frasco. Es el olor de la carne en proceso de putrefacción, de la piel en descomposición, de las células convertidas en polvo tras la apoptosis. En este pasillo se respira un leve pero inconfundible tufillo. Incluso aquí deben de haber tenido su buena cuota de muertes.

La doctora Niles empuja mi silla de ruedas por el pasillo. La moqueta es de color gris claro; perfecto para disimular la suciedad. Han pintado el pasillo en un tono verde pálido: en teoría un color que invita a la calma, según recuerdo de mis turnos en psiquiatría. Las paredes están flanqueadas de anodinas láminas de botánica concebidas para invitar al relax y pasar desapercibidas. Sin embargo, la iluminación es tan tenue que crea sombras en los huecos y rincones, cada una de las cuales parece esconder una amenaza al acecho.

—Los nidos —dice la doctora Niles, al tiempo que me hace una seña al pasar junto a unas pequeñas salas con puertas de cristal esmerilado—. Aquí es donde enseñamos a los bebés a dormir. Cuando Toby salga de Cuidados Intensivos, lo ayudaremos a aprender a dormir aquí. Incluso dispondrá de su propia habitación.

No deseo que enseñen a mi bebé a dormir en este lugar oscuro y frío. Me estremezco, confiando en que la doctora Niles no se haya percatado. Se detiene al final del pasillo, delante de la última puerta.

—Su habitación —dice.

Huele a motel: un matiz mohoso camuflado bajo la pestilencia de los ceniceros. Estará prohibido fumar aquí, ¿no? El aire, en marcado contraste con el pasillo, es denso y húmedo, recalentado como una sauna. Aparto la colcha de mi regazo y la dejo caer a mis pies. Hay una cama en medio de la habitación, una mesilla de noche al lado, una silla bajo una ventana redonda en la parte superior de la pared, un armario junto a una pequeña nevera. Incluso un televisor en un rincón. La doctora Niles hace señas con la mano lánguidamente hacia cada mueble revestido de plástico.

—No hay minibar. Y me temo que no se puede graduar la temperatura —dice al fijarse en mi cara sofocada—. Se acostumbrará al calor.

—¿Puedo ir al baño?

—El baño es gratis. —Esboza una sonrisa ladeada. Por lo visto ha intentado hacer una gracia.

En el baño anexo, los relucientes azulejos blancos que revisten las paredes todavía huelen a lejía de la última limpieza. Las juntas de los rincones están ennegrecidas del moho acumulado.

—Vendré a recogerla para cenar —dice la doctora Niles desde la puerta—. Ah, y puede usar su móvil. —Se marcha.

Ya me siento espiada. En este lugar no se permitirán los secretos. Me dirijo al aseo, me siento; los puntos que llevo bajo la venda en el vientre me tiran como si estuvieran manteniéndome unida. Presiono la parte inferior de las palmas de las manos contra las cuencas de los ojos. En este momento, todo me supera.

Un intenso dolor me atraviesa el vientre al levantarme con dificultad. No logro distinguir una mínima expresión en mi semblante sobre el reluciente acero inoxidable que hay en lugar de un espejo. En vez de eso, líneas plateadas resquebrajan mis rasgos distorsionados, como una modelo de Picasso. Del grifo solo sale agua templada.

En el armarito que hay bajo el lavabo, los rollos de papel higiénico están colocados de pie en una fila ordenada. Al apartarlos de un empujón descubro un surtido de frascos estériles con tapas amarillas para muestras de orina. Aquí tampoco hay nada que tenga la menor utilidad.

Entonces reparo en ello. Una palabra en la pared entre el acero inoxidable y el lavabo, como escrita con las uñas: «Mío». Me pregunto quién la habrá escrito, cuánto tiempo lleva ahí, esperándome. Llego a la conclusión de que es un presagio. Un mensaje de una madre a otra. Resulta fácil descifrarlo. Debo reclamar a mi verdadera hija lo antes posible.

Vuelvo a la habitación arrastrando los pies y me tiendo con dificultad sobre el colchón soltando un gemido. El sudor me empapa las axilas. A mi alrededor, las paredes están flanqueadas de las típicas reproducciones impresionistas: los nenúfares de Monet, las bailarinas de Degas, los bodegones de Cézanne. Nada de Van Gogh, me percato con una sonrisa irónica.

El techo se cierne sobre mí. Me pregunto qué sensación experimentaría mi madre al ser ingresada en un pabellón psiquiátrico hace más de treinta años. Dudo que en aquella época las paredes de su habitación estuvieran decoradas con láminas como estas; lo más probable es que fuera una sosa superficie verde. Es inconcebible que mi padre me ocultara la verdad durante tanto tiempo. Me pregunto en qué medida afectará esta noticia a mi recuerdo de ella. ¿Debería sentir lástima? ¿Rabia? ¿Vergüenza? Ahora mismo, me da la impresión de que solo siento una profunda congoja en mi interior: lo mucho que añoro su presencia, lo mucho que deseo que estuviera aquí.

Mi madre debió de sentirse muy sola durante sus ingresos, sin mí y sin mi padre. En aquella época, los trastornos mentales eran un tabú hasta tal punto que es probable que no mencionara sus ingresos a nadie, ni siquiera a sus amistades. Me figuro que no hablaría de sus sentimientos con mi padre. Ojalá pudiera retroceder en el tiempo como adulta para estar a su lado. Para decirle lo mucho que necesito que se ponga bien. Para decirle lo mucho que necesito que mi madre esté a mi lado.

Cuando cumplí seis años ya nos había dejado. Mi recuerdo más nítido de ella es recostada en la cama de matrimonio con el cabecero de cobre pegado a la pared. Se tendía de costado, fumando un cigarrillo detrás de otro, con la mirada perdida en la ventana que daba al jardín de entrada, con su menudo cuerpo tapado con una colcha. El sol penetraba a través del humo, dibujando formas ondulantes sobre las paredes de color crema mientras ella me estrechaba con fuerza bajo su brazo, acurrucándome.

Fue hace siglos. Y ahora soy madre, y nuestras vidas se desarrollan con un extraño paralelismo mientras yo, también, estoy aquí tumbada en un pabellón psiquiátrico, sola.

Me doy cuenta de que algo me resulta familiar en esta unidad materno-infantil; algo que tiene en común con cualquier unidad psiquiátrica. Las láminas están firmemente pegadas a la pared. El cable del teléfono es sumamente corto. Las cortinas de motivos florales están colgadas de una ligera barra de plástico sobre la claraboya. No hay espejo que pueda hacerse añicos. Ni escapatoria.

En el comedor hay dos mujeres sentadas a una mesa rectangular de formica. Rehúyo sus miradas, cojo una bandeja del estante que hay junto a la puerta de la cocina y camino renqueando en dirección a ellas. Tomo asiento en una de las sillas de plástico y, vacilante, destapo mi comida. Lonchas de cecina de vacuno con salsa, zanahorias correosas, guisantes pochos..., todo despide el típico olor a comida de hospital.

La mesa mira a un patio pavimentado. Hay un pequeño huerto salpicado de brotes verdes, un florido manzano en el rincón del fondo y un vivero de helechos a lo largo de un lateral. La lluvia ha comenzado a salpicar el pavimento de pizarra y a gotear a través del toldo de malla sobre las frondas de los helechos.

La mujer sentada a mi derecha, con la cara fina enmarcada por suaves rizos, tiene las manos firmemente asidas a los bordes de la bandeja. Cuando suelta la bandeja, sus nudillos emblanquecidos adquieren una tonalidad asalmonada. Levanta la tapa de plástico, se queda mirando la pinta de la carne al horno con verduras de su plato y hace una mueca. No se lo reprocho. La otra mujer, con el pelo rubio platino cayéndole en ondas sobre un hombro, se levanta y coloca su bandeja en el estante. Me sonríe al marcharse. Me sorprende; imaginaba que las demás pacientes hospitalizadas, temiendo relacionarse con otras que estuvieran trastornadas, me rehuirían. Tal vez haya subestimado a las mujeres, el poder de la amistad entre las mujeres en momentos de necesidad.

A mí siempre me ha costado entablar amistad. Me encanta la idea de contar con una pandilla de amigas íntimas, pero no tengo la menor idea de cómo conseguirlo. Según tengo entendido, a mi madre le pasaba lo mismo; Lucia era su única amiga. En cuanto a mí, tengo a mis compañeros de trabajo. A viejos amigos de la familia. Y a Bec, que no sé cómo se las ha ingeniado para perdonar mis rarezas a lo largo de todos estos años.

La mujer del pelo rizado continúa sentada a la mesa, empujando sus verduras correosas por el plato, al tiempo que se le llenan los ojos de lágrimas. Depresión posparto, concluyo, no sin compasión.

—Hola. Soy Sasha.

—Soy Ondine —dice—. Supongo que tengo que darte la bienvenida.

—Encantada de conocerte. —Intento sonreír—. ¿Cuánto tiempo llevas aquí?

—Hum... —Se pone a contar con los dedos—. Seis. Por lo visto nadie consigue salir de aquí en menos de dos.

—¿Días?

—Semanas —contesta Ondine—. Dicen que han de cerciorarse de que podemos llevarnos a nuestros hijos a casa sin correr riesgos.

«Semanas». Mis latidos se ralentizan al mínimo. No puede ser —no será— mi caso. Seguramente no tardarán tanto en darse cuenta de que estaba diciendo la verdad.

Ondine pega la lengua a la salsa que hay en la punta de su cuchara y acto seguido la aparta.

—Tienes bastante buen aspecto, Sasha —comenta en tono vacilante.

Me recuerdo para mis adentros que he de respirar, una inhalación tras otra.

—Estoy bien —digo.

Pese a su timidez, también tiene buen aspecto. Lleva ropa holgada limpia, el pelo lavado y un discreto brillo de labios. Con su fino cabello rizado y su pálida tez, Ondine guarda cierto parecido con Bec.

—¿Hay muchas mujeres ingresadas en este momento? —pregunto.

Ondine se encoge de hombros.

—Puede que unas diez o así. Es difícil calcularlo con exactitud. Casi todas pasan el día en sus habitaciones. A la mujer que acaba de marcharse —la rubia, me figuro— le van a dar el alta cualquier día de estos. No puedo decir que me haya relacionado mucho con las demás. —Se pone colorada.

Fuera, parece estar escampando. Mis hombros se relajan contra el respaldo de la silla. Los he mantenido tensos durante todo este largo día.

—Si he entendido bien, eres... ¿médica? —pregunta Ondine con voz entrecortada.

—Soy patóloga. Una rama de la medicina —explico, al tiempo que me pregunto cómo es posible que se haya enterado.

—¿Y tu bebé? ¿Cómo está?

—La verdad es que no estoy segura. —Maldito hospital, malditos médicos. Debería tener derecho a estar al tanto, a encontrar a mi bebé. Cambio de tema—. Seguramente habrás visto a unas cuantas mujeres pasar por aquí, ¿verdad?

—Sí. No obstante, eres la única mujer que está ingresada sin su bebé. Siento de veras por lo que estás pasando. No es culpa tuya.

Me da una arcada al atragantarme con un trozo de carne.

Ondine se echa hacia delante y me tiende una servilleta desde el otro lado de la mesa. Escupo la ternilla masticada en la servilleta.

¿Cuánta gente está al corriente? ¿Y cómo se han enterado? Las mejillas me arden como si me hubieran abofeteado.

—¿Qué te han comentado?

—Esto es como radio macuto —explica Ondine—. Lo siento mucho. Es un asco. Un horror. Todo el mundo rumorea. —Agacha la cabeza—. Se comenta que, según tú, el bebé del nido no es el tuyo. Hasta ahí sé. Yo de ti no le contaría gran cosa al personal. Podrían utilizarlo en tu contra.

—Gracias —digo—. Lo tendré en cuenta.

—Pídeme consejos sobre cómo salir de aquí con toda libertad. A lo mejor puedo remitirte a la persona adecuada. —Esboza una tenue sonrisa.

—Lo más importante es encontrar a mi bebé.

—Entonces, ¿de momento no tienes ninguna pista? —Deja el cuchillo y el tenedor juntos en el centro del plato.

—No. —Ahora caen chuzos sobre el pavimento de fuera.

Ondine se queda mirando los cubiertos; se le apaga la mirada.

—Es terrible que tu hijo haya desaparecido. Vas a seguir buscándolo, ¿no?

Alguien más que da la impresión de creerme. La congoja me oprime la garganta.

—Por supuesto. Hasta que la encuentre.

Los hombros de Ondine se encorvan hacia la bandeja.

—¿No hay una parte de ti que no desea encontrarla?

¿A qué viene eso?

—No. Ni pensarlo. —Preocupada, añado—: ¿Qué me dices de tu hijo?

Ondine se ruboriza. Abre la boca, pero, antes de que le dé tiempo a responder, la doctora Niles entra en el comedor con cara de pocos amigos.

—Hora de descansar, Sasha —dice, apuntándome con el dedo.

Ondine se encorva más sobre la bandeja; sus bucles caen sobre el plástico como las ramas de un sauce.

—Por favor, avísame por si puedo echarte una mano —cuchichea al ponerme de pie y pasar arrastrando los pies por delante de ella.

Fuera, los tallos de flores arrancados por la lluvia yacen sobre el suelo. Hay colillas desperdigadas por el pavimento. De un respingo, reparo en las cuatro ventanas tintadas que flanquean cada pared del patio. Desde el centro del patio es imposible ver el interior del pabellón; sin embargo, desde dentro podrían observarte desde todos los ángulos. Por nada del mundo pienso salir ahí fuera de momento.

De vuelta en mi habitación, me reconforta hundirme en el colchón y tapar mi dolorido cuerpo con el edredón. La doctora Niles da unos golpecitos con su huesudo dedo contra el vaso de plástico que yace sobre mi mesilla de noche para mostrarme un surtido multicolor de pastillas: turquesa, bermellón, naranja, ocre y una cápsula de un blanco níveo. Vierte el contenido del vaso en la palma de mi mano. Pesan como un puñado de palomitas. Tardo unos segundos en ser consciente de que hay más de un comprimido psicotrópico en este lote.

—¿Qué son?

—Mirtazapina, Risperidona, Temazepam. Y Oxicodona y Voltaren para el dolor. —Va señalándolos conforme los nombra.

¿Un antidepresivo, un antipsicótico y un somnífero?

—No es tan raro como le pueda parecer —explica la doctora, metiéndose un mechón de pelo detrás de la oreja—. Psicosis puerperal. Es bastante habitual. Incluso entre las médicas.

¿Psicosis puerperal? Si eso fuera cierto, yo tendría un comportamiento irracional, delirante, incoherente. Diría disparates. Creería cosas obviamente ilusorias. Un escalofrío me recorre de arriba abajo al caer en la cuenta de que esa es la impresión que tal vez cause. Incluso, quizá, a Mark.

—Tenemos que estar presentes cuando se las tome —dice la doctora Niles.

Los comprimidos tiemblan en la palma de mi mano.

—No me hacen falta.

—Si se toma los comprimidos, tendrá más posibilidades de que le den el alta antes. ¿Es eso lo que desea?

Me paro a pensar. Es importante que me den el alta. Pero ni de lejos tan importante como localizar a mi bebé. No obstante, sí que quiero largarme de aquí. Me llevo la mano a la boca y levanto la lengua para que los comprimidos caigan debajo. Aprendí el truco durante mis prácticas en psiquiatría, de un locuaz paciente que me lo sopló mientras el psiquiatra estaba de espaldas. Bebo un trago de agua.

—Tiene que enseñarme la boca.

La abro.

—Ábrala más. Levante la lengua, por favor.

Levanto la cabeza ligeramente hacia el techo.

—Tiene que tragárselos.

—¿Y si no lo hago? —pregunto con la lengua trabada.

Ella frunce el ceño. Tomo otro trago de agua, libero los comprimidos y me los trago con dificultad. Las píldoras me arañan la garganta al ingerirlas, como cuchillas de afeitar. Aprieto los labios con fuerza para contener las arcadas.

La doctora Niles me examina la lengua una vez más.

—Bien —dice—. Ahora, haga caso a las enfermeras. Saben lo que se hacen. Todo el mundo se recupera a su debido tiempo. Me refiero a las pacientes, claro —especifica, como si la hubiera acusado a ella o a su equipo de tener problemas mentales. Se detiene en el umbral—. Y no se olvide de la reunión de presentación de mañana. A la una. Conmigo. Sea puntual. —Sale de la habitación con aire altivo, cerrando la puerta de un portazo como si yo fuera una prisionera recluida para pasar la noche.

Día 2
Domingo a media mañana

Las sombras sobre la moqueta gris claro son lo bastante alargadas como para percatarme de que he dormido más de la cuenta. Tengo el camisón pegado a la espalda y las sábanas están empapadas de haber sudado toda la noche. Las pérdidas de leche me han dejado dos lamparones redondeados húmedos en la pechera. Los medicamentos me han embotado el cerebro hasta dejarme abotargada, me han empañado la visión, me han debilitado los músculos. Comienzo a quedarme aletargada de nuevo. Hasta que no oigo un carraspeo no me doy cuenta de que hay alguien sentado junto a mi cama.

Mark.

—Cariño. —Solamente usa ese tono manso, lastimero, cuando ha hecho algo realmente grave—. ¿Te encuentras mejor hoy?

—¿Cómo diablos voy a encontrarme mejor? —Tengo el paladar tan seco como el papel de lija, me raspa la lengua al rozarlo.

—Siento oír eso —dice. Percibo la inquietud en sus ojos.

Acaricio con los dedos la colcha de mi niñez, que tengo extendida en la cama. Mis neuronas empiezan a conectar entre sí de nuevo. Hay cosas que necesito saber. Alargo la mano y la poso sobre su brazo.

—¿Sabías que mi madre tuvo depresión posparto? ¿Que fue ingresada en un pabellón psiquiátrico al dar a luz? ¿Por eso le contaste a la doctora Niles lo de mis abortos?

Aparta el brazo y se rasca el cuello.

—¿Qué? No. ¿Qué tiene que ver tu madre con esto?

—Mi madre estuvo en un pabellón psiquiátrico, como yo. ¿Lo sabías, Mark?

Se reclina en la silla.

—No sé nada sobre tu madre, ¿vale, Sash?

Meneo la cabeza para tratar de espabilarme.

—Quizá pueda intentar averiguar más cosas sobre ella. Podría tratar de dar con su paradero actual, de localizarla.

Mark carraspea.

—Tienes bastante con lo tuyo, Sash. A lo mejor cuando las cosas vuelvan a la normalidad.

No está dispuesto a soltar prenda. Tendré que sonsacar a mi padre. Mark retoma la palabra antes de que yo pueda añadir nada.

—Se me había olvidado decirte que mis padres vendrán al nido más tarde. Espero que no te importe.

Los padres de Mark. Se pusieron en mi contra hace siglos, desde el principio de nuestra relación. Solamente llevábamos saliendo tres meses.

Yo había sobrevivido a la presentación de la familia y todos los parientes lejanos de Mark en una barbacoa organizada en su casa a mediodía, y estaba relajándome junto a la chimenea mientras Mark y sus padres despedían a los invitados en la puerta.

Patricia entró con aire resuelto en la sala, con Mark a la zaga. Ray, el padre de Mark, aún estaba ayudando a los invitados a salir marcha atrás por el camino de entrada.

«¿Qué es eso de que Mark se muda a tu casa?».

Fulminé a Mark con la mirada. Teníamos previsto decírselo a sus padres juntos, sorprenderles con lo que nos figurábamos que recibirían como una buena noticia.

Mark se metió las manos en los bolsillos.

«No hay mal que por bien no venga, mamá. La amiga de Sash acaba de mudarse del apartamento. Ella estaba buscando a alguien para compartir piso. Al parecer yo cumplo los requisitos».

Patricia enarcó las cejas como flechas puntiagudas.

«Apenas os conocéis. ¿Acaso no recuerdas lo que pasó con Emma? Y no tienes necesidad de mudarte. Aquí te ahorras el alquiler, con tu padre y conmigo».

Mark negó con la cabeza despacio.

«La quiero, mamá».

Se acercó a Mark y le cuchicheó algo lo bastante alto como para alcanzar a oírlo yo:

«¿Y qué me dices de su madre?».

Yo ignoraba que Mark le hubiera contado que mi madre me abandonó cuando era pequeña.

«Por Dios, mamá —dijo él en un tono mucho más bajo, mirándome fugazmente—. Ella no es su madre».

«¿Has puesto a tu padre al corriente de tus planes de irte de casa?».

«Papá no pondrá objeciones. Vosotros os prometisteis a las ocho semanas de empezar a salir juntos».

Patricia resopló y salió hecha una furia de la sala.

No creo que jamás me haya perdonado por arrebatarle a su único hijo vivo. Ha mostrado una actitud fría y distante en cumpleaños, Navidades, incluso en nuestra boda. Ray prácticamente no me dirige la palabra. Yo los he aceptado, he procurado que no me afecte su hosquedad.

—¿Han visto tus padres a Toby?

—Todavía no. Según dijeron, no querían molestarnos.

Ahora hace frío en la habitación de la unidad materno-infantil; habrán bajado la calefacción.

—Mark, no quiero estar presente cuando tus padres vengan. —Me arrebujo con la colcha hasta los hombros.

—Luego lo hablamos. Voy a ir a ver a Toby dentro de un rato. Puedes darte una ducha primero. Después me acompañarás, ¿verdad?

Me da la sensación de que no tengo elección. Acto seguido se me revuelven ligeramente las tripas al recordar que mi bebé —mi verdadero bebé— seguramente sigue estando en el nido.

—Me gustaría —digo.

Mark me describe con pelos y señales el estado de Toby —está evolucionando más favorablemente de lo que los médicos preveían— y seguidamente comenta que ha puesto a todo el mundo de nuestra lista al corriente del nacimiento, pero que les ha comunicado que todavía no estoy en condiciones de recibir visitas.

—¿Eso has dicho?

—Les he dicho que estabas un poco cansada, que posiblemente te alegrarías de ver gente dentro de unos días. Pensaba que no querías que todo el mundo se enterase.

—Deberías haberme consultado —digo, pero se me relaja el pecho. Otros cuantos días para recomponerme y diseñar una estrategia para localizar a mi bebé.

Me arrebujo bien con la colcha. Es preciso convencer a Mark, igual que al resto, de que no me pasa nada. De que nuestra prioridad ha de ser encontrar a nuestro bebé.

—Perdona por mi arranque. Me encuentro mejor, Mark. Mucho mejor que ayer. ¿Te importaría hablar con la doctora Niles? ¿Pedirle que, para empezar, interrumpa la medicación? No me gusta sentirme tan cansada.

—Por supuesto, cariño. —Esboza una leve sonrisa.

—¿Y volver a decirle lo sumamente innecesario que es tenerme aquí?

—Por supuesto que sí. —Pero titubea al pronunciar la última palabra.

Noto un dolor punzante en los pechos bajo el chorro de agua templada. Los tengo grumosos y blandos, más hinchados que nunca. Aprieto suavemente y del pezón gotea leche blanquecina que me resbala por el abdomen, se esparce por las baldosas, y se cuela por el sumidero de la ducha. Me ha subido la leche.

Qué terrible desperdicio. Salvo que supongo que no tiene por qué ser así.

Con Mark esperando en mi habitación, hurgo en el armario del baño en busca de los frascos de orina estériles. Sujeto uno bajo mi pezón y empiezo a extraer la leche tal y como Ursula me enseñó. Hoy el calostro fluye con más facilidad, a borbotones con cada presión, como si estuviera ordeñando una vaca. Al cabo de diez minutos tengo un cuarto de frasco con líquido de color crema. Al sujetar el recipiente a la luz, caigo en la cuenta de que esta muestra estará contaminada con los medicamentos de mi flujo sanguíneo. Este tendré que desecharlo. A partir de mañana, prescindiré de los comprimidos.

Luego puedo esconder los frascos en la nevera, en el pequeño congelador, tal vez metidos detrás de una cubitera para procurar que no queden a la vista.

Si extraigo la leche no se me retirará. Cuando encuentre a mi niña, dispondré de suficiente leche congelada para alimentarla hasta que aprenda a mamar. Seguro que es lo que cualquier buena madre haría.

Intento sentir a mi bebé en cuanto Mark empuja mi silla de ruedas para cruzar la puerta del nido, donde hace un calor sofocante. Juraría que noto una presencia, una cálida y dulce pulsación, cerca. Si de algo estoy segura es de que mi bebé nació prematuro, así que debe de estar aquí en algún sitio, quizá en los brazos de otra madre. Por más que intento sentir su presencia no hay forma de determinar su ubicación únicamente por medio de la intuición. He de continuar la búsqueda. Aquí solo hay dieciocho bebés —diez en incubadoras, ocho en cunas abiertas—, de modo que no resultará demasiado difícil localizarla. Inspecciono las cunas e incubadoras fijándome en las caras, las manos, los pies, en cualquier cosa que pueda resultarme familiar, pero Mark empuja la silla de ruedas demasiado rápido y los bebés se confunden en un remolino caleidoscópico de colores, torsos jadeantes, extremidades en movimiento. Sin darme tiempo a pedirle que aminore la marcha, se detiene delante de la incubadora de Toby, junto a la que aguarda Ursula.

—Ya estamos aquí —dice Mark.

Ursula se cierne sobre mi silla de ruedas.

—La estábamos esperando. Sabía que querría estar presente cuando le quitáramos la vía intravenosa.

Toby permanece tumbado inmóvil, con los ojos clavados en la cubierta de la incubadora, con la mirada perdida.

—Se le ha administrado sacarosa —señala Ursula—. Es como las piruletas para los críos. Mitiga el dolor. —Se vuelve hacia la mesa para preparar el material: un paquete de apósitos, antiséptico, una tirita. Podría haberlo hecho yo misma.

En el nido hay otros padres de pie junto a las cunas de sus bebés cambiándoles los pañales, haciendo carantoñas a los recién nacidos, entre cháchara y risas como si esto fuera una especie de acontecimiento social. Al menos parece que hoy son ajenos a mi presencia. No hay el menor indicio de que entiendan la gravedad del estado en el que se encuentran sus bebés, la precariedad que puede entrañar la vida. Y no son conscientes del trance por el que estamos pasando Mark y yo, lo mucho que nuestro bebé está sufriendo sin nosotros, lo que el pobre Toby está padeciendo sin sus verdaderos padres a su lado.

Ursula humedece la venda, se la pone a Toby sobre el dorso de la mano y retira la vía intravenosa de su piel. Toby se queda paralizado, con el brazo trémulo, y, acto seguido, suelta un leve gemido de confusión. Ursula presiona el orificio con gasa para contener la sangre.

—Me figuro que ya habrá presenciado esto muchas veces. Asiento.

—Iba a dedicarme a la pediatría.

—¿Y se cambió a la patología?

Al otro lado de la ventana, un autobús pasa a toda velocidad sobre un gran charco y salpica una cortina de agua sobre la acera.

—Cambié de opinión. —No menciono el incidente. Ni siquiera le he contado a Mark todos los detalles de la historia.

Toby se ha tranquilizado, está mirando fijamente hacia mí. El esparadrapo que le cubre la mejilla para sujetar la sonda nasogástrica está deshilachado por los bordes. Habrá que cambiárselo pronto. Ursula señala hacia su ombligo.

—Seguro que sabe que los bebés prematuros son especialmente vulnerables a las infecciones. Tendré que ponerla al corriente de los síntomas de infección umbilical para que esté atenta.

Conozco de sobra los síntomas de una infección. A raíz de lo de Damien, he sido sumamente puntillosa en lo tocante a la esterilidad, casi rozando la obsesión.

—Puede explicárselo a Mark —digo. Al darme la vuelta, compruebo que Mark no está allí. Supongo que se ha marchado al ver sangre humana; dice que en cierto modo es diferente a los rescates de animales que realiza—. Voy a por él.
—Forcejeo para levantarme de la silla de ruedas.

—Es demasiado pronto para que se ponga de pie —señala Ursula, con la mano sobre mi hombro prácticamente obligándome a sentarme—. Solo ha pasado un día desde su cesárea.

—No pasa nada —contesto—. No me duele mucho.
—Al fin y al cabo, esta es la oportunidad que necesito para hacer una batida.

Cuando hace amago de objetar, la reclaman.

—No se mueva —dice.

En cuanto la pierdo de vista, tomo impulso empujando sobre los reposabrazos y suelto un gemido. No tengo más remedio que morderme la lengua y aguantar el dolor. Puede que sea mi única oportunidad.

El mostrador de enfermería está vacío de momento. Observo una incubadora tras otra a medida que avanzo arrastrando los pies hacia el fondo del nido, tratando de hacerlo con discreción. Qué cantidad de bebés, todos confinados en asépticos receptáculos con calor, atrapados ante la desesperación de sus padres. Busco un rasgo familiar que confirme el vínculo genético: la curvatura de la barbilla, la elevación de una mejilla, una expresión; cualquier cosa que me permita tener la certeza de que se trata de mi bebé. Pero, por encima de todo, busco una conexión que va más allá de un conjunto de rasgos físicos: una presencia. Una certidumbre.

Casi he llegado al final de la hilera de incubadoras. Tampoco ha habido suerte esta vez. ¿Cómo es posible que no esté aquí? ¿Cabe la posibilidad de que Ursula ya la haya llevado a una cuna? Mi bebé puede haber alcanzado el tamaño necesario para que se le haya regulado la temperatura, ¿verdad? ¿O la habrán trasladado a otro sitio?

Al doblar el pasillo hacia la serie de cunas que hay en el ala más pequeña del nido, oigo la voz de Mark procedente de un rincón. Está hablando con una mujer con acento estadounidense, creo. Me escondo detrás de las lonas de separación que hay junto a los aseos para las visitas mientras trato de contener la respiración.

—Se ha debatido el asunto entre altas instancias del hospital —comenta la mujer arrastrando las palabras con prudencia—. El equipo de psiquiatría considera que no es conveniente realizar las pruebas de ADN. Pero los equipos de obstetricia y pediatría han estado hablando y hemos pensado que en cualquier caso sería oportuno al menos ofrecerles la posibilidad de llevar a cabo las pruebas de ADN si así lo desean. Deben tener presente que el laboratorio con el que trabajamos tarda varios días en enviar los resultados. No es como en Estados Unidos, donde por lo general se tarda un día o así.

Esta es nuestra oportunidad. Son magníficas noticias. Siento un tremendo alivio de la cabeza a los pies. Mark todavía está de mi parte. Mark se cerciorará de que las pruebas científicas constaten que estoy cuerda. Mark siempre ha insistido en que es una persona que me querría y aceptaría tal y como soy.

La noche en que nos conocimos, cuando comenté que mi madre me había abandonado de pequeña, me preocupó que eso influyera negativamente en la impresión que le había causado. En vez de eso, posó la mano sobre la mía. «Ella fue la que se marchó —dijo—. Si te conociera ahora, te adoraría. Sé que lo haría».

¿Cómo no iba a parecerme que era el amor de mi vida?

La mujer que hay detrás de las lonas continúa:

—Por supuesto, ninguno de nosotros considera necesario realizar pruebas de ADN. Es imposible que se haya producido una confusión. Nuestra preocupación primordial es que el hecho de realizarlas pudiera potencialmente empeorar la salud mental de Sasha, alimentar sus delirios. Tengo entendido que el doctor Solomon y la doctora Niles ya han hablado de esto con usted.

Ojalá Mark no tarde en insistir en que se realicen las pruebas. Apenas puedo tenerme en pie. Estoy agotada. Gracias a Dios que ya queda poco. Cuando envíen los resultados, no tendrán más remedio que creerme. Al encorvarme para oír su respuesta, una mano me agarra del codo. Ursula.

—Tiene que acompañarme —dice—. Su bebé necesita que le cambien el pañal. —Me sujeta con firmeza, me obliga a salir de mi escondite y me conduce junto a Toby—. Su hijo la espera.

Estoy sola, limpiando las heces negras como el alquitrán de las nalgas enrojecidas de Toby, tendido sobre el colchón de la incubadora, con la cubierta abierta sobre mi cabeza, cuando Mark asoma por la esquina del nido al lado de una mujer vestida con elegancia y con una larga melena rubio platino. La falda de lana le llega a las rodillas, donde acaban las botas de piel negras. Un estetoscopio rosa con un unicornio de plástico enganchado le cuelga sobre la blusa crema. «Dra. Amanda Green», dice su tarjeta identificativa, con una pegatina de un emoticono sonriente. «Pediatra». Se dedica a lo que yo me dedicaba hace siglos. Tras presentarse, la doctora Green se inclina sobre la mesa. Su piel desprende un aroma floral que me resulta familiar pero imposible de identificar. Su perfume es bastante agradable... ¿Quizá una marca estadounidense? Se pone a explicar el estado de Toby con todo lujo de detalles.

—Está evolucionando muy bien. Calculo que podrá irse a casa en unas cuantas semanas.

Me estremezco y cierro de golpe la tapa de la incubadora.

—¿Dos semanas?

—Tal vez. Vamos a esperar a ver qué tal. Tengo entendido que es médica.

—Sí.

La doctora Green esboza una sonrisa benévola.

—Entonces estoy segura de que me entenderá cuando digo que no hay necesidad de realizar pruebas de ADN.

Tomo una profunda bocanada de aire hasta el fondo de mis pulmones.

—Hay que hacerlas —afirmo, y acto seguido, con las palabras de Bec resonando en mi cabeza, añado—: Insisto.

Mark me coge la mano y aprieta sus dedos contra mi palma. «Deja que hable yo».

—Lo entendemos, doctora Green. Confiamos en usted.

—Un momento —intervengo, pero Mark me aprieta la mano con más fuerza.

—Tenemos que hacer caso a lo que nos aconsejan los médicos, cariño —dice—. La doctora Green también tuvo un bebé prematuro. Ella se hace cargo de lo duro que es.

Recuerda: tú siempre has dicho que los médicos saben lo que se hacen.

Mark ha pasado por alto el hecho de que yo también soy médica. He pasado la mayor parte de mi vida de adulta en hospitales. Sé hasta qué punto el sesgo cognitivo puede nublar el juicio. Una vez que se ha llevado a cabo una valoración, que se ha emitido un diagnóstico, una vez que el personal sanitario ha cerrado filas, caben pocas posibilidades de convencerles de lo contrario. Por eso necesito desesperadamente que Mark me apoye en esto.

—Dijiste que debíamos hacer las pruebas de ADN —objeto—. Dijiste que era la única forma de tener la certeza.

—Es mejor que nos dejemos asesorar por profesionales. Tú misma lo has dicho siempre. Todos opinan que es lo más conveniente. El doctor Solomon, la doctora Green... —Se le apaga la voz—. Además, ya han sometido a muchísimas pruebas a Toby. Ya está bien, ¿no te parece?

Aparto la mano de Mark con brusquedad. Esto es increíble. ¿Cómo es posible que sea tan insensible? Las lágrimas empiezan a acumulárseme en los ojos. Qué estúpida he sido al confiar en él; al pensar que él confiaba en mí.

—La doctora Niles hablará con usted más tarde —dice la doctora Green dirigiéndose a Mark. A continuación se vuelve hacia mí con una amplia sonrisa—. Sasha, me figuro que la habrán informado de nuestra política de privacidad y confidencialidad. Los padres no están autorizados a examinar a otros bebés del nido. Estoy segura de que lo entiende. He de advertirle de las consecuencias de incumplir el protocolo del hospital.

Sin darme tiempo a replicar, echa a andar junto a las cunas, sobre las que han extendido edredones mientras yo estaba enfrascada cambiando de pañal a Toby. Seguramente lo han hecho para impedirme ver a los demás bebés. Se me hace un nudo en el pecho.

En cuanto se encuentra fuera del alcance del oído, Mark frunce el ceño y dice:

—Sash, sabes lo mucho que hemos tardado en tener a nuestro bebé. Joder, tienes que creer que es el nuestro. Tienes que hacerlo.

Inclino la barbilla y niego con la cabeza.

—Después de tanto tiempo, después de todo. ¿Cómo has podido, Mark? Tienes que hablar con Bec. Ella me cree. Ella ha visto casos así.

Él baja la vista y se queda mirando el dorso de sus manos.

—Lo siento, Sash. Todo el mundo con quien he hablado coincide conmigo.

¿Ha hablado con Bec? ¿Con quién más ha hablado?

Por primera vez, me planteo la posibilidad de que Mark haya tenido algo que ver con el intercambio de bebés. Sin embargo, aunque él deseaba un varón, también deseaba tener un hijo biológico desde hacía mucho tiempo. Seguramente preferiría una hija biológica a un hijo no biológico, ¿no? Qué va, es imposible que esté involucrado en este embrollo: sencillamente, es absurdo. Entonces, ¿por qué se enfrenta a mí? ¿Acaso cree que tenemos más posibilidades de recuperar a nuestro bebé si seguimos la corriente a los médicos? ¿O es que simplemente ha perdido la esperanza? Hace muchos años perdió la batalla de salvar a su hermano. ¿Acaso cree que jamás recuperaremos a nuestro bebé?

—Podemos encontrar a nuestro bebé, Mark —afirmo, enderezándome en la silla de ruedas—. No es como lo de Simon. Podemos encontrar a nuestro bebé.

—¿Simon? ¿Qué tiene que ver Simon con esto? —A Mark se le ponen las mejillas de un rojo encarnado. Coge bruscamente su chaqueta—. Esto no tiene nada que ver con él. Y Toby es nuestro bebé, Sasha. Tienes que parar esto. Ya.

Al salir del nido hecho una furia, una enfermera se queda mirándome desde el mostrador para ver mi reacción. Agacho la cabeza hasta que solo queda visible mi coronilla. Sin duda está dejando constancia de todo por escrito, tomando nota.

A Toby se le han cerrado los ojos, las pestañas le rozan las mejillas. Suspira mientras duerme. Su huesudo pecho se eleva y desciende muy rápido, como el de un pájaro. Tiene las uñas de las manos largas, le sobresalen por encima de las yemas de los dedos. Supongo que le crecieron en la barriga de su madre. Tendrá que cortárselas pronto antes de que se arañe.

Siento una presencia a mi lado.

—Hora del contacto maternal —anuncia Ursula—. Piel contra piel.

Pobre Toby. Puede que no sea mío, pero de momento no hay nadie más para cogerlo en brazos y darle el cariño que se merece. Su madre... ¿Dónde está? ¿Se hará la misma pregunta que yo mientras estrecha entre sus brazos a mi bebé, tratando a su vez de darle cariño? Solo me queda rezar por que haya alguien con mi bebé, arrullándolo, dándole cariño hasta nuestro reencuentro. Hasta que las dos podamos volver a estar juntas.

Ursula me mete a Toby bajo el camisón, contra mi pecho. A pesar de ser tan pequeño, hoy me da la sensación de que su peso es razonable. Noto el volumen de su cuerpo contra mi pecho. Su piel es tan suave como las frambuesas. Despide calor, muchísimo calor. Siento su corazón latiendo a través de sus costillas contra mí, casi como los latidos del bebé que llevaba en mi interior.

Lo sujeto contra mí y le separo los dedos de los pies para comprobar si tienen la membrana de Mark. No estoy segura de lo que espero. Los reviso hacia la izquierda, después hacia la derecha, y luego de nuevo hacia la izquierda.

Nada.

Lo muevo hacia un lado, luego hacia el otro, y examino sus orejas. No cabe duda de que tiene los lóbulos pegados a la piel del cuero cabelludo, como los de Mark y su padre; nada que ver con los míos, que cuelgan sueltos con pendientes voluminosos.

Así pues, no tiene los dedos de los pies de Mark. Mark tenía razón en lo que respecta a las orejas. La ecografía pudo haber fallado al determinar el sexo de mi bebé. Quizá Mark está en lo cierto al considerar que no estoy en mis cabales. No obstante, hay ciertos hechos que distinguen mi caso del resto. Yo he estudiado estas cosas. He reconocido a suficientes pacientes como para detectar problemas de salud mental. Tengo el suficiente discernimiento como para poder identificarlo si me encontrara en apuros, si estuviera paranoica. Y adoptaría medidas al respecto: me tomaría la medicación, seguiría las indicaciones de la doctora Niles, acataría sus órdenes. Por eso sé que tengo razón a pies juntillas, por mucho que traten de decirme lo contrario.

Toby, con rosetones en las mejillas, se ha quedado dormido. Observo el movimiento ascendente y descendente de su pecho contra el mío. En este momento, al calor del peso de su cuerpo descansando sobre mi piel, no hay nada más que hacer.

Día 2
Domingo a mediodía

Toby está profundamente dormido cuando Brigitte, la madre del bebé que yace bajo las luces azules, entra renqueando en el nido. El pelo le cae por la espalda recogido en dos trenzas flojas como riendas. Toma asiento junto a la incubadora de su hijo, frente a la de Toby, y retira la tela acolchada del plexiglás. Por fin alguien que es posible que se haga cargo.

—Sasha, ¿verdad?

La luz azul imprime a su tez una inquietante palidez. En la incubadora, su hijo, Jeremy, suelta un gañido y arquea la espalda. Ella mete los brazos por el hueco y posa las palmas de las manos sobre su piel.

—Ya, ya.

Él se calma y relaja sobre el colchón.

—Maldita ictericia —masculla ella—. Ojalá le bajaran los niveles. Lo único que quiero es que se ponga bien para poder llevármelo a casa. Los hospitales son sitios peligrosos, ¿no te parece? Se corren muchos riesgos.

Me cuesta encontrar una respuesta.

—No parece tener muy mal color desde aquí.

—Es por las luces azules. Hacen que todo cause una mejor impresión. Al sacarlo de aquí se ve que está totalmente amarillo.

Brigitte tiene el entrecejo fruncido y arrugas en la frente como olas a punto de romper. Me dan ganas de posar las yemas de los dedos sobre sus sienes para estirarle la piel. Tiene el semblante atormentado.

—Era demasiado pequeño, ¿sabes? —continúa en tono monocorde, con los ojos clavados en su bebé—. Dejó de crecer en mi matriz. Primero me introdujeron gel. Luego la solución intravenosa. Se me puso la matriz como un ariete. Me figuro que lo habrás visto, ¿verdad? —No espera a que lo confirme—. Luego salió despedido antes de tiempo. Me desgarró la entrepierna. Después tuvieron que coserme entera. No conseguí cogerlo en brazos hasta casi una hora después. Pero todo mereció la pena cuando finalmente lo tuve entre mis brazos. —Frunce ligeramente el ceño cuando la cara de Jeremy se contrae con un estornudo—. Todo eso es agua pasada. Con tal de que se ponga bien.

Estamos intercambiando historias de alumbramientos. Supongo que eso es lo que hacen las madres que acaban de dar a luz. Me toca. Me tomo una pausa. ¿Hasta dónde le cuento? ¿Qué digo? Le doy pinceladas, lo que ya le he relatado. Los coágulos de sangre. La cesárea de urgencia. Me quedo callada. Ella, con la mano firme sobre la espalda de su bebé, me anima a continuar.

La pongo al tanto de todo lo que consigo recordar de mi parte médico. De la cantidad de sangre que perdí. De la velocidad de mi ritmo cardiaco. Del volumen de fluidos que me inyectaron en las venas. De los enormes cuajarones de sangre ocultos tras la placenta. No me acuerdo de nada, pero debe de ser cierto. Añado algo que no figura en el parte: que después del parto Mark permaneció con nuestro hijo en todo momento.

Seguramente el error debió de producirse en ese breve intervalo de tiempo. No menciono esta última parte.

Al levantar la vista, veo que a Brigitte le tiembla todo el cuerpo, su mano trémula contra la piel aguamarina de Jeremy.

—Lo siento —digo—. ¿He ido demasiado lejos?

—No —responde—. En absoluto.

Es la primera persona a la que se lo cuento. Lo que callo es que oí la voz de Lucia, tan serena como el agua rozando la ribera de un río, mientras yacía empapada de sangre en la cama del hospital. «Mi vida, oh, mi vida. Respira y nada más».

Nos quedamos sentadas en silencio durante un rato, Brigitte acariciando la espalda de su hijo a través de los ojos de buey, yo deslizando los dedos por la huesuda columna vertebral de Toby. Es tan chiquitín como un cuco, el polluelo erróneo en mi nido.

—¿Estuviste intentándolo durante mucho tiempo? —pregunta Brigitte.

Mis dedos se posan sobre el cuello de Toby.

—Años —respondo—. Íbamos a seguir intentándolo hasta que no tuviéramos más remedio que claudicar.

—Nosotros también —dice ella rápidamente, posando las manos sobre la coronilla de su hijo—. Hasta barajamos la adopción. Al verlo ahora, me alegro mucho de no haber tenido que llegar a eso. ¿A quién de los dos se parece vuestro hijo?

Me quedo mirándola.

—¿A ti o a tu marido?

Recorro con la mirada las incubadoras del pasillo como si pudieran proporcionarme la respuesta. Mark tiene razón. Nunca se me ha dado bien mentir.

—Mi marido opina que tiene mi nariz y sus ojos. ¿Y el tuyo?

Ella esboza una preciosa sonrisa que le ilumina todo el semblante, confiriéndole un aire muy animado a pesar de sus demacradas facciones.

—Todo el mundo opina que Jeremy es clavado a mi marido, John.

Se saca el teléfono del bolsillo y me muestra la pantalla. Es una foto escaneada en blanco y negro, por lo visto de su marido, vestido con un faldón de bautizo y gorro, pelón, con hoyuelos en las mejillas y brazos y piernas regordetes.

—Es calcadito a Jeremy.

Una alarma pita en mi móvil. La reunión con la doctora Niles en la unidad materno-infantil. No debo retrasarme.

—¿Vuelves a tu habitación? —pregunta, sosteniendo a su bebé con las manos ahuecadas, como si fuera un regalo.

Asiento al tiempo que vuelvo a dejar a Toby, aún dormido, en la incubadora.

—Visitas. —Pongo los ojos en blanco.

—No dejes que te agoten —dice Brigitte—. Imagino que nos veremos en el ala de maternidad. Podría pasar a saludarte más tarde si te apetece. ¿En qué habitación estás?

Cierro los ojos de buey de la incubadora con un chasquido, tratando de ocultar el temblor de mis manos.

—No me acuerdo del número. De todas formas, seguro que nos vemos luego por aquí.

Brigitte me sonríe con dulzura mientras salgo del nido renqueando, con el corazón a mil por hora. Tal vez no se me dé tan mal mentir como siempre he pensado.

Seguramente llegaré tarde. Apoyo los codos encima del mostrador de enfermería y hago un sumo esfuerzo en irradiar serenidad a pesar de que el corazón me late desbocado.

—Ha sido puntual.

Es la doctora Niles, detrás de mí, con los labios apretados esbozando una sonrisa de compromiso. Me conduce a una agobiante sala de entrevistas con apenas cabida para una pequeña mesa y cuatro sillas. La puerta se cierra tras ella con un fuerte clic. La sala, con falta de ventilación y paredes de estuco gris, parece una celda. Las luces del techo son luminiscentes, como los focos de los interrogatorios. Tengo que entrecerrar los ojos para leer el cartel que hay pegado en un tablón de anuncios: «El personal está a su servicio. Nuestro objetivo es ayudarla, apoyarla y entenderla».

—Fue idea mía —explica la doctora Niles, al seguir mi mirada—. Yo estoy al servicio de las pacientes. Como deberíamos estar todos. —Se acomoda en el asiento más próximo a la puerta. Es una medida de seguridad, como le habrán enseñado. Yo también solía hacerlo.

Tomo asiento frente a ella. No me impone lo más mínimo. Ya puede comenzar su farsa de interrogatorio.

La doctora Niles se echa su pelo cobrizo a un lado de la cabeza y me pasa dos folios sin pronunciar palabra: un programa semanal.

Lunes - Terapia de grupo
Martes - Vídeo: cuidado del bebé
Miércoles - Yoga
Jueves - Mañana: paseo; tarde: práctica espiritual
Viernes - Tiempo libre

Y la retahíla continúa hasta la página siguiente.

—¿Un programa de dos semanas? —Me aferro al asiento de la silla.

—Es que aquí programamos con antelación.

—Pero ¿y si me dan el alta antes?

Ella enarca sus cejas esculpidas.

—Vamos a esperar a ver cómo se desarrollan las cosas. Es importante que tenga presente que nuestras sesiones son obligatorias. Registramos la asistencia.

Las yemas de los dedos se me entumecen.

—Estaré aquí dos semanas.

—Puede tomárselo como una especie de vacaciones —dice la doctora Niles—. Todas las mamás necesitan unas vacaciones.

Trato de ralentizar el ritmo de mi respiración concentrándome en las motas que flotan bajo los focos empotrados en el techo. Las partículas en movimiento son como células vistas al microscopio, diminutas esquirlas que no guardan semejanza alguna con el conjunto.

La doctora Niles carraspea y capta de nuevo mi atención. Es preciso que siga concentrada en el juego. La doctora Niles no me ayudará a localizar a mi bebé. Sin embargo, la responsabilidad de certificar mi cordura y de darme el alta recae en ella, y ambos pasos son importantes para llevarme a mi bebé a casa. Inclino la cabeza hacia delante con una sonrisa falsa.

—Le gustan los perros.

—¿Cómo lo sabe?

Apunto hacia el lema «Adoro los rottweilers» impreso en pequeñas letras marrones en la pechera de su camiseta.

Ella baja la vista hacia su pecho.

—Me la pongo los domingos. Mi pareja y yo tenemos un criadero. Mis hembras favoritas son Henrietta y Goldilocks.

—Qué bien —digo, aunque a mí me van más los gatos que los perros.

Escudriña con la mirada lo que me consta: mi pelo desgreñado, mis labios agrietados, las oscuras bolsas que tengo bajo los ojos.

—No debería tener prisa en salir de aquí, Sasha. Le sugiero que intente conocer mejor a las demás. Y a sí misma.

Se explaya sin esperar a que intervenga.

—Soy consciente de que a veces puede resultar difícil como médico asumir el rol del paciente. Es preciso que confíe en mí. Combinando la medicación, el reposo y la terapia de grupo, además de las visitas a Toby en el nido, no tardará en sentirse mejor. Iré a verla a primera hora de la mañana siempre que me sea posible y conversaremos. Veremos cómo puedo ayudarla.

No sé cómo va a ayudarme ni remotamente.

—A veces todos necesitamos ciertos cuidados adicionales. Como psiquiatras, estamos sometidos obligatoriamente a supervisión. Debatimos en grupo los casos difíciles. En ocasiones los demás psiquiatras también sacan a colación sus problemas personales. La infertilidad. Las desavenencias conyugales... —Se le apaga la voz—. Nadie es inmune a la aflicción, Sasha. Todos somos humanos.

Al levantarse para acompañarme hasta la puerta, le suelto:

—A lo mejor un día puede enseñarme fotos de sus perros.

—Encantada. —Mueve ligeramente la mano a modo de despedida y echa a andar.

Los perros son un buen comienzo. Si me trata como persona, hasta incluso como compañera de profesión, en vez de como paciente, cabrán más posibilidades de que me dé el alta antes. Pero qué poco me comprende. Qué poco me comprende nadie..., ni siquiera Bec. Enderezo los hombros. En esta coyuntura de complicidad forzosa, debo centrar la atención en que el personal sanitario no me derrumbe. Lo que puedo hacer es aprovechar el tiempo de manera inteligente. Necesito idear algún plan.

Ya lo tengo, me doy cuenta con un sobresalto mientras contemplo el engañoso cartel del tablón de anuncios. Actuaré a sus espaldas. Solicitaré las pruebas de ADN yo misma.

Infancia

Mark

Nuestra infancia no estuvo tan mal, pero no se podría definir como idílica. Mi padre imponía sus normas en la casa a golpe de cinturón. Simon siempre parecía meterse en líos. Por lo general, yo era el que le sacaba de ellos.

Cuando teníamos ocho años, Simon le sisó diez dólares del monedero a nuestra tía para comprarse un cómic. Aunque yo lo negué, mis padres sabían que habíamos sido uno de nosotros. Mi padre perdió los estribos. Cuando salió como una furia del dormitorio en busca de su cinturón para darnos una tunda a los dos, saqué rápidamente diez dólares de mi hucha.

—Eh —dije, sujetando el billete en alto conforme mi padre se acercaba—. Lo siento mucho. He sido yo.

Mi padre se enrolló el cinturón en el puño.

—Menuda suerte habéis tenido por haber cantado, Mark. Dejaré pasar la azotaina... por esta vez.

Pasé el resto de nuestra infancia protegiendo a Simon de mi padre. En el instituto, algunos chicos trataban de acosarlo, le pusieron el mote de Gordinflón. Intenté enseñarle a ser guay, dejaba que se juntara con mis amigos, lo invitaba a las mejores fiestas. No me importaba llevarlo pegado como una lapa. Era divertido estar con él, jugando a videojuegos o viendo películas. Congeniábamos. Ser su mellizo era como una bendición, un regalo para mí. Siempre fuimos un tándem.

Una noche, cuando teníamos diecisiete años, lo arrastré a regañadientes a una fiesta. En un inaudito giro de los acontecimientos, se las ingenió para ligar con una chica. Lo dejé allí, dándose el lote con ella, y me fui a casa en taxi. Pero, a las cuatro de la madrugada, mi padre me despertó: Simon no había vuelto todavía. Mi padre estaba a punto de llamar a la poli.

Aprovechando que mi padre había ido a la cocina, me dirigí sigilosamente a la puerta principal y di un portazo, después fui a la habitación de Simon a toda pastilla, me metí bajo el nórdico y de un tirón me tapé la cabeza.

—Estás castigado, Simon —gritó mi padre desde la puerta del dormitorio—. Te has librado de una paliza por un pelo. Mark jamás haría algo así.

Farfullé una respuesta desde debajo del edredón.

Simon me lo agradeció cuando entró a hurtadillas a media mañana.

—Gracias, Mark —dijo—. Te debo una gorda.

Mi madre siempre comparaba a Simon conmigo, incluso después de terminar el bachillerato. Que si a Simon no lo habían fichado para el equipo de baloncesto estatal, que si no había salido con la actriz de *Home and Away*, que si no había conseguido el premio al Aprendiz del Año...

—Sois tan diferentes, ¿verdad? —nos decía de vez en cuando—. Supongo que es lógico. Al fin y al cabo, no sois gemelos.

Simon se encogía de hombros, se le hundían las mejillas. Yo le guiñaba un ojo, procuraba hacer que se sintiera mejor a pesar de los comentarios de mi madre. Él me sonreía tímidamente. Me consta que siempre lo hizo lo mejor que pudo.

Por aquella época Simon se había convertido en aprendiz de carpintero, trabajaba con mi padre en sus proyectos de construcción.

—No está a la altura —solía comentar mi padre a mi madre cuando Simon no estaba presente—. Necesita pulirse. —Luego examinaba detenidamente mis exquisitas creaciones culinarias—. Creo que se te daría bien el martillo, Mark —decía—. Ojalá trabajaras para mí.

—Simon mejorará —respondía siempre yo—. Solo tienes que darle tiempo.

—El tiempo es lo único que tiene de su parte.

Luego todo cambió.

Simon empezó a irse a la cama antes que de costumbre. Declinaba mis invitaciones a fiestas con la excusa de que no se encontraba bien. Comenzó a adelgazar. En el baño, las cerdas de su cepillo de dientes tenían una tonalidad rosácea. Por las mañanas había manchas de sangre en la funda de su almohada. No dije nada. De todas formas, tampoco estoy seguro de que me hubiera escuchado.

A la semana siguiente, le di un puñetazo en el brazo en broma. Le salió un moretón prácticamente en el acto. Al cabo de unas semanas todavía lo tenía, moteado, se le estaba ennegreciendo.

—Deberías ir a que te vieran eso —dije.

Resopló y cogió la consola Game Boy.

Todavía me siento un poco culpable, incluso después de todos estos años. A lo mejor, si le hubiera presionado más para que fuera al médico, si hubiera recibido tratamiento antes, tal vez las cosas habrían sido diferentes. No se lo diagnosticaron hasta el mes siguiente, tuvo que aguantar dieciocho meses de quimio, mientras yo veía cómo se marchitaba hasta quedarse escuálido, en los huesos. Mientras mi madre y mi padre se consumían con cada revés, yo deseaba ocupar su lugar en la cama del hospital.

Después del funeral, mi padre se pasaba las noches con la mirada absorta en la pantalla en blanco de la televisión, trincándose un botellín de cerveza detrás de otro. Como hacía oídos sordos a mi madre cuando esta le rogaba que dejara de beber, ella salía de la sala hecha un mar de lágrimas. ¿Acaso no se daban cuenta de que yo era el más perjudicado? Él era mi mellizo; mi otra mitad. En aquella época yo no era consciente de lo duro que debió de ser para ellos la pérdida de su hijo.

La noche en que Simon falleció, le hice una promesa. Le juré que viviría mi vida como si fuese la suya. Dos vidas, básicamente, para compensar la que Simon había perdido. Siempre que tengo que tomar una decisión, pienso qué habría hecho Simon y actúo según su criterio. He de reconocer que no ha sido tarea fácil. Pero siempre cumplo mi palabra. Y su presencia —en cierto modo— me ha dado aliento a lo largo de todos estos años.

En cuanto al funeral de Simon, yo estaba demasiado hundido como para pronunciar un discurso. Mi padre se encargó del panegírico. No obstante, sí que ayudé a sacar el ataúd de Simon de la iglesia. Él siempre había sido fornido, y, sin embargo, mi sensación al cargar con el ataúd, con mi mano resbalándose por la empuñadura de plata, fue como etérea. Imaginé que los dos estábamos flotando en el cielo, como globos de helio arrastrados por el viento, hasta las capas superiores de la estratosfera.

Sé lo que Simon habría hecho con Sash. Habría permanecido a su lado, la habría apoyado. Así que eso es lo que sigo comprometido a hacer. No le fallaré a mi esposa.

Día 2

Domingo a media tarde

ark me pilla en la puerta del nido.

—Me alegro mucho de que hayas decidido venir, Sash. Mis padres llegarán en cualquier momento. Sé que para ti ha sido un trago, pero para ellos es un gran día, por fin van a conocer a su nieto.

Me conduce entre el mar de incubadoras hasta la de Toby, que ahora también está tapada con una colcha guateada: naranja chillón con llamativos lunares morados. Había dado por sentado que las colchas eran para impedirme ver a los demás bebés. ¿Estaba equivocada?

—Acabo de hablar con la doctora Niles. Le he dicho que tenías muchas ganas de salir de la unidad materno-infantil. —Su mano se clava en la piel de mi hombro como la garra de un loro—. Ella opina que en un momento dado no habrá inconveniente en que salgamos del hospital unas cuantas horas. Puedo llevarte a dar una vuelta en coche. Igual podemos cenar algo. ¿Qué te parece?

Un «yuujuu» reverbera desde el otro lado del nido. Es la madre de Mark, Patricia, saludándonos con la mano en alto conforme avanza a nuestro encuentro, como una agente de policía dirigiendo el tráfico. Lleva echado sobre los hombros su chal de cachemira favorito. Ray, el padre de Mark, camina a la zaga, con las manos metidas hasta el fondo de los bolsillos de sus vaqueros. Me saluda con un asentimiento de cabeza y acto seguido aparta la mirada.

—Sasha, querida —dice Patricia—. Lamento que no te encuentres bien. —En vez de darme un abrazo, se inclina hacia delante para plantarme un beso en la mejilla como si fuera una muñeca de porcelana.

—Estoy bien —contesto, con la mirada clavada en Toby.

Al principio de nuestra relación, Mark me defendía cuando su madre hacía comentarios malintencionados. No me había dado cuenta de que había dejado de hacerlo en algún momento en el transcurso de los últimos años.

Este invierno, su madre, mientras trinchaba el cuello de un pollo asado presidiendo la mesa, me abordó.

«¿Le darás el pecho, querida? Y me figuro que será un parto natural, ¿no?».

Mi plato vacío era una luna pálida. Todos los parientes de Mark tenían los ojos clavados en mí. «Por supuesto», me dieron ganas de decir, pero tenía la boca demasiado seca para hablar.

«Lo más importante es que nuestro bebé esté sano —intervino Mark—. Me da igual cómo venga al mundo o cómo se alimente».

Yo dije «¡hurra!» para mis adentros.

«Por supuesto», convino Patricia, al tiempo que colocaba las rodajas de pollo asado extendidas en una bandeja.

No caí en la cuenta de que no había hecho ningún comentario sobre mí hasta después.

Patricia, muy erguida junto a la incubadora de Toby, examina la colcha guateada.

—¿Qué es esto? ¿Es una de tus creaciones, Sasha? —Sin darme tiempo a contestar, la aparta de un tirón, posa las manos encima de la incubadora y se pone a tamborilear con sus uñas postizas el plástico—. ¿Cómo se encuentra nuestro chiquitín?

—La pediatra dijo que se pondrá bien —respondo.

—Lástima que se haya adelantado —dice Patricia—. No obstante, al menos está tomando leche materna. Eso le ayudará a ponerse fuerte, ¿no?

Mark se frota la nariz.

—Sasha no puede darle el pecho, mamá. —Por fin, su intento de salir en mi defensa.

—Vaya. —Su madre es el lobo de Caperucita Roja, disfrazada de abuela, lamiéndose los labios—. Ray y yo nos quedamos pasmados por el parecido de Toby con el abuelo Bob en esas fotos que mandaste, Mark. Tú conociste a Bob, ¿verdad, Sasha?

Niego con la cabeza. Pero entonces recuerdo que lo conocí hace años, al principio de nuestra relación. Él vivía en una residencia de ancianos para enfermos terminales de alzhéimer. Tenía las orejas de soplillo y descolgadas, los ojos muy separados y la nariz aguileña. No me acuerdo de los lóbulos de sus orejas.

—Mira, Ray. —Patricia señala a Toby—. Los dedos de los pies regordetes como los de Mark. Y tu mentón. —Se le retraen los labios, dejando a la vista las fundas de sus dientes, tan blancas como las de un tiburón—. Es la viva imagen de Mark cuando era bebé. —Se pega a mí—. A mí Mark me parecía una preciosidad. Todos los demás opinaban que parecía una col despachurrada. No lo mencionaron hasta más adelante, por supuesto. —Suelta una sonora carcajada—. ¿Cuándo te sacarán de ese lugar, Sasha?

—No está en la cárcel, mamá —masculla Mark.

—Dentro de poco —respondo—. Mark me ha prometido que me sacará.

Mark rehúye mi mirada.

Patricia posa la suya en Toby.

—Sasha, querida, no te preocupes si no te sacan antes de que Toby se vaya a casa. Podremos echarle una mano a Mark. Si es necesario, hasta podemos instalarnos allí una temporada.

Mark me coge la mano y me la aprieta.

—Gracias, mamá. Sasha y yo lo hablaremos. Te pondremos al tanto. Supongo que cualquier ayuda será poca.

Mark, su madre acosándome como un buitre, su padre en medio como un pasmarote. Los bebés, juzgándome con sus miradas perdidas, conscientes de hasta qué punto le he fallado a mi bebé. Las lágrimas me asoman a las comisuras de los ojos. No quiero que ninguno de ellos me vea llorar. Me zafo de la mano de Mark y enfilo hacia la puerta del nido. Me retiraré a la unidad materno-infantil, me acostaré temprano. Oigo decir a Patricia por detrás:

—Pobrecilla. Está cansada, imagino. Adiós, Sasha —exclama. E instantes después, le dice a Mark—: ¿Cómo te manejas con ella?

No espero a oír su respuesta.

Día 3
Lunes por la mañana

Con el sol ya sobre el alféizar de la ventana de mi habitación, me subo con cuidado a la silla que hay bajo la ventana, descorro las cortinas de un tirón y froto la gruesa capa de polvo del cristal. Abajo hay un pequeño jardín con una valla de madera al fondo. En medio se alza majestuosamente un magnolio, del que brotan capullos de flores malvas y blancas. Racimos de junquillos asoman de la tierra apelmazada. Los gorriones picotean el césped verde botella, salpicado de dientes de león. Ojalá pudiera estar ahí fuera, tendida boca arriba al sol. Suspiro y abro la ventana batiente hasta el tope. No se abre demasiado, pero sí lo suficiente para aspirar el aroma a césped recién cortado.

Con la palma de la mano contra el cristal, el frío filtrándose en mi piel, llamo a Bec de nuevo. Me niego a aceptar que le haya dicho a Mark que no me cree. No se me ocurre ninguna otra persona que pudiera ayudarme ahora.

—¡Sash!

Anoche, en sueños, vi bebés muertos tendidos en un suelo de cemento. No estoy de humor para cháchara.

—Bec, ¿cabe alguna posibilidad de que mi niña esté muerta? Sigo sin dar con ella. ¿Y si a lo mejor están tratando de ocultarme lo sucedido? —Me agarro con fuerza al alféizar.

Bec responde despacio y en tono tranquilizador:

—No dramatices. Es imposible que un hospital pudiera encubrir algo de semejantes proporciones. Pronto todo el mundo se dará cuenta de que se ha cometido un error y todo esto acabará.

—Pero he buscado, Bec. Volví a comprobar las incubadoras después de hablar contigo. Te juro que mi bebé no está allí.

—Pues compruébalo otra vez. Estará allí. En algún sitio tiene que estar, Sash.

Niego con la cabeza. Es imposible que entienda lo que estoy padeciendo aquí, donde me veo obligada a fingir que quiero a un bebé que no es el mío.

—Para colmo, siguen negándose a realizar las pruebas de ADN. Mark está de acuerdo con ellos. Y me han ingresado en la unidad materno-infantil bajo coacción.

Bec se queda pasmada.

—¿No has hablado con Mark? —pregunto.

Tras unos instantes, responde:

—Digamos que hemos tenido nuestros más y nuestros menos. Yo pensaba que al final entraría en razón y se pondría de tu parte. Voy a llamar al responsable para decirle que estás perfectamente.

—Da igual, Bec. No hace falta. Además, también dudo que mi psiquiatra te escuche a ti.

—Oh, Sash. Esto es horrible. Ojalá pudiera hacer algo más.

—El mero hecho de que me creas es suficiente.

Percibo su sonrisa, su cariño y confianza, desde el otro lado del teléfono.

—Dame un poco de tiempo, Sash. Se me ocurrirá un plan. Y, entretanto, te conviene salir de la unidad materno-infantil lo antes posible. Así que, mientras esperas, igual no está de más cooperar con ellos, hacer lo que te digan. Pasar tiempo con el bebé que según ellos es el tuyo. Hacerles pensar que estás recuperándote. Flaco servicio vas a hacer a nadie encerrada ahí. Así que no te compliques la existencia y di que sabes que el bebé es tu hijo.

—¿Piensas que bastará con eso?

—Eso espero. En cuanto a tu verdadero bebé... Sé que la encontrarás. Te lo prometo.

Parece mucho más esperanzada de lo que yo me siento. ¿Es posible que sus celos por mi fertilidad le hayan nublado el juicio? Decido no ponerla al corriente de mi plan de realizar las pruebas de ADN. Por ahora será mejor guardármelo para mis adentros.

Por la ventana, el viento arrastra por los aires molinillos de dientes de león. La primavera siempre ha sido mi estación favorita. La promesa de nueva vida. De esperanza.

A mi madre también le encantaba la primavera. Adoraba ver brotar las flores, su perfume y cómo abrían sus pétalos. Era primavera cuando nos abandonó.

A raíz de ello, mi padre se negó a hablar de ella. En aquellos tiempos jamás mencionaba su nombre, ni siquiera cuando mis novios se presentaban en la puerta con ramos de rosas para nuestras citas. «Bonitas... flores», decía él con cautela. «Rose, Rose, Rose», he querido decirle a voces a lo largo de los años con tal de que reaccionara. Lo que fuera con tal de conseguir que reconociera su existencia.

Ojalá mi madre estuviera aquí para apoyarme en estos momentos. Me da la sensación de que podría ayudarme, de que sabría cómo solucionar esto. Igual Bec puede echarme un cable para localizarla. Ella también conocía a mi madre. Y, a diferencia de mi padre, Bec no me mentirá.

—Bec, tengo que preguntarte unas cosas del pasado.

Uno de mis primeros recuerdos es estar tumbada boca abajo en el jardín trasero, observando una hilera de hormigas que avanzaban en dirección a mi madre. Ella estaba sentada en una silla de jardín bajo el tendedero, fumando incluso cuando las primeras gotas de lluvia comenzaron a caer del cielo. Cuando mi padre me cogió en volandas y me llevó en brazos adentro yo ya estaba calada hasta los huesos.

Por encima de todo, lo que he de tener presente es que el mero hecho de que mi madre me abandonase no significa que yo tenga que ser una mala madre.

—Claro. Lo que sea —dice Bec al cabo de unos instantes, pues su voz llega con retraso a través de la línea desde Londres.

—¿Alguna vez te comentó algo tu madre sobre el motivo por el que mi madre se marchó?

Bajo de la silla con dificultad y me presiono la frente con la parte inferior de la palma de una mano, no muy segura de querer realmente saber la verdad. Noto una leve pausa. La respuesta de Bec suena casi ensayada. Me pregunto qué tendrá que esconder.

—No, Sash. No sé nada.

No es que esperara otra cosa, pero me sorprende lo decepcionada que me siento.

—¿No te comentó nada sobre adónde fue cuando se marchó? Nunca se puso en contacto, ¿verdad? ¿Ni dio alguna pista sobre dónde podría encontrarse ahora? Por fuerza la desaparición de mi madre tiene que haber dejado alguna pista que pueda ayudarme a dar con su paradero.

—Lo siento, Sash. Mi madre nunca me comentó nada. —Su voz tiene un dejo contenido, como si estuviera reprimiendo las lágrimas.

Dentro de unas semanas se cumplen siete años de la muerte de la madre de Bec. En el velatorio de Lucia, traté de consolar a Bec mientras sus circunspectas parientes ataviadas con rancios vestidos negros se arremolinaban junto a las paredes del salón, mordisqueando sándwiches de huevos al curri y cuchicheando sobre la falta de progenie de Bec. Mario, su padre, no asistió. Él abandonó a Lucia cuando Bec era muy pequeña y desde entonces no ha dado señales de vida. Bec todavía dice que jamás se lo perdonará.

Por mi parte, no sé si algún día seré capaz de perdonar a mi madre por abandonarme de pequeña, por no estar aquí ahora..., especialmente ahora, cuando más la necesito. Noto un sofoco en el pecho.

—Fuiste muy afortunada de tener a tu madre. Era perfecta.

—Mi madre no era perfecta —dice Bec—. ¿Te acuerdas de sus achuchones?

Lucia nos abrazaba hasta prácticamente cortarnos la respiración. Desprendía el olor a aceite de oliva de su delantal, a ajo de su aliento, a un matiz de jabón de rosas de sus dedos.

«Mis niñas —decía—. *Bellissime*». Por aquel entonces era una mera palabra. Pasaron muchos años hasta que descubrí que nos estaba llamando «guapas».

Lucia me enseñó a cocinar tallarines frescos con harina que amasaba con sus cálidos dedos. Me guiaba con su mano sobre la mía para remover la salsa boloñesa. Cuando sorbía sus creaciones con el filo de la cuchara, hacía un mohín y me guiñaba un ojo.

La madre de Bec era casi perfecta. Ojalá pudiera decirse lo mismo de la mía.

—¿Te importa que yo también te pregunte una cosa? —El tono vacilante de Bec me trae de vuelta a la realidad. Ella siempre ha sido muy fuerte e independiente. Nunca me ha necesitado para nada y casi nunca pide ayuda.

—Adelante. —Debo brindarle la oportunidad de hacerme preguntas, a pesar de que no me explico qué puede necesitar de mí precisamente ahora.

—¿Notabas algo cuando tu bebé era un embrión? ¿Intuías que iba a cuajar?

«No».

Sin esperar mi respuesta, continúa:

—Porque nosotros lo hemos probado todo. No sé qué más puedo hacer.

Me tomo unos instantes para tratar de dilucidar la respuesta adecuada.

—Pienso que a lo mejor yo le puse demasiado empeño —respondo finalmente—. Tal vez hice bien en dejar de tomarme a rajatabla la dieta, el ejercicio y todo eso.

Bec suspira.

—Tengo que confesarte una cosa. Puede que me haya dado un poco por el rollo alternativo. ¿Probaste alguna vez cosas así?

Nunca se lo conté a Bec, pero probé todas las terapias naturales habidas y por haber. Después de los repetidos intentos fallidos de quedarme embarazada, perdí totalmente la fe en la medicina occidental. Estaba dispuesta a probar cualquier cosa, hasta mantenerme en equilibrio sobre la cabeza durante un año, si hubiera pensado que serviría. Una vez me tomé una repugnante espirulina verde que vomité por todo el suelo de la cocina; dejé que un especialista en medicina china quemase bastoncillos sobre mis puntos de presión. Hasta visité a una vidente en una caravana engalanada de cristales. Sin sonsacarme, la vidente dedujo que yo había sufrido dos abortos y que antes de que acabara el año daría a luz a una niña con rizos dorados y hoyuelos. Me dio lo que nadie más podía: esperanza. Mark puso cara larga cuando se lo conté. «Te estás convirtiendo en una de esas personas de las que te burlas. ¿Qué toca ahora? ¿Brujería?». No le mencioné que precisamente la semana anterior una amiga me había dado la tarjeta de visita de una hechicera con una lista de espera de cuatro meses que vivía en las montañas.

—¿Qué estás probando, Bec?

—Solo acupuntura. Ya sabes, el rollo con una pizca de evidencia.

En cuanto a la patología, es lo contrario a los engañabobos, una ciencia que es posible digerir, memorizar y regurgitar de forma constante e invariable. Supongo que por eso dejé la pediatría a raíz de lo de Damien. La patología tiene una base constatable: montones de libros, artículos, estudios, suficientes para llenar una universidad entera. Pero trabajar en patología me ha enseñado un par de cosas a lo largo de los años que no figuran en ningún libro de texto. Por ejemplo, que básicamente todos somos iguales bajo nuestra fina capa de piel.

—Bec, mantén la esperanza y punto, ¿vale? Nunca se sabe cuándo puede sonar la flauta. A fin de cuentas, lo único que necesitas es un embrión.

En el fondo, supongo que yo sabía que algunos de los métodos de fertilidad naturales que utilizaba eran ridículos, sin la menor base científica, pero no podía evitarlo. Tuve que probarlos por los comentarios personales que había leído en internet, o escuchado por boca de mis pacientes, las historias que las tablas y gráficos no podían sintetizar, los casos que no obedecían a las leyes de la ciencia. Esos esperanzadores casos se grabaron a fuego en mi cerebro, recordándome los límites del método científico por el que yo tanto abogaba. Me constaba que había algunas cosas que no podían explicarse fácilmente.

—Gracias, Sash. Tú eres la prueba de que, aunque parezca imposible, puede funcionar: has dado a luz a tu bebé. Y, cuando la encuentres, serás muy feliz. No te rindas.

Bec siempre tiene la frase oportuna. Cuando mi madre se fue, ningún adulto lo sacaba a colación. Mi padre no quería hablar de ello. Fue Bec la que me lo explicó. Hizo un dibujo del mundo donde aparecía mi madre al otro lado del globo.

«¿Por qué iba a querer irse a vivir ahí?», pregunté.

«A ella le pareció el mejor sitio».

«Pero estará más sola que la una».

«Esa es la idea —dijo Bec—. Y, cuando esté preparada, tendrá ganas de volver a verte».

La verdad es que en aquel entonces no le encontré sentido. Supongo que sigo sin encontrárselo. En parte continúo siendo la misma niña de entonces, intentando encontrarle explicación, anhelando que mi madre se presente en la puerta, exultante al verme, feliz de estar en casa por fin.

Hora de poner en marcha mi plan.

Con la línea de sutura dándome fuertes punzadas bajo el vendaje, arrastro la silla hasta el cuarto de baño y atranco la puerta colocándola bajo el tirador. Me siento en la tapa del inodoro. A las nueve en punto, marco el número de DNA

Easy, una empresa de pruebas de ADN que acabo de encontrar en internet. Según las reseñas que aparecen online, principalmente de padres que han confirmado la paternidad de sus hijos, es digna de confianza. Me había planteado pedir asesoramiento a mi viejo amigo Angus. Cuando lo conocí era un inepto funcionario del registro de admisiones de patología con gafas de culo de vaso. Ahora es un multimillonario al frente de una empresa privada de pruebas de ADN en cada estado. Había seleccionado en mi agenda de contactos su número, que todavía seguía almacenado en mi teléfono después de tantos años, pero fui incapaz de pulsar el botón de llamada. Me habría resultado demasiado duro responder a sus preguntas. El mundo de la patología es un pañuelo, y el sector de las pruebas de ADN más si cabe. Una empresa anónima de pruebas de ADN será, con diferencia, más discreta.

Me tiemblan las manos cuando suena el tono de llamada. Me da la impresión de que estoy llamando para pedirle a alguien que salga conmigo. Responde un hombre con voz joven. Jim.

—Llamo para informarme sobre los test de ADN. —Trato de mantener la voz serena. «El poder de las pruebas», me recuerdo a mí misma, aun cuando lo justo sería que bastase con la certeza.

—¿Sobre la prueba de paternidad?

—No, de paternidad no. Las pruebas de maternidad, supongo.

—Permítame consultar si podemos ayudarla. —Imagino que la mayoría de sus llamadas tienen que ver con pruebas de paternidad que solicitan hombres con la mosca detrás de la oreja. Oigo su voz amortiguada al fondo y acto seguido vuelve a atender el teléfono—. ¿Es después de una fecundación *in vitro* o es para usted y su madre?

Deslizo la palma de la mano por la brillante porcelana de la parte inferior de la taza del inodoro, buscando algo a lo que agarrarme.

—Fecundación *in vitro*. —Será una de las razones por las que la gente solicita las pruebas de maternidad: para constatar que la clínica de fecundación *in vitro* no haya cogido otro embrión del congelador por equivocación.

Me pone al corriente de los detalles del procedimiento. Mandarán bastoncillos de algodón para el bebé, para el padre y para mí. Yo tendré que remitírselos por correo postal. Si el padre del bebé pusiera objeciones, no es necesario su consentimiento. Una muestra forense será más que suficiente.

—¿Una muestra forense? —pregunto, levantando el tono de voz. Ojalá en la especialidad de patología nos hubieran enseñado los intríngulis de las pruebas de ADN en vez de exclusivamente biología molecular. Es increíble que desconozca los detalles en la práctica.

La silla traquetea bajo el tirador de la puerta del baño cuando alguien llama repentinamente.

—Sasha, es hora de sus pastillas. ¿Puede abrir la puerta? —Una enfermera. Maldita sea.

—Salgo enseguida —exclamo. Y a continuación susurro al teléfono—: Perdone.

Se me afloja el nudo del pecho conforme Jim me enumera las ventajas y los inconvenientes de diversas muestras forenses. Tomo notas rápidamente al dorso del programa semanal de la doctora Niles.

—Un pañuelo usado ofrece el noventa y cinco por ciento de éxito. Las muestras de uñas son buenas. Normalmente la última opción que consideramos es el pelo porque es necesario que tenga la raíz. Las muestras de sangre son bastante buenas; por ejemplo, si su pareja se corta afeitándose. Si no, los cepillos de dientes ofrecen muchas garantías de éxito, pero es necesario que hayan sido utilizados a diario durante un periodo de entre dos y tres semanas.

Es inútil pedir un bastoncillo de algodón para Mark. No accederá voluntariamente a proporcionar una muestra ni por asomo. ¿Y su pañuelo? Lo lleva encima a menudo por su alergia al polen. No tengo ni idea de cómo hacerme con él. Lo único que sé es que no me queda otra que actuar con rapidez. No tardarán en darle el alta a Toby en el nido para mandarlo a casa. Entonces resultará mucho más difícil convencer a todos de que no es nuestro hijo.

En la reluciente superficie de acero inoxidable que hay sobre el lavabo vuelvo a convertirme en un mar de ondas plateadas, pero con un poco de imaginación logro atisbar mi borroso semblante.

—¿Cuánto tardan los resultados?

—Entre dos y tres días hábiles como máximo. De modo que, si nos envía las muestras en los próximos días, con toda seguridad tendrá los resultados la semana que viene. A lo mejor el lunes. —Jim me confirma que puede mandar por correo postal dos kits para la prueba y una bolsa de plástico estéril para una muestra forense al hospital a la atención de la doctora Moloney.

—¿Puede enviarlo por correo urgente? ¿Y podría mandarme un kit de más... por si acaso?

Jim no tiene el menor inconveniente. Anota mis datos y los repite en voz alta conforme se los facilito. Por suerte he memorizado el número de mi tarjeta de crédito. Dirección de facturación: mi casa, lejos de aquí. No parece inmutarse cuando confirma que va a remitir el test a la unidad materno-infantil: por lo visto ha colado el identificarme como médica.

Aporrean de nuevo la puerta. La silla resbala y cae sobre las baldosas con estrépito.

—He dicho que salgo en un segundo.

—No hace falta que grite, Sasha.

La doctora Niles está al otro lado de la puerta. Le cuelgo a Jim sin despedirme.

Al salir del baño, me encuentro a la doctora Niles sentada en mi cama, dando golpecitos con el pie sobre la fina moqueta como una maestra de escuela. El dolor me atenaza el vientre al sentarme a su lado. Procuro no hacer una mueca, recordándome para mis adentros que este grado de dolor es propio de una operación de esta envergadura. Desde luego no quiero más calmantes que me dejen aturdida. La doctora Niles me traspasa con la mirada impertérrita, como si pudiera leerme el pensamiento.

—¿Le ha sentado bien la medicación? —pregunta finalmente. Ha pasado por alto aplicarse maquillaje en una zona; sobre el puente de la nariz se aprecia un puñado de pecas.

—Me encuentro bien —respondo—. Fenomenal, de hecho.

—¿No tiene efectos secundarios u otras molestias?

—No. —No menciono la sequedad de boca, las jaquecas, la visión borrosa que me produjo la primera tanda de comprimidos. No menciono que anoche los mantuve en la cara interna de la mejilla y que los escupí en el inodoro. Las enfermeras no estuvieron tan pendientes como ella. Decido ahorrarle a la doctora Niles la molestia de verse obligada a simular interés. En vez de eso, actúo según el plan de Bec. Esbozo una sonrisa falsa al decir—: Ahora sé que Toby es mío.

La doctora Niles frunce el ceño y toma unas notas. Presa del desasosiego, sonrío más abiertamente y me clavo los dedos en las palmas de las manos. ¿Es posible que haya dicho algo inoportuno? La doctora Niles alza la vista hacia la ventana que hay en lo alto de la pared; sus ojos emiten destellos como piedras preciosas al acordarse de algo.

—Los narcisos están floreciendo —comenta.

Yo aspiro el aire de la mañana.

—Se refiere a los junquillos.

—Son narcisos.

—El jardinero es Mark —digo, al tiempo que me pregunto si se trata de una especie de examen—, pero estoy casi segura de que lo que hay ahí fuera son junquillos.

La doctora Niles echa un vistazo a la habitación. He colgado la ropa con esmero en el armario, he colocado mis artículos de aseo en el cuarto de baño. No hay rastro de mi presencia en la habitación aparte de mí misma. Posa la mirada en la reluciente mesilla de noche.

—¿Está leyendo algo ahora?

—No soy una gran lectora. —No es cierto, pero me muestro reacia a comentar mis gustos literarios con ella. No tengo la menor idea de cuáles deberían ser las respuestas adecuadas, las que confirmen mi cordura bajo su escrutinio.

—Creo que hay mucho que aprender de la lectura. Empatía. Una apreciación de puntos de vista diferentes. Y al enfrascarnos en un libro puede que nos sintamos menos solos, aunque solo sea durante un rato.

Esbozo lo que ojalá sea una sonrisa de complicidad. Sus ojos con motas doradas se clavan en los míos y me traspasa con la mirada.

—Sasha, ¿hay algo que debería decirme?

Aprieto los labios.

—¿Ha solicitado las pruebas de ADN?

Oh, no. No puede haberme oído. Tomo una bocanada de aire.

—¿A qué se refiere?

—En el nido. Y en el ala de maternidad.

La doctora Green. Y el doctor Solomon. Suspiro aliviada.

—¿Aún desea realizar esa prueba? —pregunta la doctora Niles.

—No. —Lo afirmo alto y claro, y da la impresión de que me cree, toma nota de todo con mano firme, las uñas pulidas a la perfección. Yo oculto las mías cerrando más el puño para que no vea la escabechina.

Cuando finalmente levanta la vista, me mira con acritud.

—Y espero sinceramente que en ningún momento se plantee solicitar las pruebas de ADN a una empresa por su cuenta.

—No, ni pensarlo. —Como parece dudar, continúo—: Al fin y al cabo, la doctora Green y el doctor Solomon se opusieron a ello. E iría en contra de la política del hospital. —Las cortinas estampadas ondean con la tenue brisa—. Y, por supuesto, no hay necesidad. Toby es mi hijo.

Ella inclina ligeramente la cabeza. Siempre me da la sensación de que las mujeres me observan de esa forma, con la mirada entrenada para detectar el menor movimiento de mis labios, mis dedos, mis pies. Por lo visto las desubico; las desconcierto; y eso cuando muestro una actitud franca. En este momento estará extrañada. Mantengo las manos entrelazadas sobre el regazo, la mirada en el cielo.

Cuando el silencio se prolonga unos minutos, no puedo contenerme.

—¿Cabe alguna posibilidad de que pueda irme a casa antes del lunes? —Cuanto antes, mejor. Los resultados de ADN estarán listos para entonces. Habrá más probabilidades de que me crean, de que se tomen en serio los resultados de las pruebas de ADN que he encargado, si me han dado el alta en vez de seguir ingresada en un pabellón psiquiátrico. No habrá motivos para retenerme aquí, ¿no?

La doctora Niles revuelve los documentos con cuidado.

—Hablemos de su marido. ¿Qué puede contarme sobre su relación?

¿Por qué diablos me pregunta esto? ¿Es porque ella misma tiene problemas?

—Según dijo, había hablado con usted.

Desliza las uñas por las líneas de la página.

—¿Cree que es feliz?

—Parece bastante feliz. Ambos estamos entusiasmados por haber sido padres.

No tiene sentido ponerla al corriente de hasta qué punto se han torcido las cosas en los últimos años, de hasta qué punto esta confusión de bebés parece haber agrandado aún más el abismo que nos separa.

—Supongo que congeniamos porque compartíamos los mismos valores —añado mientras la doctora Niles desliza la pluma por la página.

—¿Como qué?

—Sinceridad. —Me rompo la cabeza tratando de recordar los votos de nuestra boda—. Generosidad. Perseverancia frente a la adversidad. —Y lo que casi se me pasa por alto—. Amor.

—La base de un matrimonio sólido —señala ella con la voz apagada entre sus finos labios—. Aunque imagino que sobrellevar la infertilidad pondría a prueba todo eso.

—Tal vez. —Me muestro reticente a revelarle nada más. Ella solo podría haber aprendido en los libros de texto hasta cierto punto, solo podría ser consciente de mi sufrimiento hasta cierto punto. La pregunta a la que todavía no ha respondido la doctora Niles se me mete entre ceja y ceja—. Entonces, ¿sabe cuándo me darán el alta?

Ella cierra la carpeta bruscamente.

—Pronto. Quizá cuando los narcisos terminen de florecer. —Su pelo cobrizo brilla al sol de la mañana cuando se dirige hacia la puerta—. Tengo que hacerle más preguntas, Sasha. Pero como la terapia de grupo es dentro de treinta minutos, me temo que tendremos que zanjar la sesión aquí. Asegúrese de no llegar tarde.

Una bocanada de aire caliente y húmedo me golpea la cara al empujar la puerta de la sala de recreo. Largas cristaleras flanquean un lado de la oscura sala, enmarcando los helechos del patio. Pinturas abstractas se alinean en la pared de enfrente. Al fondo hay una improvisada biblioteca: unos cuantos sofás y pufs, y varias estanterías con hileras de libros de tapa dura.

—Hay un problema con el termostato —explica la doctora Niles, trajinando en un cuadro eléctrico en el rincón de la sala—. Como no consiga arreglarlo, me temo que tendremos que aplazar la cita.

Solo hay presente otra mujer, sentada ya en un pequeño círculo de sillas: Ondine, la delgada y silenciosa mujer de la primera noche que pasé aquí. Sus rizos sin gracia; su tez, tan pálida como una nube. Tiene los ojos enrojecidos detrás de unas gafas de montura oscura. Tomo asiento a su lado.

—Hoy somos pocas —comento.

Ondine asiente.

—Deberíamos formar nuestro propio grupo de madres —dice otra mujer, al tiempo que se acomoda en la silla que hay al otro lado de la mía. La reconozco porque estaba en la cocina la noche de mi ingreso—. Podemos llamarnos «las enfermas mentales».

Ondine se estremece.

—Yo, por lo menos, no soy una enferma mental —contesto. Tal vez este grupo me brinde otra posibilidad de confirmar mi cordura.

—Puede que no —señala la otra mujer—. Pero, si lo somos, fue por culpa de nuestras madres.

Dudo que ese sea mi caso. No puedo echarle la culpa de todos mis fracasos a mi madre. En mi adolescencia, Lucia trató de inculcarme que mi madre me había regalado un lienzo en blanco. Insistía en que, como artista de mi vida, la responsabilidad de la pintura final recaía en mí. Y la de cada error.

—¿Cómo le ha ido, Ondine? —pregunta la doctora Niles desde la pared del fondo—. Ha faltado a las otras sesiones de terapia de grupo.

—No he estado muy allá.

—Precisamente por eso está hospitalizada. Para empezar a resolver algunos de sus problemas.

Ondine se echa a llorar.

En el tribunal forense, durante el largo interrogatorio sobre Damien, tanto el ayudante del forense como a continuación los abogados de la familia tenían sus respectivas preguntas que plantearme, sus respectivas formas de intentar estrujarme como una esponja mientras yo permanecía sentada delante de ellos, temblorosa. Recuerdo haberme quedado mirando al techo del tribunal, intentando mantener el tipo; Lucia me había enseñado el truco hacía años mientras me tenía sentada en su regazo a los pies de su cama. «Si te dan ganas de llorar, mira hacia arriba, mi vida. Mira hacia arriba y se te secarán las lágrimas».

Por aquel entonces, no podía imaginar un momento en el que Lucia pudiera haber llorado. En mi caso, yo lloraba casi todas las noches durante mi infancia. Era únicamente al amparo de la oscuridad, cuando sabía que mi padre se había quedado dormido en la habitación de al lado, y yo me preguntaba qué habría sido de mi madre, y si volvería a verla algún día. Me preguntaba qué habría hecho para que me abandonara.

La otra mujer se inclina hacia delante en su silla.

—Espero que puedas volver a ver a tu hijo pronto, Ondine.

Ondine levanta ligeramente la cabeza hacia las vigas del techo, su boca abierta como un cadáver. Una lágrima le resbala por la mejilla.

Alargo la mano para posarla sobre el hombro de Ondine, pero ella se pone rígida. Aparto la mano y la vuelvo a dejar en mi regazo.

Desde el rincón de la sala, la doctora Niles baja la tapa del cuadro eléctrico para cerrarlo.

—Parece que se ha roto. Me temo que debemos cancelar la reunión oficialmente. —Se acerca al círculo y se acomoda en una silla—. Nos aseguraremos de organizar otra sesión en su lugar.

Ondine se levanta, esboza una triste sonrisa y a continuación sale deslizándose por la puerta.

—Su marido se niega a dejar que vea a su hijo, Henry —me cuchichea la otra mujer. La radio macuto del hospital en marcha.

No me explico qué demonios ha podido hacer Ondine. ¿Cómo es posible que sea tan mala madre como para que su marido le prohíba ver a su hijo?

A lo largo de la pared, la luz oscila y crea volutas sobre las desvaídas láminas abstractas, colores difuminados y borrosos sobre lienzos embutidos en cristal. De repente el sol queda oculto detrás de una nube. Las pinturas se oscurecen, adoptando tonalidades anodinas de gris, azul marino y negro sin vida.

—Tendremos que aplicarnos para formar un grupo la semana que viene —dice la doctora Niles al aproximarse a mí. Nos hemos quedado solas en la sala de recreo. La silla de la otra mujer está vacía: ha desaparecido.

Desde el conducto de ventilación del techo, un chorro de aire frío sopla contra mi coronilla.

—Parece que el aire acondicionado se ha arreglado solo. ¿Tiene tiempo para continuar la sesión ahora? —La doctora Niles se inclina hacia delante con las piernas cruzadas.

No estoy en condiciones de volver a hablar con ella tan pronto. Las perturbadoras imágenes de mi pesadilla aún aparecen fugazmente ante mis ojos. Los bebés muertos se me grabaron en la retina el día de mi comparecencia ante el tribunal forense mientras me pinchaban y azuzaban verbalmente. Los mismos bebés muertos que han rondado mis sueños desde entonces. Necesito aducir un pretexto creíble.

—Quiero ir al nido a comprobar cómo se encuentra mi bebé. ¿Podríamos retomarlo en otro momento?

—Por supuesto —dice la doctora Niles con una sonrisa—. Y si considera que la terapia de grupo no le resulta provechosa, en vez de eso podemos organizar más sesiones individuales. Dígame lo que prefiera.

Jamás se lo diría a la doctora Niles, pero a lo mejor la terapia de grupo me habría sido de provecho a raíz de lo de Damien hace tantos años. Sin embargo, de momento, el grupo de madres «las enfermas mentales» es lo último que necesito.

Día 3
Lunes a primera hora de la tarde

Toby tiene la cara del color de las ascuas, los ojos fuertemente cerrados, mientras se rebulle de espaldas sobre el colchón, espabilándose. Es importante estar aquí, al lado de su incubadora. Eso es lo que haría una buena madre. A lo mejor me creen la próxima vez que afirme que es mío.

—Tu bebé es precioso.

Brigitte, asomada por encima de mí, desprende un matiz dulzón a sudor. Lleva el pelo recogido hacia atrás en una trenza tan tirante que le estira las tenues líneas de expresión de las comisuras de sus ojos. Con el brillo de sus labios y la tersura de sus mejillas, cuesta creer que haya dado a luz tan recientemente. Debo de tener la cara hecha un asco en comparación con la suya.

—Nunca imaginé que ser madre fuera así —dice, y cruza el pasillo para volver con su hijo y retira la colcha celeste de su incubadora.

Mark finalmente me había contado sin que yo lo preguntara que las colchas las habían hecho en la Asociación de Voluntarias del hospital y las habían donado a cada bebé prematuro. Creo que las ancianas tejedoras imaginaban que se usarían para abrigar a los bebés, no para ocultarlos de madres entrometidas.

Esbozo una sonrisa forzada a Brigitte. Toby mira fijamente a través del plástico, sus ojos buscan los míos. La verdad es que es guapo, con su mirada limpia y su pelo indómito. Sería mucho más fácil si pudiera creer que es mío. Tiro de la colcha naranja chillón para tapar la incubadora.

—Nada más cogerlo en brazos por primera vez, me quedé prendada —comenta Brigitte, metiendo las manos por los ojos de buey para acariciarle la espalda a Jeremy. Me aferro a los reposabrazos de plástico, deseando poder decir lo mismo—. Es mejor de lo que jamás podría haber imaginado —continúa—. Cuando estás embarazada no tienes ni idea de cómo va a ir, ¿verdad? Esperas que nazca sano. Podría suceder cualquier cosa. No hay garantías. —Saca las manos por los ojos de buey y cierra las puertas suavemente—. Yo siempre deseé tener hijos. Es todo cuanto soñaba. ¿Y tú?

Durante los años que pasamos intentando tener un hijo, Mark y yo fantaseábamos con la idea de que yo sería una madre a tiempo completo. Le daría el pecho, me tomaría uno o dos años de excedencia en el trabajo. Él trabajaría horas extras, doblaría turnos en caso necesario. Yo imaginaba tiernos abrazos, primeras sonrisas, plácidas siestas al lado de mi bebé, al son del *Must be love, love, love* del anuncio de pañales sonando de fondo.

—Es un poco diferente a como lo imaginaba. —No es la respuesta más adecuada (bueno, no la que se supone que dan las madres que acaban de dar a luz), pero al menos es sincera.

Brigitte saca un fardo de lana roja de su bolso y desenrolla una manga tejida, casi terminada.

—Da la impresión de que eres una madre con apego.

No puedo hacerme la sueca ante este comentario. Agarro la barra de la incubadora de Toby y me aferro fuertemente a ella.

—¿Qué es eso?

—Oh, ya sabes..., el porteo, el colecho, la alimentación a demanda del bebé...

Meneo la cabeza lentamente.

—Entonces, ¿cuál es tu criterio de crianza? ¿Eres una madre hiperprotectora? ¿Una madre abierta? ¿Autoritaria? ¿Paciente?

¿Autoritaria? ¿Paciente? Está claro que no me he documentado lo suficiente en lo tocante a las teorías de crianza de los hijos. Esas cosas no se enseñan en la Facultad de Medicina, ni en las prácticas de patología. Ingenuamente, yo pensaba que con quedarse embarazada bastaba para formar parte del club de las madres del montón.

—Si te soy sincera, nunca me lo había planteado. —A lo mejor si hubiera tenido a mi madre cerca lo habríamos tratado.

Se tapa la boca mientras se ríe tontamente.

—Qué cosas tienes, Sasha.

—Supongo que soy una ardiente defensora de la lactancia materna —digo—. Me extraigo leche a diario, así que, cuando se encuentre lo bastante bien para mamar, empezaremos a probar.

Me alegra ser capaz de decir algo que no me haga parecer una madre tan incompetente. Ni que decir tiene que no menciono los frascos de leche materna que ya estoy acumulando en el congelador de la unidad materno-infantil.

—Entiendo —dice Brigitte, y retoma las labores.

—¿Vas a darle el pecho?

—No puedo —responde—. Por razones médicas. —Pasa la hebra alrededor de la aguja y hace una pausa—. Yo siempre había planeado dar a luz en casa. Como surgieron complicaciones, al final no pudo ser. No obstante, el próximo parto será en casa. —Sonríe con los labios apretados. Por lo visto su validez como madre con apego se ha visto reforzada ante la perspectiva de dar a luz en casa—. Bueno, ¿tienes previsto tener más hijos?

No hay escapatoria.

—De momento no.

—Entonces, ¿será hijo único? —Su mirada se posa, como la de un halcón, en mi cara.

—Yo soy hija única. No estuvo tan mal.

No concibo tener más hijos. A lo mejor mi madre sintió lo mismo después de mi nacimiento. En su caso, al parecer ya solo una hija fue demasiado.

Las arrugas de la frente de Brigitte desaparecen.

—Yo también soy hija única. Y mi marido. Hemos sobrevivido..., mejor dicho, hemos crecido muy bien. Seguro que Toby también lo hará.

Intercambiamos sonrisas sinceras. Tal vez su aire de superioridad ha estado ocultando un grado de inseguridad incluso más profundo que el mío. Brigitte cuenta las vueltas que ha tejido y a continuación ensarta la siguiente hebra.

—Tenemos que meter a Jeremy en una guardería a jornada completa a los tres meses cuando me reincorpore al trabajo —dice—. Me temo que no hay más remedio. —Como no me pronuncio al respecto, afloja las agujas bajo las axilas—. ¿Y vosotros?

—Nosotros vamos a esperar a ver cómo va todo.

Aparto mis palmas sudorosas de la barra de la incubadora cuando la doctora Green se acerca a Brigitte y vuelve a encender las luces ultravioleta de la incubadora de Jeremy.

—Sus análisis de sangre muestran que los niveles de ictericia continúan elevados, Brigitte. De momento seguiremos con las luces y le haremos unas pruebas más para determinar la causa. —La doctora Green me mira fugazmente; el unicornio de plástico que lleva enganchado al estetoscopio se balancea como un metrónomo—. Ustedes dos tienen mucho en común. Qué suerte que se tengan la una a la otra para intercambiar impresiones. Con alguien que puede hacerse cargo.

Las paredes emiten reflejos aguamarina. Podríamos ser criaturas marinas, Brigitte y yo, surcando juntas las profundidades del mar. Cuando la doctora Green se aleja lo suficiente, Brigitte ensarta la madeja de lana con una aguja y deja la labor sobre su regazo.

—No me malinterpretes, los médicos y las enfermeras de aquí han sido estupendos. La doctora Green es buena. Ursula ha mostrado una actitud especialmente servicial. ¿Sabes que era la responsable hasta hace unos cuantos años? Pero dudo de que ni siquiera ella sea consciente de lo duro que es esto. —Se sobresalta cuando suena una alarma en el extremo opuesto del nido—. Han pasado muchas cosas. Esperaba tenerlo ya en casa. Pero con la ictericia, como necesita las luces... —Baja la voz y susurra—: No dirás nada sobre lo duro que me resulta, ¿verdad?

—Claro que no.

Se sorbe la nariz.

—No quisiera que el personal pensara que tengo depresión posparto. A ver, no es que eso tenga nada de malo. —Una de las agujas de punto cae de su regazo y rueda por el suelo. Me agacho a recogerla.

—La depresión posparto desde luego sería mala cosa...
—me oigo a mí misma murmurar.

Pero en ese momento las luces parecen perder intensidad, una neblina marrón se levanta en los rincones de la sala, como si yo fuera una sirena sacudiéndome en tierra firme. Me desplomo sobre la silla y dejo caer la cabeza entre las rodillas, mientras la sangre fluye en mi cerebro con un ruido sordo.

—Respira hondo, Sasha —dice Brigitte, con el semblante mortecino a la luz aguamarina cuando finalmente levanto la cabeza—. ¿Estás bien?

—Estoy bien —contesto conforme mi visión recobra la nitidez. Es la pérdida de sangre, la fatiga, el estrés, lo que ha provocado mi desvanecimiento.

—Oye, ¿te importa que te pregunte una cosa? Eres médica, ¿verdad? —Tira con los dedos de un nudo que se ha formado en la lana roja. Lo ha apretado más sin querer—. Jeremy se pondrá bien, ¿a que sí? No podría soportar que le ocurriera algo.

—Sí —respondo, al tiempo que me aferro a mis muslos para disimular el temblor de mis manos—. Estoy segura de que nuestros bebés saldrán de esta.

Día 3

Lunes por la noche

El crepúsculo da paso a la noche violeta mientras doblo la rebeca celeste que ha traído mi padre y la coloco con cuidado en el estante de arriba de mi armario. Mark asoma la cabeza por el hueco de la puerta.

—Tengo algo para ti.

—¿No han terminado las horas de visita?

Cruza sigilosamente el umbral, me da una bolsa verde y acto seguido coloca un táper grande encima de la mesilla de noche. Su mano se mueve con lentitud alrededor de mi cintura, como una araña.

—Visita conyugal —dice.

—No, gracias. —Lo aparto de un empujón.

—Perdona, Sash. Estaba de broma. Obviamente. —Intenta sonreír.

Vacío el contenido de la bolsa verde sobre la cama. Diminutos peleles de algodón blancos, todavía con las etiquetas con el precio de descuento de la tienda: «3 × 1». Supongo que podría haberlo hecho peor, que todas las prendas podrían haber sido en tonos azules.

—¿Me puedes traer algo de ropa a mí también, por favor?

Él tira con aire orgulloso de un macuto de piel que lleva a la espalda, lleno de faldas, jerséis con bordados de cuentas y zapatos de tacón de casa, como si me encontrara en un congreso médico en vez de en una institución psiquiátrica. Al menos ha traído mi bolso de piel negro favorito.

—Gracias —digo—. Si me traes unos pantalones de chándal y camisetas tampoco me vendrían mal.

—Claro. Te los traeré mañana. —Señala hacia el táper—. Bizcocho de albaricoque. Pensé que te apetecería. —Seguidamente señala hacia el televisor—. ¿Te importa? Es una ocasión muy especial. Es la primera vez en diecinueve años que el Collingwood ha llegado tan lejos. Solo quiero ver los últimos cinco minutos y después lo apago, lo prometo.

Destapo el táper. La capa superior del bizcocho, de la que asoman trozos de albaricoque, brilla. Le doy un bocado, esperando la textura esponjosa que me resulta tan familiar. En vez de eso, mis dientes se atascan en la compacta masa.

—¿Se te ha pasado echarle bicarbonato?

Está recostado sobre mi cama, con los brazos doblados debajo de la cabeza para ver mejor la televisión.

—Espero que no.

—Más te vale no cometer este tipo de errores en tu café —bromeo con gesto serio. «Organismic» es el nombre que ha elegido para el café de comida orgánica con el que ha estado soñando; hasta ha registrado el nombre comercial. Sin embargo, a cada paso que ha dado en la planificación del negocio, o cuando se ha puesto a buscar local, ha urdido excusas para retrasarlo: un pariente enfermo, un proyecto laboral de envergadura o uno de mis abortos. Yo le he animado, le he dado la lata, hasta he amenazado con seguir adelante con los planes yo misma. Él ha hecho caso omiso a mis llamamientos a la acción. A veces me he preguntado si se resiste a lanzarse a la piscina porque teme fracasar ante mí.

—Tendré que ser yo la repostera —digo.

Se pone a cambiar de canales durante la pausa para la publicidad.

—Y yo atenderé la barra.

Es la típica cantinela a la que recurrimos cada vez que le sale mal un plato, o que el café en grano se quema en la cafetera bajo mi supervisión.

—¿Qué tal la comida del hospital hoy?

Mordisqueo el borde del bizcocho. Puede que no sea su mejor postre al horno, pero lo ha preparado para mí.

—Pésima.

—Entonces mañana te traeré uno de tus platos favoritos, ¿vale?

—No estaría nada mal —digo.

Tiene la mirada sosegada, le cae un remolino de pelo por la frente, las mejillas le resplandecen bajo los focos del techo. Tiene el mismo aspecto que la noche en que nos conocimos.

—¿Te acuerdas de Puerto Vallarta? —pregunta—. ¿De la increíble comida?

Asiento con la cabeza.

El viaje a México había sido idea de Mark. Yo tenía mis dudas —siendo como era un lugar totalmente desconocido, no lo habría elegido—, pero después de varias semanas atiborrándonos de enchiladas y tacos de pescado, holgazaneando en la playa y curioseando en mercadillos, tuve que reconocerlo: México me había conquistado. El cambio de aires me ayudó a olvidar a Damien. Cuando las vacaciones tocaban a su fin, me encontraba relajada y como nueva. Para comerme el mundo.

Cuando llevábamos una semana de vacaciones, mientras contemplábamos la puesta de sol desde el balcón de nuestro hotel con vistas a la bahía de Banderas, Mark me pidió que me casara con él. Con la mirada clavada en sus penetrantes ojos marrones, acepté sin la menor vacilación.

—Lo de Puerto Vallarta fue hace mucho tiempo, Mark.

—¡Gol! —exclama, levantando el puño. Acto seguido, apartando la vista del televisor, dice—: Lo siento, debería haber sido más comprensivo. —Se le arruga la frente.

No me queda claro a qué circunstancias se refiere. ¿A la visita de sus padres? ¿A su negativa a autorizar las pruebas de ADN? ¿A todas nuestras pequeñas desavenencias conyugales?

—Mi madre está dispuesta a quedarse en casa de muy buen grado —dice—. Puede echar una mano.

Aprieto el dedo contra el bizcocho, notando la solidez de la masa.

—¿Has hablado con ella desde la visita?

—Por teléfono. En principio iban a venir hoy al nido.

Entonces seguramente ha preparado el bizcocho para ellos. Tapo el envase y lo cierro herméticamente.

A medida que pasaban los meses posteriores a nuestra boda, a medida que dejaba de sentir un cosquilleo de anticipación con el roce de su piel y el peso de la alianza sobre mi dedo comenzaba a aligerarse, en casa también empezaron a cambiar las cosas. Solo pequeñas cosas. El corazón de una manzana, olvidado en el fondo de su mochila. Alguna que otra taza dejada por descuido en su escritorio. Un fardo de ropa sucia amontonado en su lado de la cama.

Intenté no dejar que me molestara. En vez de eso, comprendí que Mark albergaba expectativas tácitas; que, como esposa, estas tareas ahora recaían en mí. Cuando lo saqué a colación, él cogió el chaquetón que había dejado tirado en el sofá. «Sí que ordeno lo que dejo en medio —dijo—. No puedo evitar que tú te me adelantes».

A medida que los años se amontonaban como fichas de dominó, él empezó a dejar pilas de toallas húmedas en el suelo del cuarto de baño, a olvidarse de avisarme cuando iba a llegar tarde a casa del trabajo, a excederse un pelín bebiendo cuando salíamos a tomar una copa. Cada vez que le recriminaba algo, él prometía que las cosas cambiarían. Sí que lo intentaba, eso lo reconozco. Pero lo que no he sido capaz de entender hasta ahora es que era demasiado tarde; que era imposible enmendar nada por mínimo que fuera.

No puede culparme de lo que estoy a punto de hacer.

—Sash, espero que sepas que siempre estaré a tu lado. —Sus ojos son balsas solemnes hasta que se oye un clamor en la televisión y él se vuelve hacia la marabunta de jugadores que se disputan el balón.

Guardo la ropa de bebé en la bolsa y la meto de un empellón en el fondo del armario. No pienso ponerle a mi bebé cosas así. A lo mejor le sirven a Toby. Toby es precisamente lo que Mark deseaba: un hijo con todas las de la ley.

Suena el pitido que anuncia el final del partido. Collingwood ha perdido.

Él apaga la televisión pulsando con firmeza el botón del mando a distancia.

—Gracias, Sash. A lo mejor ganamos el año que viene. —Traga saliva con dificultad—. Bueno, da la impresión de que te encuentras mejor, Sash. Vuelves a ser tú misma. ¿Estás..., o sea, crees ya que Toby es nuestro?

Ha llegado la hora. El momento crucial que he estado esperando, intentando propiciar. Por eso, esta noche, he contenido mi rabia, he hecho de tripas corazón para no echarle ningún rapapolvo. De repente me quedo atónita por la acusada caída de sus párpados.

—Oh, Mark... —Las siguientes palabras se me traban en la garganta. Hasta ahora jamás había tenido motivos para mentirle, y sin embargo parece que no tengo más remedio. Finalmente las palabras salen de mi boca al aire cargado y húmedo que flota entre Mark y yo—. Toby es nuestro.

—¿Nuestro? —Su cara refleja un tremendo alivio.

—Oh, sí —digo—. Ahora lo sé. Toby es, y siempre será, nuestro hijo.

Once años antes

Mark

La noche en que le pedí a Sash que se casara conmigo fue una de las más felices de mi vida. Ella estaba de pie en el balcón del hotel, al agradable aire de la noche, la mirada absorta en el mar, el pelo suelto por la espalda. Yo no había planeado declararme, pero me abrumó su belleza, su espíritu apasionado. Con la bahía extendiéndose ante nosotros como un resplandeciente cristal, imaginé que la vida con Sash siempre sería igual de maravillosa.

Al regresar a Australia, comprobé que a mis padres no les agradó nuestro compromiso ni por asomo. Estaban preocupados, dijo mi madre. Ella se abstuvo, o no pudo, entrar en detalles, me figuro que temiendo mi reacción. De todas formas, yo habría hecho oídos sordos a sus comentarios. Sash y yo comenzamos a hacer planes de boda para el año siguiente. Una boda a finales de verano, una ceremonia en la iglesia, un banquete en un restaurante de la zona. Seguro que sería una pasada.

Entonces sucedió. La carta en el buzón: la citación para que Sash prestara declaración en la investigación por la muerte de Damien.

A raíz de eso se volvió taciturna, no me contaba nada. La chispa que había recuperado en México se apagó en sus ojos. En cuestión de semanas, dejó la formación de pediatría y se matriculó en el programa de patología. A mí me dio pena. A ella se le daban de maravilla los críos y habría sido una magnífica pediatra. Yo le lancé sutiles indirectas para que siguiese adelante, para que se diera un margen de seis meses a ver si seguía sintiendo lo mismo. Ella hizo caso omiso, insistiendo en que siempre había deseado ser patóloga. No había nada que yo pudiera hacer o decir para que cambiase de parecer.

Seguimos adelante con la boda. Al final fue un día bonito. Creo que así es como ella lo recuerda también.

La investigación se llevó a cabo y concluyó. Yo le cocinaba, le daba masajes en los pies. Pero luego se encerró en sí misma. Dejó de salir por la noche. Dejó de salir a cualquier hora. No me contaba nada. Lo estaba sobrellevando a su manera, decía.

La verdad es que jamás me planteé dejarla. No obstante, sí que comencé a preguntarme si era la persona adecuada para ella, si otro se desenvolvería mejor en el papel de marido. Por lo visto nada de lo que yo hacía surtía efecto. Me figuro que esperaba que una vez que tuviéramos un hijo las cosas comenzarían a mejorar. Ella disfrutaría de la maternidad. Descubriría que realmente era una madre fuera de serie. Esperaba que un bebé fuera un nuevo comienzo.

Día 4

Martes al amanecer

Una mujer carraspea a mi lado. Me froto los ojos. Desde mi ventana, el alba está despuntando en vetas fresa y albaricoque por las cortinas descorridas. «Cielo rojo a la alborada, cuidado que el tiempo se enfada», solía decir mi madre. La doctora Niles está sentada en la silla que hay junto a mi cama. Me pregunta cómo estoy.

Amodorrada, estoy en un tris de lanzarme de lleno a mi interpretación de «Toby es mío», pero me contengo.

—Muy bien, gracias.

La doctora Niles asiente.

—Le pido disculpas por haber venido tan temprano. Tengo unos cuantos... compromisos personales cerrados para hoy. Se me ocurrió verla un momento antes de irme. —Acaba de descorrer las cortinas de un tirón—. Y, mire, con respecto a su amiga... Me ha estado llamando por teléfono todos los días. ¿Puede decirle que me han dado recado... y me haría el favor de pedirle que deje de llamar?

Bec. Lo que daría por que estuviera aquí. Qué detalle por su parte haber dado con el número de la doctora Niles para reivindicar mi inocencia. Me consta que solo trata de ayudar, pero quizá su insistencia sea contraproducente. Cuando yo ejercía la medicina, las llamadas telefónicas de familiares y amigos a menudo resultaban irritantes. No voy a tener más remedio que pedirle a Bec, amablemente, que deje de dar la tabarra a mi psiquiatra.

—Todavía estoy dándole vueltas a sus planes de encontrar a su hijo —dice ahora la doctora Niles.

Miro fijamente las nubes, cúmulos de colores arremolinados a lo lejos en el cielo. Mejor no pronunciarme. Si me quedo callada tengo menos posibilidades de delatarme. Mientras permanecía rígida, sentada en el estrado, con los muslos juntos, los dedos asiendo firmemente la barandilla de madera, los abogados intentaron sonsacarme la verdad sobre Damien con artimañas, formulándome las mismas preguntas de diferentes maneras.

«¿No recuerda lo que le dijo a la madre del niño?».

«¿Les dijo a sus padres que se pondría bien?».

«¿Descartó que algo fuera mal?».

Los retazos de conversaciones se entremezclaban con sueños e imágenes de Damien. ¿Dónde estaba la verdad? ¿Dónde estaban las mentiras? Incapaz de mirar a la sala por temor a cruzarme la mirada con sus padres, sentados en la primera fila, me dediqué a consultar mis notas, a hojearlas sin cesar como si ofrecieran una pista oculta sobre la respuesta correcta. Los abogados permanecieron al acecho como aves de presa, listos para abatirse sobre mí.

«¿Damien tenía fiebre?».

«Sí, treinta y nueve con seis».

«¿Tenía sarpullido?».

Recuerdo el sarpullido por todo su cuerpo: blanquecino, confluente, asalmonado. Un sarpullido de virus, no de una bacteria mortífera.

«¿Qué le llevó a descartar la septicemia meningocócica como la causa de su estado?».

Yo opté por una respuesta neutral.

«No había indicios de septicemia meningocócica, ni en su historial ni en el reconocimiento».

«¿Le realizó alguna prueba?».

«No creí que fueran necesarias». Carraspeo.

La doctora Niles se sienta en el borde del asiento, con sus finas cejas enarcadas como flechas, igual que el abogado hace tantos años.

—Bueno, ¿cómo se encuentra de ánimo?

Si digo que muy bien, la doctora Niles se dará cuenta de que estoy mintiendo. Si digo que me encuentro alicaída, me mantendrá recluida más tiempo. Toqueteo la colcha deshilachada.

—Ahí voy —respondo.

Toma nota con mirada de resignación. Lleva una alianza de oro lisa en el anular izquierdo; qué raro, no me había fijado hasta ahora.

—Bien, ¿y si retomamos el tema de su infertilidad? —pregunta sin levantar la vista.

Inspiro. En lo relativo a este tema, al menos, seguramente lo mejor es ser sincera; dudo que eso ponga más en entredicho mi estado mental.

—Fue una época difícil.

La doctora Niles descruza las piernas.

—Deme más detalles. —Parece que por primera vez le interesa lo que tengo que decir.

Cuando estoy a punto de lanzarme de lleno a resumirle los tratamientos médicos a los que nos sometimos Mark y yo —medicación, inyecciones, la introducción de esperma de Mark en mi útero a través del cérvix—, la doctora Niles me interrumpe.

—La pregunta principal es: ¿en alguna ocasión se plantearon la posibilidad de dejar de intentarlo?

Barajo la posibilidad de contarle la verdad: que estaba planteándome dejar a Mark cuando me quedé embarazada por tercera vez. Hasta tenía planeado todo el discurso de la ruptura. Kate, nuestra consejera matrimonial, iba a ser la facilitadora, la mediadora para que Mark fuera consciente de la seriedad con la que me estaba planteando separarnos durante un tiempo. Escribí el discurso a mano y lo ensayé delante del espejo hasta aprendérmelo de memoria.

«Todo lo que hemos pasado ha sido un verdadero suplicio. Llevo mucho tiempo fingiendo que las cosas van bien, que estoy bien. Seguramente te habrás dado cuenta de que no somos felices tal y como están las cosas. La única salida es la separación. Espero que algún día lo entiendas».

Llaman a mi puerta. Sin darme tiempo a responder, una de las enfermeras entra con un paquete de correo urgente. Se lo pega a una oreja y lo agita fuertemente.

—Ha llegado esto para usted, Sasha. Tenemos que firmarlo... ¿Estaba esperando algo?

Es preciso que borre cualquier sospecha que pudieran albergar. Tal vez haya llegado el momento de hacer el paripé de la madre recién estrenada.

—Qué bien. Los juguetes de bebé que estaba esperando de mi tía abuela Maude. Es un encanto. —Trato de controlar el temblor de mis manos al coger el paquete. La enfermera sonríe a la doctora Niles al salir de la habitación.

Suspiro aliviada en mi fuero interno. Mi actuación debe de estar surtiendo efecto.

—Qué bonito que mantenga una estrecha relación con su tía abuela —señala la doctora Niles—. Todos necesitamos apoyo familiar en las malas rachas. Lástima que no pueda contar con su madre. —La doctora Niles entorna los ojos cuando el sol del amanecer se refleja en sus mejillas—. Bueno, lo dejaremos aquí de momento. Nos veremos de nuevo mañana. Entretanto, Sasha, tal vez sería conveniente que procurara ser un poco más condescendiente consigo misma. —Hace un amago de sonrisa al incorporarse para irse—. Nadie es perfecto, ¿sabe?

Una vez que se ha ido, me meto en el baño y apoyo la espalda contra la puerta para bloquear el paso. Se me hace un nudo en el pecho. Qué alivio sentiré cuando por fin demuestre que tengo razón.

Extiendo mi jersey de lana en el suelo y vacío el contenido del paquete. Hay tres bastoncillos de algodón, además de una bolsa de plástico estéril y formularios de consentimiento. Leo las instrucciones. Un bastoncillo para mí. Casi me da una arcada al deslizar la textura seca y estéril por la cara interna húmeda de mi mejilla. Relleno los campos de todos los bastoncillos e impresos, incluido mi domicilio. Ahora que me he camelado a la doctora Niles, estoy prácticamente convencida de que me las ingeniaré para que me den el alta el lunes, cuando en teoría deberían llegar los resultados. Con el corazón acelerado, meto el resto de la parafernalia en el fondo de mi bolso.

Ursula, de brazos cruzados, me ve atravesar el nido desde el mostrador de enfermería. Me cuelgo el bolso en el otro hombro para ocultarlo de su vista.

Toby, que está moviendo los dedos de los pies arriba y abajo como un metrónomo, está más pálido que ayer. Tiene las manos enroscadas contra el colchón, las yemas de los dedos azuladas propias de los recién nacidos. Consulto su gráfico de observaciones. No, se encuentra bien. Todo está en orden.

Se oye un estruendo fuera del nido. La puerta chirría al abrirse y varias enfermeras entran a toda prisa empujando un carrito. La doctora Green camina apurada a su lado, sujetando una mascarilla contra la cara de un bebé. Varios miembros del personal, Ursula incluida, la siguen hasta la sala de reanimación que hay enfrente del área de enfermería.

De repente me viene a la cabeza la noche del parto. ¿De veras fue hace poco más de tres días? Lo mismo podía haber sido hace un siglo. Un recuerdo. El trayecto en ambulancia mientras la sangre me goteaba de las entrañas al empapado emplasto de mi entrepierna. Cuando la ambulancia llegó al hospital, la hemorragia había cesado. Me sumí en un agitado duermevela en la estrecha camilla. Luego, el caos. De nuevo, humedad entre mis muslos. Sábanas empapadas de sangre rojo pasión. La matrona examinándome en silencio. Otras matronas correteando. El paritorio llenándose de personal médico.

Es lo único que recuerdo de momento. Quizá recuerde más cosas.

Miro a mi alrededor. No hay un alma en el nido. Es demasiado temprano para las visitas. Ahora o nunca.

Toby sigue dormido mientras introduzco el bastoncillo en su boca y lo deslizo por la cara interna de su mejilla. Hace una mueca y se rebulle contra el colchón. A continuación sus ojos se abren de sopetón. Se pone a llorar como un descosido. Meto el bastoncillo en mi bolso y cierro el ojo de buey de golpe, amortiguando su llanto.

No sale nadie de la sala de reanimación. Tengo más tiempo.

Camino lo más rápido posible, todo lo deprisa que mis puntos me permiten, hasta el fondo del largo pasillo de incubadoras, levantando colchas, mirando detenidamente a través del metacrilato, buscando en las caras, en los cuerpos y en las extremidades algún parecido con mi bebé. Debe de estar aquí. Noto su presencia. La siento cerca. Sé que la reconoceré en cuanto la encuentre.

Conforme paso deprisa de incubadora en incubadora de vuelta a la de Toby, se me entumecen los miembros. Ninguno de estos bebés es el mío. Siento la presencia de mi bebé cerca. ¿Dónde demonios está?

Solo queda una incubadora. La de Jeremy. Pero ya me he fijado en él. ¿O no? Sé que no he prestado tanta atención a las incubadoras de los niños como a las de las niñas.

Sobre la mesa, junto a la incubadora de Jeremy, hay tarjetas puestas en fila, con mensajes de esperanza y buenos deseos, aunque por alguna razón todos están escritos con la misma letra grande y clara. Hay peluches amontonados en un rincón. En la pared, fotografías de parientes pegadas con Blu-Tack. Tantos recuerdos entrañables.

La mesa que hay junto a la incubadora de Toby, al otro lado del pasillo, está vacía. Debería hacer un esfuerzo, aunque fuera mínimo, por celebrar el nacimiento de un bebé; aun cuando no sea el mío. Me pregunto qué debería regalarle. ¿Un peluche? Demasiado cursi. ¿Una fotografía? Demasiado personal. Me da un sofoco al caer en la cuenta: un globo de papel aluminio, las típicas fruslerías de hospital, con la inscripción «¡Es un niño!» o alguna otra banalidad por el estilo. Perfecto.

Jeremy está acurrucado de costado, dándome la espalda, un plácido fardo de extremidades regordetas y una mata de pelo suave castaño claro. Las luces fluorescentes que tiene encima de momento están apagadas. Al moverme para rodear la incubadora, mueve ligeramente la cabeza. Un mechón del flequillo le cae por la frente. Tiene las pestañas largas y finas, las mejillas sonrosadas y un hoyuelo en la barbilla. Su nariz es respingona como la cima de una montaña. Cuando sus ojos se abren dejan al descubierto resplandecientes iris azul lavanda.

Tiene la mirada posada en mí como si me conociera. El aire se apelmaza en mi pecho. Me falta el aliento. Abro la puerta de su incubadora y envuelvo sus manos entre las mías; su piel emana calor. Es el vivo retrato de Mark, el que he visto en las fotografías de mi marido cuando era bebé, solo que con ojos azules en vez de marrones como los de Mark. El corazón me da un vuelco. El hospital sí que tenía razón en algo. Yo había dado a luz a un varón. Un precioso, precioso niño.

—Oh, Gabriel —susurro—. Por fin te he encontrado.

El chirrido de un zapato sobre el suelo laminado por detrás de mí. Ursula, en jarras, se cierne sobre mi hombro.

—¿Me puede explicar lo que está haciendo?

Suelto a Gabriel y saco las manos de la incubadora, con la sensación de calor aún latente en mi piel.

—Solo estaba...

—No tiene permiso para tocar a los demás bebés, Sasha. Ni siquiera tiene permiso para acercarse a ellos. ¿Cómo se le ha ocurrido? Si esto vuelve a pasar, tendrá que atenerse a serias consecuencias. —Ursula aprieta los dientes.

Estoy en un tris de decir algo. «Creo que este es mi verdadero bebé». Pero me reprimo a tiempo. Es preciso que me ande con pies de plomo.

—Tienen que permanecer cubiertos con las colchas en todo momento —prosigue Ursula. Tapa la incubadora de Gabriel con la colcha y lo oculta de la vista—. Se mantiene la estimulación visual y el exceso de luz al mínimo. Hemos de velar por la salud de estos bebés, ¿no cree?

Yo pensaba que las colchas guateadas eran para impedirme ver a los bebés. Pero las colchas no tenían nada que ver conmigo en absoluto; yo había malinterpretado su intención. Qué equivocada estaba, por lo visto, sobre tantas cosas.

Para velar por la salud de los bebés, había dicho Ursula. El otro bebé, al que estaban reanimando... ¿Podría Gabriel empeorar como ese bebé? No confío mucho en este hospital, y mucho menos en su capacidad para velar por el bienestar de mi hijo.

—¿El otro bebé está bien?

Ursula asiente, al tiempo que se queda mirando el mar de incubadoras que se extiende a todo lo largo del nido.

—¿Por qué lo pregunta?

—Todo el mundo parece ajetreado continuamente. Me preocupa que algo se olvide. O que haya un descuido.

—Todo marcha estupendamente. —Ursula carraspea—. No hay motivos para pensar que la infección de ese bebé se propague.

¿Infección?

Oh, Dios mío. Ahora lo recuerdo. Una desagradable bacteria, la *Serratia,* se extendió como un reguero de pólvora en este nido hace unos años. Supongo que he estado apartándolo de mi memoria al saber lo que podría significar para mi bebé. El brote se filtró a los medios de comunicación, la prensa se hizo eco a nivel nacional. Varios bebés fueron trasladados a la ciudad, un par de ellos fallecieron. Yo tuve que supervisar sus autopsias. ¿Era Ursula la supervisora de enfermería en aquella época? Se apuntó que podía haberse debido a una negligencia en la desinfección de las manos. A raíz de ello, el hospital implantó nuevas medidas de control de infecciones, señalaron los periódicos. Solo espero que no se repita ese episodio; desde luego, no mientras mi hijo se encuentre bajo sus cuidados.

Ursula se fija en la mesa vacía que hay junto a la incubadora de Toby.

—Debe traer algún objeto personal para él.

Toby. Seguramente es el verdadero hijo de Brigitte. Una simple confusión. ¿Un simple error?

—Lo haré. Lo antes posible.

En cuanto a Gabriel, necesito hacerme con un recuerdo suyo, un recordatorio de que es real, de que no ha sido fruto de mi imaginación, de que es mío. ¿Qué puedo guardar para recordarle en las largas y solitarias noches hasta nuestro reencuentro? Todas las fotografías que hay pegadas en la pared son de Brigitte y de la familia de su marido. Las tarjetas las han enviado personas desconocidas. Y los peluches carecen del menor significado sin estar junto a mi bebé.

Ursula continúa en tono serio:

—Si en este momento no puede permitirse artículos de bebé, seguro que podemos concertarle una cita con una trabajadora social.

—No hace falta.

—Porque soy consciente de los apuros que se padecen con las estrecheces.

Tiene una carrera en la media; una hebra suelta en la falda; cinta adhesiva en la patilla de las gafas. Fue supervisora de enfermería aquí, comentó Brigitte.

Cuando se apaga el chirrido de los zapatos de Ursula, retiro la colcha de Gabriel y contemplo ensimismada a mi maravilloso hijo. No importa de quién haya sido el error; ya no. Lo único que importa es que he recuperado a mi hijo.

Antes de hacer nada, es preciso que consiga pruebas. Abro los ojos de buey e introduzco con tiento y delicadeza otro bastoncillo en la boca de Gabriel. Él lo chupa con avidez haciendo un mohín como si estuviera amamantando. Se me rompe el corazón por la infinidad de momentos que ya me he perdido..., y por lo que estoy a punto de recuperar.

Guardo el bastoncillo en el fondo de mi bolso. He de mantener la entereza. Esperar hasta recibir las pruebas. Va a requerir de toda mi paciencia.

El cajón de la mesa que hay junto a la incubadora de Gabriel está entreabierto. Rebusco en él. Debajo de unos pañales sueltos y toallitas para la cara hay una bolsa de plástico con cierre hermético donde figura con rotulador negro indeleble el nombre «J. Black». Dentro de la bolsa hay un cordón carnoso y arrugado con los bordes rosáceos y una pinza de color crema en un extremo. El cordón umbilical de Gabriel. Guardo la bolsa hermética en mi bolsillo y poso la mano encima. Es lo que nos unía a los dos cuando lo llevaba en mi vientre; dudo que Brigitte lo eche en falta. Seguramente tengo derecho a guardarlo de recuerdo. Por ahora es lo único que tengo de mi hijo.

Me quedo como un pasmarote junto a él, fijándome en cada hoyuelo, arruguita y pliegue, cuando percibo su olor detrás de mí: Brigitte, el penetrante matiz dulzón de sudor que desprende su piel.

—¿Cómo está mi bebé hoy? —dice, asomándose por encima de mi hombro.

Precioso. No hay palabras para describirlo. Ella no espera mi respuesta.

—¿Te parece que está más amarillo que ayer? Pensaba que se había recuperado de la ictericia, pero ahora creo que de hecho está empeorando. ¿Ves? —Señala hacia él con los bordes de las uñas rosa coral.

Efectivamente, tiene el torso amarillento, pero no sabría decir si está empeorando o no. Por suerte Brigitte seguramente pensará que lo estaba examinando como médica, no como madre.

—No sé si la ictericia se está agravando —digo. Me reprocho a mí misma el no haberlo examinado debidamente antes, a pesar de haber estado todo el tiempo a solo dos metros de mí. Pero, en cierto modo, es un alivio. He estado cerca de él durante estos aciagos días. En realidad no lo he dejado solo.

—Díselo a las enfermeras —añado—. No puedes correr ningún riesgo.

Dado lo ajetreadas que parecen todas las enfermeras, no puedo tener la certeza de que lo examinen como es debido a menos que Brigitte les informe de que han vuelto los síntomas de la ictericia. Y la ictericia puede deberse a multitud de causas; solo me queda confiar en que investiguen a fondo.

—No sé —dice Brigitte—. Por nada del mundo quisiera que pensaran que soy una de esas madres primerizas paranoicas. —Se pasa la lengua por los dientes—. Ya me tienen lo bastante vigilada.

—¿Están vigilándote?

Ella aprieta la mandíbula.

—No es nada. Pasé una mala racha antes de quedarme embarazada, eso es todo. Le he dicho al personal que no hay necesidad de preocuparse por mí.

—¿Han estado preocupados por ti? —Empleo las técnicas interrogatorias que aprendí en la Facultad de Medicina: repitiendo las últimas palabras de la frase de un paciente hay más probabilidades de que entren en detalles.

Brigitte, sin embargo, no reacciona según lo previsto. Se queda absorta, un fino hilo de lágrimas se le acumula en el borde inferior de los ojos. Quizá esté deprimida, después de todo.

—Lo siento mucho —digo rápidamente—. Me hago cargo. Yo tampoco estoy pasando por mi mejor momento.

¿Y si ella también pensara que se ha producido una confusión? Aun cuando no sea el caso, ella tiene más derecho que nadie a enterarse. Tomo la súbita decisión de sincerarme con ella.

—Acabo de darme cuenta de que Toby...

Con el rabillo del ojo, veo a Ursula levantar la cabeza desde el mostrador de enfermería. Todavía me está observando. Estoy convencida de que se encuentra demasiado lejos como para oírme, pero ¿quién sabe a qué distancia viaja el sonido en este lugar agobiante?

—Ha estado poco abrigado —susurro—. ¿Por casualidad no se te dará bien coser? ¿Podrías ayudarme a arreglar mi vieja colcha de *patchwork* para él?

—Por supuesto —dice Brigitte, dándose unos toquecitos en los ojos con las yemas de los dedos—. Si quieres, puedo enseñarte antes de que le den el alta a Jeremy.

—Estupendo. —Mantengo el tono de voz lo más sereno posible—. ¿Alguna idea de cuándo te irás a casa?

—Estaba previsto que le dieran el alta a finales de esta semana. ¿Crees que la ictericia retrasará el alta?

Hago un cálculo mental. Los resultados de ADN estarán para el lunes, como pronto, con lo cual no habrá tiempo si Gabriel se va a casa a finales de esta semana. Ojalá lo mantengan hospitalizado por la ictericia hasta que lleguen los resultados de ADN.

—No lo sé. Pero no te olvides de poner a las enfermeras al corriente de que estás preocupada por su color. Hace tiempo vi a un bebé morir de ictericia. Fue espantoso. —No es cierto, pero eso no lo sabe Brigitte.

—No lo olvidaré. —Se retuerce las manos sobre el regazo—. ¿Y Toby? ¿Cuándo van a darle el alta?

—No lo sé. Igual dentro de unas semanas.

Brigitte se muerde el interior de la mejilla.

—Al principio les rogué que mandaran a Jeremy a casa, pero ahora empiezo a plantearme si no se están precipitando a darle el alta, antes de que se encuentre verdaderamente en condiciones para marcharse. Solo que deseo que esté bien... Al fin y al cabo, eso es lo único que importa.

De ninguna manera afrontará la noticia de la confusión de bebés en este momento. Y por lo visto no ha intuido las conclusiones a las que yo he llegado con respecto a Gabriel. Afortunadamente da la impresión de que la he alarmado para que avise a las enfermeras. Una vez que lo examinen como es debido, confío en que la ictericia lo mantenga hospitalizado hasta el lunes, cuando los resultados confirmen la verdad. Entonces se lo diré. Y en cuanto reciba los resultados de ADN, hablaré con Bec. Necesito su ayuda para decidir cómo proceder.

De momento me estoy derritiendo con la mirada de Gabriel, tan llena de perdón, tan llena de amor. No importa que todos piensen que estoy equivocada. No ahora que por fin he encontrado a mi hijo.

—¿Qué haces?

Brigitte acaba de marcharse cuando Mark me pilla junto a la incubadora de Gabriel de nuevo, contemplando su piel sin mácula, sus labios de querubín.

—Estoy echando un ojo al hijo de Brigitte. Puede que se encuentre un poco mal. —Brigitte se ha esfumado después de nuestra conversación. No sé adónde ha ido; espero que ya esté poniendo a las enfermeras al tanto de que Gabriel no se encuentra bien.

Vuelvo renqueando con Mark hasta la incubadora de Toby.

—¿Qué tal está? —pregunta.

—Espero que esté bien.

Él sigue mi mirada hasta la incubadora de Gabriel.

—Me refería a Toby.

—Ah, muy bien —digo—. Fenomenal.

Al otro lado de la ventana, en el parque infantil del otro lado de la carretera, un niño trepa a lo alto del empinado tobogán y aterriza de cabeza en el suelo. Su padre, que no ha presenciado el descenso, lo coge en volandas y le da palmaditas en la espalda como si fuera un tambor.

—Pareces más animada —comenta Mark—. Me alegro.

—Estoy durmiendo mejor.

—Benditas pastillas, ¿eh?

Esbozo una tenue sonrisa, al tiempo que aprieto el bolso contra mi pecho. Mark mete los brazos con decisión en la incubadora, donde Toby yace de costado, y le coloca un pañal de gasa a lo largo de la espalda y luego entre las piernas para mantenerlo en su sitio. Durante mi embarazo, él solía colocarme las almohadas de manera similar.

—Mira —dice Mark, sin apartar los ojos de Toby—, si no quieres que mi madre se quede en nuestra casa, le diré que no. Lo entiendo.

—Preferiría que estuviésemos a solas.

Saca los brazos por los ojos de buey.

—Ningún problema en absoluto. Se lo diré a mi madre. —Me echa el brazo alrededor del hombro, como un yugo alrededor del cuello. Me zafo de él y saco un pañuelo de papel de mi bolsillo. Esta es mi oportunidad para conseguir su ADN.

—Suénate la nariz, mi amor. Te la estás sorbiendo.

—¿«Mi amor»? ¿Desde cuándo me llamas así? Y no me la estoy sorbiendo. —Hace caso omiso del pañuelo.

Vuelvo a metérmelo en el bolsillo. Por la ventana, el parque infantil ahora está desierto. El niño y su padre se han marchado. En un pequeño remolino sobre el suelo de caucho revolotean bolsas de patatas fritas vacías. La cadena de seguridad de uno de los columpios emite destellos al sol en breves intervalos como en código morse.

Mark va al baño. Su chaqueta de piel está colgada en el respaldo de una silla. Rebusco rápidamente en los bolsillos: las llaves en uno, las gafas de sol en el otro. Abro la cremallera del pequeño bolsillo del interior. Mis manos rozan un pañuelo usado, que yace apretado contra la costura. Menos mal. Al menos esta parte del plan funcionará. Lo dejo caer en la bolsa de plástico estéril y lo guardo en mi bolso junto con el otro botín.

Al otro lado del pasillo, Gabriel me suplica que me quede con sus ojos luminiscentes. No puedo soportar apartarme de él. Me duele el corazón como si me lo hubieran sajado. «Lo siento, mi vida. No hay más remedio. Volveré en cuanto pueda». Me imagino besándole la frente, deslizando mis labios por el puente de su nariz hasta sus resplandecientes mejillas, acariciándolas suavemente con mis pestañas, primero una y después la otra. «Un día, vida mía, un día no muy lejano seremos tu papá y yo quienes estemos al pie de ese tobogán, con los brazos extendidos, para cogerte».

Día 4
Martes por la mañana

He depositado todas mis esperanzas en mi padre. Quiero que haga de mensajero, una parte crucial de mi plan. Como no esté dispuesto a echarme una mano, resultará mucho más difícil enviar las muestras de ADN al laboratorio. Él ya ha aducido como excusa su declaración de la renta, sus torneos de golf, básicamente cualquier pretexto que se le ha ocurrido para ahorrarse la visita al pabellón de salud mental. He empleado todas mis tácticas de negociación para conseguir que vuelva a visitarme.

«Las mujeres que hay aquí no están tan mal —le dije por teléfono—. Considéralo como un ala para madres y recién nacidos».

«Ese es el problema», replicó él.

Entra sigilosamente a mi habitación sin llamar a última hora de la mañana. Lleva puesto un traje con corbata como si estuviera presentándose a una entrevista de trabajo. Al acercarse a mi cama, gira la cabeza de un lado a otro como si estuviera a punto de caer en una emboscada.

—Estoy sola, papá.

Se sienta a los pies de mi cama, lo más lejos posible de donde yo estoy, recostada sobre las almohadas. Se saca el crucigrama del bolsillo.

—¿Querías verme?

Seguramente fue tan torpe con mi madre como lo es conmigo ahora, empeorando las cosas sin la menor intención. Es incapaz de llegar a entender mis necesidades, ahora lo veo claramente. Mi pobre madre, en un hospital psiquiátrico sin el apoyo que necesitaba.

Las palabras me salen de la boca antes de reflexionar debidamente.

—No me acuerdo mucho de la noche en que mamá se fue. ¿Se despidió de ti por lo menos? —La pregunta ha surgido de un vacío en lo más hondo de mi ser. Las palabras permanecen flotando en el aire.

Mi padre subraya una pista del crucigrama; la tinta de su pluma cala en el periódico.

—Yo estaba... Ella había pasado el día contigo —dice.

La visualizo en la cama de matrimonio, envuelta en mi colcha de *patchwork*. Sus párpados se entreabren fugazmente y acto seguido vuelven a cerrarse. Extiende los brazos hacia mí; yo estoy de pie junto a la cama. Noto el roce cálido, sumamente cálido, de sus manos entre las mías.

—¿Y cuándo te diste cuenta de que se había ido?

Se pasa la mano por el ralo cabello que lleva peinado sobre la calva.

—Sasha, ¿por qué querías que viniera?

No tenía intención de contarle lo de Gabriel, pero él es el único familiar directo que tengo, y seguramente el hecho de compartir material genético conlleva cierto grado de confianza. Aunque tal vez él sepa más de lo que está dispuesto a revelarme acerca de mi madre; tal vez me ayude a localizarla si le doy la buena noticia. Seguramente ella querría conocer a su nieto, ¿a que sí? Mis labios articulan las palabras sin darme tiempo a reparar en el sinsentido que entrañan:

—He encontrado a mi bebé.

Mi padre estira el periódico contra su muslo.

—Gracias a Dios.

Esboza una sonrisa ladeada, el cuerpo se le estremece de alivio. Yo descruzo las piernas. No sé cómo reaccionará. Pero lo que sí sé es que es mejor decir la verdad siempre.

—Lo llaman Jeremy.

El crucigrama cae revoloteando al suelo.

—No, Sasha. Toby es tu hijo.

—El hospital se ha equivocado, papá. Mi bebé es otro.

Al agacharse a recogerlo de la moqueta, tiene la cara del color de la sábana del hospital. Dobla el periódico y se lo mete en el bolsillo interior de su chaqueta.

—Sasha, lo siento. No te creo. Necesitas ayuda. Ayuda profesional. —Apoya la cabeza entre las manos—. Mira, no le mencionaré esto a nadie. Lo dejaré en manos de las personas que te atienden. Ellos son los profesionales. Ellos son los que saben qué hacer.

¿Es esta la actitud que mostró con mi madre también?

—No debería haber venido. —Se levanta—. Ojalá estuviera en mi mano ayudarte. Dímelo si se te ocurre algo que pueda hacer.

El paquete del envío urgente, con la evidencia que necesito, está escondido bajo la colcha. La idea de que mi padre me ayudase a demostrar que Toby no es mi hijo ahora me parece absurda. Está claro que he sobrevalorado la capacidad de mi padre. No sería capaz de hacer esto por mí aunque me armara de valor para pedírselo. Tendré que idear otra manera de devolver este paquete por correo.

Mi padre se detiene en el umbral, el cuerpo rígido, los hombros tensos.

—Tu madre desearía que buscaras ayuda, ¿sabes?

Un ardor me abrasa el pecho. Se supone que Mark, mi marido, debería estar apoyándome. Mi madre, la que me abandonó, también debería estar aquí. En cuanto a mi padre, con su desmaña y frialdad, encarna todo lo negativo de mi familia.

—Pero si mamá nos abandonó. ¿Acaso le importábamos realmente? Ni siquiera sabemos dónde está, ¿no?

Las palabras hacen mella en él. Mi padre me da la espalda para que no pueda verle la cara. Se le tensa el cuello.

—¿Papá? ¿Qué pasa? ¿Qué me estás ocultando?

Sus hombros suben y bajan.

—Yo estaba trabajando, ¿sabes? Ella me llamó para decirme que no se encontraba bien.

Hay un largo silencio. Cuando tomo la palabra, mi voz es como la de un niño, trémula y vacilante.

—¿De qué estás hablando? ¿Te refieres al día en que se marchó? ¿Estaba enferma?

Él emite una especie de sollozo sofocado.

—No consideré oportuno llamar a una ambulancia. Fui a casa a toda prisa. Ni me lo pensé.

El cuerpo se me queda helado, las yemas de los dedos entumecidas, como durante los experimentos que realizábamos en la Facultad de Medicina, sumergiendo los pies en agua helada para medir nuestra tolerancia al dolor.

—¿Una ambulancia?

Sus ojos escudriñan el techo.

—Cuando llegué a casa, ella yacía inerte sobre el colchón. Estaba fría. Muy fría.

No lo entiendo. No quiero entenderlo. Él se aclara la garganta.

—Intenté que entrara en calor. Dios sabe que lo intenté...

Mi padre siempre ha dicho que mi madre nos abandonó. Que ya no estaba con nosotros; que nunca estaría. Que se había ido. Eso es lo que yo tenía entendido desde siempre. ¿Cómo es posible que yo ideara un recuerdo de ella escabulléndose por la ventana de noche?

—¿Qué estás diciendo, papá? ¿Le pasó... algo a mamá...? Mi padre deja caer la cabeza hacia abajo.

—Me consta que debería habértelo dicho. Me consta.

—¿Está muerta?

—Lo siento de veras. Me temo que nos dejó a ambos. Para siempre. —Se lleva las manos a la cara para taparse los ojos.

Un bombardeo de preguntas resuena en mi cerebro con una cadencia sorda. Pero, sin poder contenerme, las suelto de carrerilla.

—¿Cómo murió? ¿Por qué ocurrió? ¿Quién más lo sabe? Mi padre menea la cabeza. Abre la boca para hablar y acto seguido la cierra de golpe.

—Retomaremos esta conversación la próxima vez, lo prometo. Regresaré cuando las aguas vuelvan un poco a su cauce. —Desliza las manos de los ojos a la boca—. Ella te quería muchísimo, ¿sabes?

Me sumo en la oscuridad como si estuviera descendiendo a las profundidades del océano. Me quedo mirando los dorsos de mis manos. ¿Se parecen a las de mi madre? Jamás tendré la oportunidad de saberlo. Algo se está resquebrajando en mi interior.

Un atisbo de movimiento con el rabillo del ojo. Mi padre, deslizándose fuera de la habitación sin despedirse. Lo llamo, pero no vuelve.

En la tenue luz de la mañana que se filtra a través de las cortinas, distingo motas de polvo flotando en el aire. La pregunta más difícil de todas, demasiado difícil de formular pero imposible de ignorar: «¿Dónde estaba yo mientras tú ibas a casa a toda prisa desde el trabajo, papá? ¿Dónde diablos estaba yo?».

Día 4

Martes a la hora del almuerzo

Sigo sintiéndome aturdida un par de horas más tarde. La muerte de mi madre, los recuerdos fugaces de Damien y el parto han desplazado mi centro de gravedad. Al retirar la tapa de plástico de mi comida, se me resbala de la mano y cae ruidosamente sobre el tablero de la mesa. La lasaña reseca tiembla bajo mi cuchillo. Machaco los guisantes con el tenedor, formando una papilla verde, y acto seguido vuelvo a colocar la tapa de golpe. No tengo apetito; nada en absoluto. ¿Cómo demonios pudo mi padre ocultarme esto todo el tiempo? ¿Cómo se le ocurrió pensar que era la decisión más correcta? ¿Y por qué me lo cuenta ahora?

Ondine me mira con recelo al entrar en el comedor. Con el pelo recogido en una pulcra coleta, las gafas sobre la punta de la nariz y una blusa de algodón blanco, parece una maestra de escuela, casi autoritaria.

—Me iré enseguida —digo—. Puedes comer aquí si quieres.

Ondine vacila y a continuación empuja su bandeja sobre la mesa y la deja a mi lado. La destapa y comienza a mover su lasaña de un lado a otro del plato. Fuera, en el patio, una ráfaga de viento arrastra un puñado de pétalos blancos sobre el suelo de pizarra y los lanza contra la ventana que hay a nuestro lado.

—¿Has tenido suerte en la búsqueda de tu bebé? —pregunta Ondine en tono forzado.

Niego con la cabeza. Con la revelación de mi padre, por un momento me he olvidado de mi misión. Enderezo la espalda. Mi madre se fue hace mucho tiempo. Una parte de mí siempre ha sabido que jamás me reencontraría con ella; de hecho, hasta hace poco, jamás lo he deseado. La revelación de mi padre precisamente ha confirmado ese sentimiento. Mi bebé es ahora mi prioridad.

—¿Cómo está tu hijo?

Ondine se encoge de hombros y agacha la cabeza. Dejo caer el tenedor en el plato.

—Lo siento. —Qué tonta he sido, se me había olvidado que no lo tiene a su cargo. Una imagen de Gabriel, sus radiantes ojos azules y su tez clara, aparece ante mis ojos: mi misión, mi amor—. ¿Sabes? Da igual el tiempo que tardes siempre y cuando al final lo recuperes.

Ella se sorbe la nariz.

—Ni siquiera sé si tengo ganas de verlo. —Deja caer la cabeza hacia abajo—. Me preocupa mucho lo que podría hacer.

—¿Qué quieres decir?

—Zach, mi marido, no me dirige la palabra. Dice que soy un monstruo.

—Hicieras lo que hicieras, no será para tanto.

En la mesa, Ondine se queda en silencio.

—Todos hemos hecho cosas que podrían considerarse monstruosas —señalo. Lo que yo hice con Damien, por ejemplo; lo que siempre procuro olvidar—. Ondine, tú no eres un monstruo.

Ella se queda mirando el manzano del patio, las ramas cimbreando con el viento.

—Todo el mundo piensa que lo soy —masculla.

Cojo una galleta de chocolate de la bolsa que me ofrece.

—Yo era cuidadora infantil —continúa—. Cuidaba de muchísimos niños. No quiero volver a ese trabajo por nada del mundo. Aquí estoy a salvo. Si me quedo en la unidad para los restos, no supondré un riesgo para nadie.

El chocolate cruje entre mis dientes. Muevo la silla para acercarme a ella.

—¿Crees que te sentirás mejor cuando recuperes a tu hijo?

Ella baja la vista a la intragable comida que tiene delante.

—Estaba llorando como un descosido. Pensé que no era feliz. Pensé que estaba haciendo lo correcto. —Deja de hablar y se queda con la boca abierta.

No me hace falta saber lo que ha hecho. He oído todas las posibles versiones de su relato durante mis prácticas de medicina.

—Eres humana —digo—. Los bebés estresan. Pasara lo que pasara, estoy segura de que tu marido te perdonará algún día.

Ondine cierra la boca con fuerza.

Podría contárselo, o podría guardar silencio. Siento el impulso de compartir la noticia con alguien que pueda entenderlo. Bec es comprensiva, pero no está aquí a mi lado. Poner al corriente a mi padre fue inútil. Es imposible que Ondine tenga algo que ver con el intercambio de bebés: parece una confidente digna de fiar. Y es la única persona, aparte de Bec, que no me ha juzgado en ningún momento. Cojo otra galleta de la bolsa y me pongo a chuparla, dejando que el chocolate se disuelva contra mi paladar. Ondine, más que nadie, podría hacerse cargo.

—He encontrado a mi hijo —digo en voz baja, tragando con dificultad el chocolate derretido que recubre mi boca.

Ella se queda mirándome, con los ojos como platos.

—Vaya.

—¿Me crees? —Me crea o no, es un alivio sincerarme con ella.

Ella posa las palmas de las manos sobre los muslos.

—Últimamente no sé qué creer. Pero es una estupenda noticia. ¿Cómo es?

—Es precioso. Y voy a recuperarlo, sea como sea.

—Claro que sí —dice con una sonrisa triste—. Ojalá pudiera ayudarte de alguna manera. ¿Hay algo que pueda hacer?

—No te preocupes —contesto, al tiempo que poso la mano sobre su huesudo brazo—. Creo que ahora mismo tienes bastante con lo tuyo. Sé que recuperaremos a nuestros bebés. Algún día, sea como sea, ambas tendremos a nuestros bebés entre los brazos.

Cuatro años antes

Mark

Llevábamos cinco años intentando tener un hijo cuando Sash sugirió que fuéramos a terapia de pareja. Yo me mostré remiso. Estaba convencido de que a nuestro matrimonio no le pasaba nada; al menos nada que unas vacaciones en la playa y unos revolcones en el hotel —o un bebé— no pudiesen arreglar. Sash no dio su brazo a torcer. Ya había concertado la cita y se empeñó en que la acompañara.

Solo vimos a la primera consejera matrimonial en una ocasión. Serenity. Llevaba unas mangas vaporosas de un tejido que según me dijo Sash después era chifón. Había unos cuantos cristales encima de su escritorio. Sash se repantigó en la silla de madera; en el ambiente flotaba el aroma a lavanda. Cuando Sash dijo que programábamos el coito según la ovulación, Serenity se subió las mangas.

—Entonces..., ¿no han intentado mantener relaciones sexuales por pura diversión?

Yo me enderecé y le guiñé un ojo a Sash. Ella me lanzó una mirada asesina.

—Está claro que no entiende la infertilidad —comentó después Sash en el coche de camino a casa—. ¿Quién tiene sexo por pura diversión cuando es necesario programarlo? Tenemos que probar con alguien más.

A esas alturas, Sash se había pasado a las píldoras para ayudarla a ovular. Yo era consciente de que estaba estresada por el fracaso del tratamiento de fertilidad. Entendía lo duro que le resultaba. No obstante, también era duro para mí. He de admitir que, cuando ella levantaba la vista de su muestra de orina y anunciaba: «Hoy es uno de esos días», el sexo efectivamente parecía mecánico. Pero yo siempre hacía un sumo esfuerzo por seguirle el juego.

Sash propuso que fuéramos a un segundo consejero matrimonial, un hombre con cara de ajo y calva incipiente con una consulta en tonos pastel. Wilfred analizó minuciosamente nuestras respectivas infancias y extrajo conexiones poco convincentes entre los traumas infantiles y la infertilidad.

—Menudas gilipolleces —comentó Sash al salir a la calle—. ¿En serio ha culpado a nuestros padres de que no podamos tener hijos?

—No se trataba de culpar, Sash. Se trataba de entender.

—¿Entonces por qué carecía del menor sentido?

Según Sash, Wilfred tampoco valía un pimiento. Demasiado mayor. Demasiado freudiano. Demasiado analítico. Francamente, yo pensaba que eso podía ser precisamente lo que Sash necesitaba.

Finalmente los especialistas en fertilidad nos aconsejaron que se sometiera a la inseminación intrauterina: inyectar mi esperma en la matriz de Sash a través del cuello uterino. Al final di mi consentimiento. Era lo más invasivo que estaba dispuesto a tolerar. No estaba dispuesto a poner en riesgo su vida con la inseminación *in vitro*. Había leído acerca de las posibles complicaciones en el folleto de la clínica. Anestesia general. Una aguja perforando su pared vaginal una y otra vez, que podía causar una posible hemorragia e infección. El riesgo de sobreestimular sus ovarios. Los coágulos en sus piernas y pulmones.

Nunca le dije a Sash por qué descartaba la inseminación *in vitro*. Al final ella estaba tan desesperada por quedarse embarazada que habría simulado que los riesgos eran mínimos y le habría quitado hierro a mis preocupaciones. Yo estaba de acuerdo con ella en una cosa: me agradaba la idea de tener un bebé. Pero el hecho de tener a Sash como esposa superaba con creces el deseo de un bebé. Ya había perdido a Simon. No estaba dispuesto a arriesgarme a perder a Sash también. Con el tiempo, viendo que Sash rompía a llorar como una Magdalena después de un ciclo tras otro fallido, insistí en tirar la toalla. O natural o nada, aduje. No le dije que temía por su vida, que ir más allá podría matarla. Sash no había perdido a un hermano. Jamás lo habría entendido.

Ahí fue cuando comenzamos a ver a la tercera consejera matrimonial, Kate. Nos dio la bienvenida a su consulta con una sonrisa compasiva. La sala estaba revestida de paneles de madera e impregnada con el aroma a café recién hecho: bien podíamos haber estado en una cafetería.

Sash expuso nuestra relación a Kate con pelos y señales, y explicó lo mucho que ambos deseábamos tener hijos. Y cómo, según Sash, habíamos dejado de hablar de cosas importantes hacía tiempo.

Tras escuchar mi versión de la historia, Kate confirmó mi idea de que, por encima de un hijo, lo prioritario era nuestro matrimonio. Que, con tiempo y empeño, podíamos reconstruir nuestro matrimonio. Sash se hundió más en el asiento. Por lo visto no le agradó oír eso. Me extrañó, supongo: Sash era la que me había llevado a rastras hasta allí.

Elaboré mentalmente el guion para la siguiente sesión de terapia de pareja con Kate. Sash y yo podíamos comenzar a planificar nuestro futuro en común, sin hijos. Hacía años que mis padres me habían quitado de la cabeza mi sueño de montar un café. «Es preciso que proporciones unos ingresos fijos a tu mujer y a tus futuros hijos», había insistido mi padre, cosa en la que coincidía mi madre. No es que Sash me necesitara para mantenerla, claro está. No obstante, yo entendía el punto de vista de mis padres, y descarté el sueño de montar un café hasta mejor ocasión. Tenía presente que el sector de la hostelería era difícil, sin garantías de éxito. No quería que Sash se viera en la obligación de reincorporarse precipitadamente al trabajo después de dar a luz con el fin de mantenernos a todos. No es que el restaurante donde trabajaba fuese una maravilla —la carta era convencional, formal e insulsa—, pero al menos ganaba un sueldo fijo razonable, suficiente para sentir que estaba aportando algo.

Nunca le comenté a Sash mi decisión de renunciar a mi sueño. Ella parecía tan entusiasmada con la idea de que yo dirigiera un café que dejé que creyera que se materializaría el día menos pensado. La verdad es que era un alivio verla sonreír por cualquier cosa. Pero luego, cuando contemplamos la opción de un futuro sin hijos, finalmente me sentí con libertad para perseguir mi añorada meta de montar el café. También esperaba que nuestros planes de futuro incluyeran viajes al extranjero, una ampliación del huerto, excursiones en todoterreno por Australia. Cosas que habíamos estado aplazando durante mucho tiempo mientras nos manteníamos a la espera de aumentar la familia con un bebé.

Más allá de eso, no obstante, yo deseaba aprovechar las sesiones de terapia de pareja para abordar el lado oscuro de Sash. Su obsesión por quedarse embarazada. Su lúgubre estado de ánimo en la época de la investigación forense, de la que nunca quiso hablar, ni siquiera años después. Lo que me había contado su padre respecto a lo ocurrido a su madre, que ni siquiera había mencionado a Sash. Yo consideraba que ella tenía derecho a saber toda la verdad.

El día anterior a nuestra segunda cita con Kate, Sash habló conmigo cuando salí del trabajo. Me dijo que había cancelado la terapia de pareja. Yo me quedé mirando su cara radiante, sus mejillas sonrosadas, el vivo retrato de la Sash de la que me había enamorado hacía tantos años.

Se había quedado embarazada por tercera vez. Se me cortó la respiración. Jamás volvimos a ver a Kate.

Mi madre llevaba años lanzando indirectas sobre que Sash no era la elección más acertada como esposa. Cuando se enteró de que Rose la había abandonado, comenzó a inquietarle la posibilidad de que la inestabilidad de Rose fuera hereditaria. ¿No cabría el riesgo de que Sash abandonase a su familia también? Yo hice oídos sordos. Sash siempre me había parecido bastante estable a nivel emocional. Y me consideraba capaz de apoyarla en cualquier bache. «En la salud y la enfermedad», eso es lo que había prometido.

He de reconocer que, cuando Sash anunció que el bebé no era el nuestro, me costó creerlo, pero durante cierto tiempo le concedí el beneficio de la duda. No se me hizo un nudo en el corazón hasta que la doctora Niles me abordó a la salida de la habitación de Sasha en el hospital para explicarme que estaba segura de que Sash sufría psicosis posparto. Finalmente, la realidad me asestó un golpe: Sasha no estaba bien ni mucho menos. Por supuesto que me preocupaba su bienestar. Profundamente. Éramos un equipo desde hacía mucho tiempo. Deseaba que se pusiera bien. Pero, con la doctora Niles observándome inquisitivamente, en ese momento caí en la cuenta de que lo que más me preocupaba era el bienestar de Toby. Y el mío propio.

Día 4

Martes por la tarde

Para aquí, Mark.

Una profusión de lápidas se extienden ante nosotros perfiladas contra el sol del atardecer. Mark detiene el coche a espaldas del cementerio. Me han dado permiso para salir unas cuantas horas de la unidad materno-infantil y, con las muestras de ADN pendientes de envío, he sugerido dar una vuelta en coche. Aunque en un primer momento ha accedido, Mark ahora me está mirando fijamente, con gesto incrédulo.

—¿Por qué hemos venido aquí, Sash?

—Necesito estirar las piernas. Respirar un poco de aire fresco.

—¿Detrás de un cementerio? —Me mira con recelo.

El buzón de correos más cercano al hospital se halla en la misma puerta del cementerio, en la carretera principal de la salida de la ciudad. No se aprecia desde el aparcamiento que hay al otro lado. En esta ciudad, relativamente pequeña, no se me ocurre ningún otro lugar donde poder echar al buzón un paquete a escondidas de Mark. Conozco un atajo por el cementerio. Mark no me seguirá; no soporta los cementerios. Y no tendrá la menor idea de lo que tramo. Puede que sospeche, pero ahora he quemado el último cartucho.

—Dame solo cinco minutos. Por favor.

—¿Seguro que todo va bien, Sash?

—Necesito un poco de tiempo. Mi padre me ha contado una cosa sobre mi madre.

Gira la cabeza bruscamente.

—¿Qué te ha contado?

—Creo que me ha venido a decir que está muerta.

—Oh, Sash... —Deja caer la cabeza hacia el volante.

—Estoy bien. Es que... necesito pasar unos instantes en un lugar donde pueda sentir su presencia.

Salgo con cuidado del coche y cierro la puerta sin darle tiempo a replicar.

Las piedras crujen a mi paso conforme recorro el sinuoso camino del cementerio trazando un amplio arco. ¿Ha estado Mark al corriente de lo de mi madre durante todo este tiempo? ¿Qué más me está ocultando?

Me llama la atención una palabra que reluce en la inscripción de una lápida: «Rose». Es el nombre de mi madre grabado en fuente gótica plateada sobre el mármol blanco. Me fijo... No es su tumba. Hasta esta mañana ni siquiera sabía que tenía una. Mis dedos, agarrados con fuerza a mi bolso, empiezan a temblar. Mi madre, ¿muerta? Supongo que en el fondo siempre he deseado verla. Plantarle cara. Pedirle explicaciones para saber por qué se marchó. Ahora por lo visto jamás se me brindará esa oportunidad. Intento apartar de mi pensamiento la imagen de su pálida cara. Tengo entre manos asuntos más urgentes.

Cuando estoy a punto de seguir mi camino reparo en el nombre de «Tobias» tallado en la misma lápida de mármol.

Deslizo los dedos por los nombres y las fechas. Es una antigua familia.

«Rose Jane. Fallecida a las 6 semanas de nacer. 3/1/1866».

«Theodore Thomas. Fallecido a los 2 meses de nacer. 8/12/1866».

«Amados hijos de Mary Agatha y Tobias Matthew. Descansan en paz».

Pero ¿cómo podían saber que sus bebés descansaban verdaderamente en paz? Y estos padres, fallecidos hace tanto tiempo..., ¿cómo sobrellevaron semejante pérdida?

El primer bebé muerto que vi estaba mudando piel traslúcida de los músculos, las manos y los dedos de los pies, aún sin despegar, con los ojos aún sin abrir. Yo tenía presente, por aquel entonces, por lo que estaba luchando, y a lo que me enfrentaba. Lo cruel, lo implacable que podía ser la naturaleza. Los padres del bebé eran granjeros, estaban familiarizados con la muerte. Eran lo suficientemente estoicos como para soportar la pérdida. Yo no habría tenido esa fortaleza.

Vuelvo a comprobar las fechas de la lápida. Dos bebés fallecidos, con menos de un año de diferencia. ¿Cómo es posible que sus padres consiguieran superarlo?

Me agarro con fuerza a la verja de hierro que rodea la tumba, con las palmas de las manos entumecidas por el repentino frío. Pero, al fin y al cabo, era lo que nos había sucedido a Mark y a mí. Nosotros perdimos a dos bebés que no se llevaban ni un año.

La voz de mi primogénito me había acompañado a lo largo del corto periodo de gestación. Era amortiguada, grave, y pronunciaba palabras incomprensibles. Era como un monólogo que se escucha desde el otro lado de una puerta entornada, muy similar al sonido de un niño jugando en su dormitorio, fuera del campo visual. Yo le habría llamado Harry.

La segunda voz era más apagada. Yo tenía el presentimiento de que este no estaba destinado a sobrevivir, pero de todas formas hice como si nada, concerté citas para ecografías, con el tocólogo, análisis de sangre. Matilda. El día que se frustró el embarazo, estaba tumbada en el sofá después de comer cuando sentí que una luz blanca ascendía desde mi pelvis hacia el techo. Supe que se había ido.

Mark no quiso hablar de los abortos, las voces o la luz. No quiso saber nada al respecto. Yo no lo presioné. ¿Qué sentido tenía? Bastante tenía él con estrecharme entre sus brazos cuando me ponía a llorar por las noches. Y plantó los árboles. Después de eso, jamás volvimos a mencionar el tema de los bebés.

Un fino halo de oscuridad cubre las tumbas, las sombras se extienden a lo largo del camino. El zumbido del tráfico a lo lejos se mezcla con el sonido sibilante de las flores de plástico en los jarrones que yacen junto a las lápidas, coloridos vilanos revolotean en círculos con la brisa, que sacude las malas hierbas de las tumbas descuidadas. Noto un cosquilleo en la barriga por el viento que penetra por mi fina chaqueta. Me subo la cremallera hasta la barbilla.

Mi mirada oscila de tumba en tumba. «Edith». «Frederica». «Arthur». «Muriel». Estos bebes, que nacieron en una época en la que la medicina estaba demasiado en mantillas como para salvarles, no tuvieron ninguna oportunidad. Sus padres no tuvieron culpa alguna. A diferencia de mi madre. A diferencia de mí. Yo he fallado a Mark en multitud de sentidos. No solo perdí a Harry y Matilda, sino que también he estado en un tris de perder a nuestro hijo.

Saco el paquete de correo urgente de mi bolso y lo meto bajo mi chaqueta, pegado a mi corazón. Es un cúmulo de esperanza envuelto en plástico de burbuja; confío en que algún día de estos pueda acurrucar a Gabriel en mis brazos, que todo esto termine siendo una pesadilla lejana.

Un destello naranja al borde de la carretera: el dispositivo de cierre de nuestro coche. ¿Viene Mark a por mí?

Continúo pasando apresuradamente por delante de más lápidas, mi sombra se alarga en el suelo como una estrecha columna delante de mí. El portón de entrada del cementerio, de hierro forjado con volutas góticas, se alza ante mí como un centinela. Hay enganchada una gruesa cadena con un candado. Veo fugazmente el buzón amarillo de correo urgente fuera, entre el frondoso borde de la calzada. Zarandeo los barrotes del portón. La cadena está bien sujeta. El corazón me palpita.

Antes de dar media vuelta, vislumbro un destello plateado en la penumbra. Una cancela entreabierta, con un ladrillo a modo de tope, al lado del portón principal. Mi vía de escape.

Me escabullo por ahí y salgo a la acera. El ajetreo de la hora punta típico de las ciudades rurales se ha reducido, los coches se van dispersando como la cola de una cadena de montaje, los faros delanteros se deslizan a toda velocidad en el crepúsculo. Noto una vibración en mi bolsillo. Mark.

Saco el paquete. Pesa mucho teniendo en cuenta su contenido: una bolsa de plástico estéril con tres bastoncillos de algodón además del pañuelo de Mark. Introduzco el paquete por la ranura del buzón y la tapa oscilante se cierra con un golpe seco.

Un sonoro pitido procedente del otro lado del cementerio. Mark, otra vez. Entro de nuevo por la pequeña puerta y continúo por el camino principal, flanqueado por antiguas bóvedas de piedra, ostentosas criptas y solemnes lápidas.

En la pared de ladrillo hay pegado un cartel amarillo fluorescente. He visto carteles así antes, pegados en postes por toda la ciudad, anunciando servicios religiosos anuales para personas que han perdido a sus bebés: en partos, en abortos, por muerte súbita, en todas las desgracias habidas y por haber. «Una ocasión para recordar —reza el cartel— en la que los padres recitan poemas, relatan sus historias y sueltan globos amarillos de esperanza». Dudo que haya asimilado del todo mis embarazos fallidos. Tal vez Mark tampoco haya tenido ocasión de hacerlo. Algún día, en un futuro no muy lejano, podría ser una de las madres que se arremolinan en corrillo en ese servicio religioso, acurrucando a Gabriel contra mi pecho, soltando los globos amarillos de mi mano, liberándolos para volar alto en el oscuro cielo.

Día 4
Martes por la noche

De noche es cuando más silencio hay en el nido. Servicios mínimos —dos enfermeras como mucho—, y solo una en el mostrador cuando la otra se toma un descanso. Con las luces tenues, da la impresión de que los bebés intuyen que deberían dormir. Sus llantos son tímidos, un acompañamiento del suave runrún de las máquinas de fondo. No hay visitas; las demás madres, sensatas, están acostadas en sus casas, descansando para cuando por fin den el alta a sus bebés y regresen a casa definitivamente. Yo... no tengo ganas de descansar. El mejor momento para contemplar a mi precioso hijo es por la noche. Y estoy haciendo lo que me dijeron: pasar tiempo con él, con el fin de estrechar lazos.

Estoy sentada junto a la incubadora de Toby, observando a Gabriel enfrente. Está tranquilo, hecho un ovillo boca abajo.

—Espérame, Gabriel —susurro—. Prometo que estoy haciendo todo lo posible por recuperarte.

Hago amago de cruzar el pasillo a hurtadillas para verlo de cerca cuando mi teléfono vibra. Bec. He estado esperando que me devolviera la llamada.

—¿Cómo estás, Sash? ¿Qué tal fue tu salida de la unidad materno-infantil?

¿Lo sabe? ¿Ha vuelto a hablar con ella Mark?

Sin darme tiempo a responder, añade:

—Mark me dijo que te habían dado permiso. He estado llamándole, tratando de convencerlo de que estás perfectamente.

—Menudo éxito. —Da la impresión de que solo pretende ayudarme.

Suelta una breve carcajada vacilante.

—¿Entonces te sentó bien salir de la unidad un rato?

—No tardamos mucho.

A la salida del cementerio, cuando volví al coche, estaba temblando. Mark me llevó de regreso a la unidad de muy buen grado. Le dije que me sentía mucho mejor por haber conversado con mi madre. Como él no parecía estar de humor para hablar sobre mi madre, no insistí. «Quizá el paseo en coche no haya sido tan buena idea», fue lo único que comentó de camino al hospital.

—Tengo buenas noticias, Bec —digo, al tiempo que me siento derecha en la silla de vinilo. A pesar de que no hay nadie cerca, bajo el tono de voz—. He encontrado a nuestro hijo.

—¡Oh, Dios mío! ¡Sash! Es increíble. ¿Cómo es?

—Maravilloso. Divino. Un milagro.

—Oh, Sash. Es alucinante. Bien hecho. Me alegro mucho por ti.

Parece alegrarse de verdad. Me siento aliviada. A lo mejor tiene más capacidad para disipar cualquier resquicio de celos por la infertilidad de la que yo habría podido tener.

—¿Te preocupa algo? —añade Bec—. No pareces muy feliz.

—Es que en el hospital están barajando la posibilidad de darle el alta a finales de esta semana. Si se va a casa, será mucho más complicado recuperarlo.

—Mierda. —Bec hace una pausa—. Bueno, pues hay que pensar como los detectives.

Me pellizco el puente de la nariz. Esto no es un juego.

—Somos médicas, no detectives —objeto.

—Ya, ya. Tienes razón. —Inspira—. Vale. Pues aprovechemos nuestra formación médica. Has llevado a cabo un reconocimiento... y has encontrado a tu bebé. ¿Cuál es la parte más importante a la hora de realizar un diagnóstico? ¿Qué se nos ha pasado por alto?

—Hum... ¿El historial clínico? —No tengo claro dónde quiere ir a parar con todo esto.

—Exacto. Es preciso que hables con los sospechosos. Que los sondees sobre sus motivos. Sus coartadas. Que conjetures acerca de quién hizo esto. Después podemos indagar más a fondo e idear una estrategia de acción.

—Suena un pelín... complicado. —Es la forma más amable que encuentro para decirle que en mi opinión su plan es ridículo.

—Puedo intentar ayudar por teléfono. Dame una lista de sospechosos. Podemos repasarla juntas, a ver si podemos descartarlos, uno a uno.

—Pero ¿no podría tratarse de una simple confusión? ¿De un mero error?

—Supongo —dice Bec despacio—, pero no se pierde nada intentando averiguar si alguien tiene un motivo. Y a lo mejor alguien tiene una pista sobre cómo pudo pasar, ¿no?

Me viene a la cabeza la doctora Niles. Recuerdo la llamada telefónica que tuvo que atender relativa a una transferencia de embriones. Yo había dado por sentado que se trataba de una paciente, pero ahora intuyo que podría haberse tratado de una llamada personal.

—Creo que puede que mi psiquiatra esté intentando quedarse embarazada. —Echo un vistazo al otro lado del pasillo, donde Gabriel yace inmóvil—. Comentó que habías estado llamándola.

Bec guarda silencio durante unos instantes.

—Lo siento, Sash. No voy a dejar de llamarla. Es necesario que alguien defienda tu cordura. Es muy injusto cómo te está tratando todo el mundo. No puedo ni imaginar si fuera yo la que estuviera pasando por esto. A estas alturas me habría vuelto loca.

Por un momento había cuestionado la lealtad de Bec. Pero confío en Bec más que en nadie; más, incluso, que en Mark.

—Gracias, Bec. Pero creo que la estás incordiando.

—Lo siento por ella. Ella me está incordiando a mí. No obstante, no estoy segura de que esté implicada en el intercambio de bebés. ¿Acaso no cogería un bebé sin más si tan desesperada estuviera? Cambiar los bebés es absurdo. Y seguramente algún psiquiatra de la unidad de cuidados intensivos neonatal se lo habría olido. De todas formas, por si acaso, deberías sondearla.

Su plan comienza a tener sentido.

—Hay otros posibles sospechosos. Una de las matronas parece que me ha tomado antipatía. Los otros dos médicos se niegan a creerme. Y luego está la mujer que cree que mi bebé es el suyo. Toby debe de ser su verdadero hijo. Todavía no me he atrevido a contarle lo de la confusión.

El tono de Bec es rotundo:

—Deberías sondear a todos y después ponerme al tanto. Pero no concibo que la madre de ese bebé pueda ser la responsable de esto.

—Las madres pueden ser responsables de montones de cosas.

De repente me pregunto si Bec estará al corriente de lo de mi madre. ¿Habrá estado mintiéndome también?

—¿Bec? Hay otra cosa. Mi padre me habló de mi madre... ¿Sabías que... había muerto?

Bec guarda silencio. Cuando por fin vuelve a hablar, su voz se quiebra.

—Lo siento mucho, Sash. Mi madre me lo contó hace años, justo antes de fallecer. Me rogó que no te lo dijera. Hasta ese momento yo no tenía ni idea. Le prometí a mi madre que no diría nada.

Me consta que no es culpa de Bec; no se lo echo en cara.

—¿Mark lo sabía también?

—No, no creo.

Me cabe la duda. Percibo algo en la manera en que él se queda mirándome de vez en cuando, con una patente expresión de lástima en vez de amor.

—¿Sabes los detalles? ¿Cómo murió?

—No sé nada, Sash. Solo que murió cuando eras pequeña. Qué más quisiera yo que saber más. —Parece sincera.

—Pero me pondrías al tanto si te enteraras de algo más, ¿verdad, Bec?

—Por descontado —afirma de inmediato.

¿Cómo he podido dudar de Bec? Ella sabe todo acerca de mí, desde el bochorno de mis amores platónicos en el colegio hasta que me hice pis en los pantalones el primer día de instituto porque no encontraba el baño. Ella ha recordado las anécdotas a lo largo de todos estos años. Jamás me mentiría. Y me consta que jamás me traicionaría.

—Debería volver al trabajo en unos minutos —señala Bec resoplando—. Oye, ¿te comenté que este año Adam y yo vamos a ir a Australia por Navidad? Va a ser estupendo volver a verte. —Hay un trasfondo subyacente en su voz, la aflicción por la infertilidad con la que estoy familiarizada de sobra—. Es espantoso por lo que estás pasando, Sash. Menos mal que lo recuperarás cualquier día de estos. —Carraspea—. Oye, Sash, estás bien, ¿verdad? ¿A nivel emocional?

—Perfectamente.

—¿Y las cosas van bien con Mark?

He pasado mucho tiempo esperando que Mark cambiase. Esperando que se sincerara conmigo, deseando que diera muestras de que le afectaban los embarazos que no llegaron a término. Pero no encontré su apoyo y ahora, cuando más lo necesito, sigo sin hacerlo.

—No muy allá —respondo.

—Mark te quiere, lo sabes —comenta Bec.

—No lo suficiente.

Una mañana, hace años, cuando era adolescente, Lucia me llevó a su dormitorio. Señaló hacia una enorme obra de arte colgada sobre su cama, el lienzo saturado de pegotes negros, dorados y bermellones. Tiró de mí para que me sentara a su lado encima del nórdico y me dio un achuchón. Me dijo que nunca había sido capaz de explicarse cómo su exmarido, Mario, había manipulado los colores de tal manera que con una luz parecía representar un atardecer otoñal y con otra una imagen de sangre manando de una herida en carne viva.

«Cuando elijas un marido, ten cuidado —señaló—. Asegúrate de que no haya nada que quiera más que a ti».

La voz de Bec se deja sentir por encima del estridente timbrazo de aviso a las enfermeras:

—Escúchame, Sash. Mark es un pedazo de pan. Mejor que la mayoría de los hombres. El matrimonio es lo que te hace superar los malos rollos. Lo bueno ya viene rodado. Recuerda: no hay matrimonios perfectos.

Lucia sacaba el álbum de su boda una vez al año en su aniversario. Conforme examinaba atentamente las fotografías del día de la boda, contaba anécdotas sobre las conquistas de Mario a lo largo de los años. Miriam. Bernadette. Carolina. Un montón. Ella sabía cómo era él antes de casarse. Cada dos por tres nos venía con la cantinela de lo que había aprendido después de diez años de matrimonio: «Las personas no cambian, pequeñas. Solo revelan quienes son en realidad».

Bec aguarda una respuesta. Logro decir con voz ronca:

—Para ti es fácil decir eso. Adam es, con diferencia, mejor marido que Mark.

—No, te equivocas, Sash. Adam trabaja noventa horas a la semana. Duerme en la oficina la mayoría de las noches. Llevamos meses prácticamente sin vernos. Yo daría lo que fuera por tener un marido como Mark.

Siempre me ha parecido que Bec y Adam eran la pareja perfecta, que Adam era el marido perfecto. Cuando él tenía el detalle de colgar mensajes por su aniversario en Facebook, yo le daba un codazo a Mark en las costillas. Cuando le regaló un coche a Bec por su cumpleaños, se me revolvieron las tripas. Cuando Bec comentó que Adam estaba ocupándose de todas las tareas domésticas a raíz de que ella abortara, me puse como una energúmena con Mark: «Tú ni siquiera has derramado una lágrima».

Mark me fulminó con la mirada hasta helarme la sangre. «¿Y tú qué sabes?». Tenía la mirada tan sombría que jamás volví a mencionarlo.

Bec resopla.

—Bueno, el trabajo me reclama. Empieza a poner en práctica nuestro plan mañana mismo. Hasta que volvamos a hablar, Sash..., por favor, cuídate.

Día 5

Miércoles a primera hora de la mañana

Envuelvo a mi bebé entre mis brazos y lo acurruco contra mi pecho. Mark, con el brazo alrededor de mi hombro, me contempla con adoración. Hace un cálido día de verano. Una suave brisa me acaricia el cuello mientras estamos sentados uno al lado del otro en el banco del parque que hay junto al lago cerca de casa. No podía ser más perfecto.

Entonces se pone a llover. Los goterones caen pesadamente sobre mi cuero cabelludo, mis brazos, mi cara. Me da un escalofrío. Alargo la mano para cubrirle la cabeza a mi bebé, para resguardarlo del chaparrón, pero al bajar la vista compruebo que tiene el pelo cubierto de coágulos cárdenos. A mi derecha, torrentes de líquido rojo resbalan por la cara de Mark, sus labios congelados en un grito silencioso. Mi cuerpo comienza a descomponerse, mi piel, mis músculos y mis huesos se disuelven en color granate, y mi hijo se me resbala de entre los dedos. Caigo a su lado en el charco que hay bajo el banco, ambos en un reguero de sangre.

Me despierto sobresaltada por la pesadilla. Me quedo paralizada, tomando bocanadas de aire. Estoy en la cama de la unidad materno-infantil. No en casa. Aún no.

Un ruido procedente del armario, y seguidamente el plof de algo que cae al suelo. Vetas de luz del amanecer penetran por entre las cortinas descorridas, traspasando la polvorienta ventana, iluminando a Mark, que está de rodillas con un patente aire culpable junto a mis pertenencias amontonadas.

—¿Qué estás haciendo?

—Podría preguntarte lo mismo. —Deja caer al suelo la última prenda del estante de abajo del armario—. Dime dónde están, Sash, y me iré.

Me había traído esa ropa de casa, tal y como le pedí. Vaqueros, pantalones de chándal, camisetas, cortavientos, mi ropa cómoda. Ahora todo está hecho un revoltijo en el suelo.

—¿Qué demonios estás haciendo con mis cosas?

Mete la mano en el bolsillo de su chaqueta, saca bruscamente dos trozos de papel arrugados y los deja caer encima de la mesilla de noche. El programa de la doctora Niles, con mis anotaciones sobre las pruebas de ADN garabateadas al dorso.

—¿De dónde has sacado eso?

Deja caer los brazos a los lados.

—La otra noche. Lo encontré aquí.

—¿Y cómo has entrado ahora?

—Les he dicho a las enfermeras que necesitaba verte urgentemente. Estoy aquí para ayudar. Para buscar las pruebas de ADN. Para protegerte de ti misma.

—No necesito protección. —Me incorporo—. Mark, sabes que ya no siento la necesidad de hacer las pruebas.

—Menos mal que ya he mandado las muestras de ADN. Lo que no debe descubrir es la bolsa con cierre hermético, el cordón umbilical de Gabriel escondido dentro, a buen recaudo en el bolsillo de mis vaqueros. Mark ya los ha tirado al suelo.

Nos interrumpe un clic en la puerta. La doctora Niles entra con aire resuelto, los hombros hacia atrás, la cabeza erguida. Se queda mirando mis cosas, desperdigadas como mortajas por la habitación.

—Mark está echándome una mano con la ropa sucia —explico.

La doctora Niles dirige la mirada de uno a otro con la cabeza ladeada. Mark recoge mi ropa a puñados y se pone a meterla de nuevo a empellones en el armario.

—¿Puedo hablar a solas con Sasha? —pregunta la doctora Niles—. Es la hora de nuestra charla matutina.

Quiero fingir que nada de esto está sucediendo: la confusión con mi bebé, mi confinamiento en una unidad materno-infantil, el hecho de que mi marido no me apoye, de que por lo visto mi madre está muerta. Deseo estar en cualquier parte menos aquí.

Mark dirige la mirada hacia el programa de la doctora Niles que yace sobre la mesilla de noche. Suspira y me mira de soslayo al darse la vuelta. Mark no es mi príncipe a caballo; nunca lo será.

—Estoy contigo, Sash —me dice—. Pase lo que pase.

A tenor del aire indignado con el que sale de la habitación, cuesta imaginar que sus palabras tengan mucho peso.

Sentada en la silla que hay bajo la ventana, la doctora Niles se rasca la nuca.

—Da la impresión de que está evolucionando, Sasha. Su habitación parece una leonera, pero —comprueba las anotaciones sobre su regazo— se está relacionando aquí. Trabando amistades, creo.

¿Amistades? Ondine es una conocida, una compañera en este horripilante viaje. Mis amistades son personas a las que podría confesar detalles íntimos de mi vida, mi matrimonio, mis esperanzas y temores. Tardaré un tiempo en incluir a Ondine en esa categoría. Con todo, si eso es lo que la doctora Niles desea que crea, me figuro que deberá servirme para que me den el alta antes.

La cara de Bec aparece fugazmente ante mí, un recordatorio de mi misión. Es preciso que compruebe la coartada de la doctora Niles.

—¿Se acuerda del día en que me ingresó aquí?

Asiente con aire perplejo.

—¿Puedo preguntarle por qué llegó tarde a verme?

Se le ensombrece el rostro.

—Tenía un compromiso personal que se alargó hasta la tarde. Le vuelvo a pedir disculpas. Vine en cuanto pude.

Continúo dándole vueltas en la cabeza a aquella llamada que había hecho la doctora Niles, sobre una transferencia de embriones. Merece la pena formular una última pregunta.

—¿Le gustaría tener hijos, doctora Niles?

Ella frunce el ceño.

—¿Por qué le interesa tanto saberlo, Sasha?

—Entiendo que alguien desee tener hijos —respondo.

—Yo también, Sasha. A veces no queda más remedio que asumir que no podemos tener las cosas que más deseamos. —Carraspea—. Pero lo que nos atañe aquí es usted y sus necesidades. Tal vez pueda darme más detalles acerca de su deseo de ser madre.

No concibo que tenga algo que ver con el intercambio de bebés.

—Creo que Mark siempre deseó tener un hijo más que yo.

—Entiendo. —Se toquetea la gastada alianza de oro mientras habla—. Me da la sensación de que las cosas con Mark están... ¿tensas?

—Tenemos nuestros días. Igual que cualquier matrimonio.

—Puede ser —dice la doctora Niles—. Y en su opinión, ¿qué le ata a este matrimonio? ¿Qué le aporta Mark que le haga seguir a su lado?

Me dejo caer pesadamente contra las almohadas. Solía contar con una lista en mi cabeza para las ocasiones en las que me daban ganas de poner fin a la relación. Me hace reír *(en raras ocasiones)*. Será un padre increíble *(si es que alguna vez me quedo embarazada)*. A estas alturas todos los hombres que merecen la pena ya están pillados *(aunque seguramente alguno quedará)*.

¿La verdad? Mis años de fertilidad habían quedado atrás como las miguitas de pan de Gretel y se las habían comido los pájaros. En mi fijación por quedarme embarazada, había pasado por alto dejar un rastro para mí misma que me condujera a casa. Por nada del mundo iba a criar a un hijo sola. Quedándome con Mark, con la posibilidad de su esperma, todavía tenía una oportunidad para salir del bosque.

—¿Cómo piensa que se lo tomará Mark si le dan el alta?

¿«Se lo tomará»? ¿Está de coña?

—Estupendamente.

Enarca las cejas. A lo mejor estaba en lo cierto al sospechar que Mark era el responsable de que yo estuviera aquí. ¿Considera que soy una esposa desequilibrada, un estorbo para su trabajo? ¿Para su relación con el bebé que según cree es su hijo? ¿Preferiría que continuara ingresada de momento?

Mark había accedido a acompañarme a terapia de pareja sin poner objeciones. Supongo que no debería quejarme.

Muchos maridos se habrían opuesto tajantemente. Al menos Mark estaba dispuesto a asistir.

Tras dos intentos fallidos de encontrar a un consejero matrimonial lo bastante bueno, elegí a Kate al azar buscando en internet. Su nombre inspiraba confianza. Además, en la fotografía de su página web reflejaba sinceridad. Esperaba haber acertado.

Después de escucharnos a los dos, Kate expuso nuestra relación en una cronología definida: club de jazz, boda, infertilidad, abortos. Al final del resumen de Kate, Mark se puso a hablar de su ansia de tener un hijo. El corazón empezó a latirme con tanta fuerza que estaba convencida de que ambos podían oírlo. Mark se abstuvo de decirle a la terapeuta que estábamos haciendo un paréntesis en nuestros intentos. Yo me abstuve de decirles a los dos que no tenía intención de retomarlo. ¿Mi sueño de tener un bebé? Ya estaba empezando a dejarlo correr.

«No le reprocharía a Mark que me abandonase —dije cuando Mark hizo una pausa para tomar aliento—. Si fuera él, seguramente me habría marchado en vista de las circunstancias. Las cosas serían más llevaderas con otra persona. Con una mujer más fértil. Con una esposa más fértil».

«Es importante que permanezcan centrados el uno en el otro, en sus puntos fuertes como pareja —comentó Kate antes de que Mark interviniera—. Ninguna relación es fácil, especialmente con hijos. Y aun estando los dos solos, siguen siendo una familia. Pueden servirse de mutuo sostén de la misma manera que lo harían con un hijo».

Era un sabio consejo. Sin embargo, con las largas e irregulares jornadas de Mark como chef y su ansia de tener un hijo a toda costa, cada vez estaba más claro que me consideraba, en vez de su mujer, la portadora de su hijo. Se volcó en el trabajo con más energía de la que jamás le había puesto a nuestro matrimonio, como si deseara evadirse de nuestros problemas. Al margen de lo que nos deparara el futuro, yo sabía que continuaría a mi lado por obligación. Sin embargo, un marido no era lo que yo deseaba..., no sin verdadero amor.

Al cabo de tres semanas, justo antes de la siguiente cita con la terapeuta, froté el vaho del espejo de nuestro cuarto de baño. Al contemplar mi reflejo, súbitamente sentí náuseas. Acto seguido, una fuerte punzada me atravesó las entrañas cuando las tripas se me estrujaron como una esponja. Me giré hacia el inodoro y vomité. De rodillas junto a la taza del váter, repasé las fechas de mi periodo. Estaba tan acostumbrada a que la clínica controlara mis ciclos que no me había dado cuenta de que se me había retrasado.

En un acto reflejo, alargué el brazo para coger los test de embarazo del cajón de abajo del armarito del baño. La mano me temblaba mientras sujetaba el bastoncillo bajo el chorro de pis claro. La segunda línea se puso rosa.

Me quedé abatida durante un fugaz instante. Ya no me separaría de Mark. A continuación me sentí pletórica. Segura de que las cosas no podían sino ir a mejor entre Mark y yo ahora que nuestros planes de tener un bebé se habían hecho realidad.

Aplacé la cita con la terapeuta aduciendo una excusa pobre, no sé qué sobre que necesitaba más tiempo para reflexionar sobre los puntos fuertes de nuestra relación. Mark se lo tomó al pie de la letra. Le oculté mis náuseas matutinas y esperé hasta las doce semanas de embarazo para darle la noticia. No tenía sentido que se hiciera ilusiones de nuevo.

«La ecografía es mañana —dije, mientras cortaba rodajas de lima de pie junto a la encimera de la cocina—. Por eso ya no tenemos que seguir yendo a terapia de pareja».

«Supongo que no —contestó, con el ceño ligeramente fruncido—. Felicidades, Sash».

Las limas cortadas brillaban como esmeraldas cuando tiró de mí y me levantó en volandas, abrazándome con fuerza. Yo estaba feliz, ¿o no? Al fin y al cabo, era por lo que habíamos luchado, lo que habíamos esperado y soñado durante tantísimo tiempo.

Día 5
Miércoles por la mañana

Camino a toda prisa por el pasillo, con la esperanza de que no pongan un negativo junto a mi nombre por mi impuntualidad. Cualquier desliz podría retrasar mi alta. Y salir de aquí —e irme a casa— es crucial para recuperar a Gabriel. Será preciso que me consideren mentalmente capacitada para que me permitan tener su custodia. La actividad prevista para hoy es el yoga. Aunque no podré participar con la cesárea tan reciente, me figuro que a la doctora Niles lo que le interesa es la asistencia.

Durante muchísimo tiempo, el yoga fue mi técnica de relajación. Me encantaba el calor que desprendían mis músculos al mantener las posturas, el hormigueo de la respiración fluyendo a través de mi cuerpo, el rubor de mi piel al término de la clase. Es decir, hasta que me quedé embarazada, cuando el menor movimiento me provocaba una punzada de dolor lacerante que me atravesaba la pelvis, aun cuando la profesora me instaba a que colocara las piernas más en alto sobre la pared, que integrara el malestar y sintiera la quemazón.

Al entrar en la sala de recreo, las mujeres me miran fugazmente mientras mantienen la postura del guerrero. Han extendido una alfombra con esterillas de yoga azules y las sillas están apiladas contra la pared del fondo al lado de las estanterías de libros. Cojo una esterilla y suelto un leve quejido sin querer al sentir una punzada en mis puntos. Como de costumbre, al parecer he sobreestimado mi capacidad.

La profesora me anima a tenderme de espaldas, cerrar los ojos y meditar sobre mi cuerpo después del parto. Meditar sobre mi cuerpo después del parto... ¿Se supone que es una broma?

Me relajo sobre la fina esterilla de goma, cerca de las ventanas, y pongo las manos sobre mi pecho, observando su movimiento ascendente y descendente con cada respiración. Las mujeres que hay alrededor exhalan, adoptando grácilmente distintas posturas: gato, árbol, mesa.

En la ventana, frondas de helechos arañan el cristal. Percibo una fugaz sombra con los ojos cerrados. Al abrirlos, veo a Ondine, la cara sofocada con manchas enrojecidas, saliendo de puntillas de la sala. La profesora, con el trasero en pompa en la postura del perro boca abajo, no se ha percatado.

Me pongo de costado y me levanto despacio. Las demás mujeres mantienen la postura invertida; en conjunto evocan la estampa de una cadena montañosa. Yo jamás tuve tanta agilidad como estas mujeres. Las dejaré con sus gatos y árboles.

Al salir cierro la puerta de la sala de recreo con un clic. Se oye un sollozo amortiguado procedente del cuarto de baño del pasillo. Empujo para abrir la puerta y entrecierro los ojos al deslumbrarme el reflejo de la luz en las baldosas. El bolso de Ondine yace sobre la encimera del lavabo; de la abertura asoma un sobre de color ocre.

—¿Estás bien?

—Sí. —Su voz tiene un dejo ronco, nasal, desde el otro lado de la puerta del habitáculo.

—¿No te gusta el yoga?

—No mucho. —Suelta una tenue risotada. Cuando sale del servicio, tiene la cara empapada de lágrimas—. Es que acabo de recibir una larga carta —dice, al tiempo que empuja el sobre para meterlo bien en el bolso—. De Zach. Quiere verme. Y quiere traer a Henry.

—Es una noticia estupenda. ¿Cuándo os veréis?

—No lo sé —responde, mientras se lava las manos—. Después de lo ocurrido, es duro. Tengo ganas de verlos a los dos. Tengo ganas de estar con Henry. Pero tengo miedo.

—¿De qué tienes miedo?

Se pone pálida.

—De que se me vuelva a pasar por la cabeza matarlo.

—Dime a qué madre nunca se le ha pasado por la cabeza matar a su hijo —comento—, aunque solo sea durante una milésima de segundo. Por rabia. O miedo. Pero entre lo que se piensa y lo que se hace hay un abismo, Ondine.

—Pero lo hice —replica, en un tono tan bajo que tengo que encorvarme para entenderla—. Lo intenté. —Se pega firmemente el bolso al pecho y suelta un profundo sollozo—. Llevaba un mes sin apenas pegar ojo. Henry estaba berreando. Había ensuciado el pañal por décima vez ese día. Le preparé un baño. Lo tenía en brazos cuando me lo imaginé bajo el agua. Su cara, sumergida. Qué tranquilo estaría. No daría el menor tormento. —Toma una bocanada de aire—. Zach entró justo cuando lo estaba sumergiendo bajo la superficie. Él presintió que algo iba mal al irse a trabajar aquella mañana.

Me arrebató a Henry de los brazos y le hizo el boca a boca.

—Se estremece—. Al menos Zach ha retomado el contacto conmigo, aunque solo sea por carta. Y por lo visto Henry se pondrá bien.

Un escalofrío nos recorre al posar mi mano sobre la suya.

—Espero que puedas perdonártelo algún día —digo, sin saber a ciencia cierta a quién me refiero.

Ella esboza una sonrisa burlona.

—Me figuro que nunca ganaré el premio a la mejor madre del mundo.

—Eres lo suficientemente buena. —Cuando Ondine se pone derecha delante del espejo, por fin empiezo a creer eso respecto a mí misma.

—Por lo menos fui sincera —comenta—. En un primer momento, le dije al personal que estaba tan cansada que se me resbaló al agua.

—¿Qué te hizo decirles la verdad?

—No quería seguir mintiendo. —Se queda cabizbaja.

—Ser sincero siempre facilita las cosas. Y Henry te necesita. Cuando estés preparada, deberías verlo. Él se alegrará mucho de verte.

Sus mejillas se fruncen al esbozar una tenue sonrisa.

—Seguro que no tardaré mucho en sentirme mejor. La doctora Niles dice que las pastillas empezarán a hacerme efecto pronto. ¿Te estás medicando?

Hago una pausa y me fijo en la piel seca y agrietada de mis dedos, resecos por el jabón antiséptico del nido.

—En teoría sí, pero no he estado tomándomelas.

—¿No?

—No soporto la medicación. No se lo dirás a nadie, ¿verdad?

—Claro que no.

Ondine es digna de confianza. Es una aliada. Me cree.

—Saltémonos el resto de la clase de yoga —propongo—. Se me ocurre una idea mejor. ¿Te gustaría conocer a mi bebé? —Tengo ganas de presumir de él.

—Me encantaría —responde Ondine, y se pasa la manga del jersey por las mejillas—. Vamos a ver a tu bebé.

La puerta corredera del nido se abre. Se oyen llantos de bebés procedentes de todos los rincones, sus estridentes plañidos ahogan los tenues pitidos y zumbidos de la maquinaria. Las luces fluorescentes de las pantallas parpadean en todos los colores del arcoíris. Me tapo la nariz para no oler a pañales sucios y a leche de fórmula infantil cortada.

—Por aquí.

Conduzco a Ondine hasta Toby, que yace inmóvil hecho un ovillo, con el pecho agitándose arriba y abajo en su cubículo de plástico.

—Este es el bebé que según ellos es el mío.

Ella se asoma a la incubadora y se fija.

—No es tuyo, estoy de acuerdo.

—No dirás nada, ¿verdad? —pregunto de repente—. No quiero poner a nadie en alerta todavía.

—Por supuesto que no. —Parece casi ofendida por habérselo advertido—. Bueno, ¿y dónde está tu bebé?

No hay visitantes junto a las incubadoras próximas; tampoco enfermeras. Me llevo el índice a los labios y apunto hacia donde yace Gabriel.

Ondine cruza el pasillo de puntillas, se agacha delante de la incubadora y se pone a lanzar miradas fugaces de Gabriel a mí.

—Es tu vivo retrato.

Sonrío.

—Ya.

—Felicidades —dice—. Deberías estar muy orgullosa. Es precioso. —Me conduce suavemente hasta la incubadora de Toby.

—He estado devanándome los sesos sobre cómo pudo haber ocurrido —explico—. En Francia se dio un caso en el que la enfermera confundió los bebés sin querer. No sé, las pulseras identificativas pudieron soltarse y luego se equivocaron al volver a ponerlas, ¿no es cierto?

—Supongo. Aunque da la impresión de que aquí el protocolo es bastante estricto. Todas las enfermeras que he conocido en la unidad materno-infantil son muy puntillosas. Sería prácticamente imposible que se produjera una confusión accidental.

—Pero somos humanos, ¿no? O sea, todos cometemos errores.

Al echar un vistazo al brillante pelo de Toby, a su nariz chata, a sus ojos de un gris azulado, me quedo atónita al comprobar lo mucho que se parece a Damien. La voz del abogado resonando en la sala del tribunal forense todavía retumba en mi cabeza en la oscuridad de la noche: «¿Recuerda que los padres de Damien le advirtieran de que tenía un extraño moretón detrás de la oreja derecha la noche en cuestión?».

En el estrado, contengo la respiración y me aferro a la barandilla de madera para reprimir el temblor de mis manos.

A día de hoy, sigo teniendo mis dudas sobre la respuesta correcta. Y aún no estoy convencida de haber tomado la decisión acertada respecto a mi respuesta.

Levanté ligeramente la cabeza y, con las manos aferradas con fuerza a la barandilla, respondí con decisión: «¿Que si vi el moretón? No lo recuerdo».

Ondine abre uno de los ojos de buey de la incubadora de Toby e introduce la mano con delicadeza. Mete la uña del dedo índice por debajo de la pulsera identificativa de su muñeca y tira.

—Está bien sujeta, Sasha. Es difícil de romper. Y es imposible que se suelte.

—Podría cortarse, ¿no?

—Eso implicaría una intención. —Posa la mano sobre la frente de Toby—. ¿Quién diablos querría hacer algo así?

Aliento cálido sobre mi nuca. Es Mark. No me he dado cuenta de que ha entrado en el nido. Da la impresión de que no nos ha oído. Se dirige a Ondine:

—Hola, soy Mark, el marido de Sasha.

Ondine sonríe.

—Hola, soy una amiga de Sasha. —Posa la mano sobre la mía—. Os dejaré solos. Estoy segura de que tenéis mucho de que hablar.

Mark se queda mirándola conforme se aleja y acto seguido mira a Toby y le atusa el pelo. Yo me hundo en la silla al lado de Toby.

—Tengo una buena noticia que darte, Sash —dice, esbozando una sonrisa; un mechón de pelo le cae por la frente—. No me dio tiempo a comentártelo la noche del parto. Me han ofrecido participar como accionista en el negocio. Es una magnífica oportunidad para asumir responsabilidades en la gestión del restaurante. Para darle un nuevo enfoque. Tal vez un pelín más selecto.

Sus iris tienen la tonalidad parda de las aguas termales donde nadamos hace años en el desierto del centro de Australia. El estanque parecía poco profundo desde la orilla, y sin embargo, cuando intentamos poner los pies en el fondo, la corriente nos empujaba continuamente a la superficie, impul-

sados por enormes burbujas de gas subterráneas que emana-
ban del lecho, hasta que no tuvimos más remedio que quedarnos flotando boca arriba en la emulsión arenosa. Fue
divertido flotar a la deriva, sin nada sólido bajo nuestros pies.
Sin lugar seguro donde tomar tierra.

—Pero si ni siquiera te gusta lo que sirven allí. ¿No pre-
fieres la comida orgánica? ¿Y qué me dices de lo de montar tu
propio café? ¿De tu sueño?

A Mark se le arruga la frente.

—Deseché esa idea hace tiempo, Sash.

—Pues no me lo habías dicho.

Frunce el ceño.

—No te interesaba.

Agarro con fuerza los reposabrazos. ¿Cuándo se con-
virtió en un extraño?

—Pero pensaba que seguía siendo tu sueño.

Los labios de Mark se inclinan hacia abajo al tiempo que
se encoge de hombros.

—Supongo que entonces tengo que felicitarte —añadó.

—Les dije que lo hablaría contigo antes de aceptar.

—Me parece que no hay nada más que hablar.

—Entonces, estupendo. Listo. Más adelante ganaremos
mucho más dinero.

¿Se pone a pensar en el dinero en un momento como
este?

—Bastará con que te quedes en casa con Toby más tiempo del que habíamos previsto. Solo si te apetece, claro está.
No quiero que te sientas obligada a hacer nada.

Me apetece quedarme todo el tiempo del mundo con
Gabriel.

Y, cuando me lo lleve a casa, no se me ocurrirá volver a
separarme de él jamás.

Día 5

Miércoles a la hora del almuerzo

Al levantar la vista me topo con Brigitte delante de mí, con la cara tan lívida como la espuma de mar. No había reparado en su presencia. Llevo de pie junto a la incubadora de Gabriel seguramente una hora, pero me da la sensación de que han pasado escasos segundos desde que Mark salió para llamar por teléfono al trabajo.

—Tu bebé es precioso —comento, contenta de decir al menos una verdad a medias. Pero percibo algo más. Tiene la piel del color de las mandarinas maduras, un tono demasiado oscuro para haber nacido hace cinco días. Sin embargo, las luces azules fluorescentes no están encendidas—. ¿Están las enfermeras al corriente de que la ictericia de Gabriel ha empeorado?

Ella levanta la vista con los ojos entornados.

—¿Gabriel?

Aparto la mano de la incubadora.

—Perdona, quería decir Jeremy. Perdona. Mi hermana acaba de tener un bebé, Gabriel.

—¿Hermana? Pensaba que me habías dicho que eras hija única.

Mierda, no se le escapa una.

—Bec es mi mejor amiga. Crecimos juntas. Es como una hermana.

Asiente, aparentemente satisfecha.

—Gabriel es un nombre precioso.

Brigitte dobla la colcha de Gabriel y la deja sobre la mesa. Ojalá fuera yo quien alineara los bordes para doblarla. Los colores realzan el azul de sus ojos. Estará precioso envuelto en ella cuando me lo lleve a casa.

—Las enfermeras le han hecho un análisis de sangre —dice—. Si los resultados están bien, espero que le den el alta el viernes.

Al menos da la impresión de que lo están atendiendo como es debido. Pero ¿siguen barajando el viernes? Solo quedan dos días. Yo esperaba que pospusieran la fecha del alta para el fin de semana. Los resultados de ADN no estarán para el viernes de ninguna de las maneras. ¿Y seguro que no se corre ningún riesgo al mandarlo a casa con este aspecto?

—Lo malo es que no he conseguido ponerme en contacto con John. Él no tiene la menor idea de nada de esto.

Su marido, me explica, actualmente está destinado en la remota Papúa Nueva Guinea, sin cobertura de móvil. No regresará por lo menos hasta dentro de una semana.

—Se va a llevar una sorpresa cuando descubra que se ha perdido el parto —comento.

—Seguro. Él eligió el nombre. Va a sentir adoración por nuestro bebé.

Lo mismo que Mark cuando llegue a asumir la verdad.

Brigitte posa la mano sobre la colcha doblada de Gabriel.

—Durante mucho tiempo, todo apuntaba a que no conseguiríamos tener un hijo. Yo siempre lo achacaba a las minas. Al calor, al polvo, a los químicos que estaban echando a perder el esperma de John. Ahí fue cuando comencé a interesarme por el estilo de vida y la alimentación. Experimentamos con algunas cosas. Me puse a estudiar naturopatía. —Posa la mirada en Gabriel—. Ahora fíjate.

—¿No te resulta duro que tu marido se ausente con tanta frecuencia?

—No. La verdad es que no. Le conceden un permiso cada tantos meses. Y la compañía me costea los viajes para ir a verlo a destinos exóticos varias veces al año. Pasamos la luna de miel en Timor Oriental. —Sonríe de satisfacción—. De todas formas, opino que tener a la pareja en casa está sobrevalorado. Mis amigas siempre están refunfuñando sobre sus maridos. Yo valoro de verdad cada instante que paso con John cuando está en casa. —Hace una pausa—. Bueno, ¿y tú qué? ¿Alguna vez te incordia tu marido?

Examino la vieja foto de nuestro viaje al centro de Australia que Mark ha pegado con Blu-Tack en la pared que hay junto a la incubadora de Toby. Aparecemos los dos en cuclillas junto al lago Eyre a pleno caudal. El agua se extiende en todas las direcciones en un radio de kilómetros como si fuera infranqueable, y sin embargo nos llegaba hasta el tobillo.

—Mark y yo estamos teniendo nuestros más y nuestros menos.

Brigitte se tira de su larga trenza.

—Nadie lo diría. ¿Viene de largo?

Rara vez hablo de mi matrimonio con nadie salvo con Bec, pero mantenerse a la espera en este nido durante horas y horas crea una intimidad forzada. Cada vez me cuesta más callarme las cosas.

—Supongo que comenzó con las dificultades para quedarme embarazada. Todos aquellos años pensando que jamás seríamos padres...

—Pero tiene arreglo, ¿no? —ataja.

Me vuelvo para soltar mi tensa coleta.

—Supongo que sí.

—O sea, no querrás criarlo sola, ¿verdad? No mientras puedas evitarlo, ¿no?

Criarlo sola. Palabras que jamás imaginé que pudieran hacer alusión a mí. Durante años pensé que sería totalmente incapaz de ser madre. Al fin y al cabo, no me habían enseñado a serlo. ¿Sería capaz de mantener el tipo a pesar de que todo me sobrepasase? Cuando finalmente me hice a la idea de la maternidad, confiaba en que Mark fuera un padre lo bastante bueno, el que compensaría todos mis fracasos. La idea de criar sola a un hijo —de ser la única progenitora en el hogar—, siempre me ha puesto los pelos de punta. Fui testigo de lo que le costó a mi padre. No sé si yo sería mínimamente mejor que él a la hora de satisfacer las necesidades emocionales de mi hijo.

—A mí me crio mi madre sola —prosigue Brigitte sin esperar mi respuesta—. No me malinterpretes, fue estupendo. No obstante, no es lo que deseo para mi hijo. ¿Sabes? Es curioso, pero hasta ahora jamás se me había pasado por la cabeza que hubiera gente que pudiera ver mi vida como la de una madre soltera. Me refiero a que, cuando John está de viaje, yo me quedo sola en casa semanas enteras.

—¿No te sientes sola?

Niega con la cabeza.

—¿Y no te da miedo estar sola por la noche?

A Brigitte se le empalidecen aún más las mejillas al coger las agujas de punto y la pieza rectangular de lana tejida.

—Algunas noches.

—Porque tienes un bebé.

—Sí, y después de... —Apoya la lengua contra el acusado hueco de los dientes de delante como si quisiera interrumpir el flujo de las palabras, y acto seguido añade en voz baja—: Tuve una mala experiencia. Antes de quedarme embarazada sufrí un percance terrible. Gracias a Dios, ya es agua pasada. Estoy deseando empezar de cero. —Da un leve respingo—. ¡Maldita sea! —Deshace una puntada y después continúa tejiendo—. Lo único que deseo es que Jeremy esté bien —concluye.

No va a tomárselo nada bien cuando la ponga al corriente de la confusión de bebés. Es del tipo de noticias que nadie desea recibir. Pero será preciso que lo sepa pronto, y cuando llegue la hora será imposible suavizar la verdad.

Brigitte lía la hebra de lana en la madeja de cualquier manera.

—¿Y qué tal Toby? —Bajo su tono alegre subyace un poso de desesperación.

Cruzo el pasillo, poso la palma de la mano sobre la colcha naranja que hay encima de la incubadora de Toby con aire posesivo y me fijo otra vez en la fotografía donde aparecemos Mark y yo.

—La verdad es que estupendamente, gracias.

Si llegara el caso, podría criarlo sola. «No te preocupes, Gabriel. Seré una buena madre. Conmigo estarás a salvo». En cuanto pueda demostrar que es mío. Pero ¿cómo voy a conseguir la prueba que necesito antes del viernes? No tengo tiempo para hacer el tonto con esta trama detectivesca. Necesito un plan más concreto.

—Me alegro de que Toby se encuentre tan bien —comenta Brigitte—. Nuestros bebés. A fin de cuentas, esa es la única razón por la que estamos aquí.

Estoy sentada en el rincón más apartado de la cafetería del hospital, donde las ventanas están cubiertas de telas metálicas blancas. Se oye el tenue murmullo de las conversaciones de los miembros del personal sanitario. En otras mesas, los visitantes dan sorbos a los capuchinos y mordisquean dulces. En el extremo opuesto de la cafetería, apenas visibles detrás de unas columnas, dos mujeres juegan al cucú con sus bebés en las rodillas. No tengo permiso para estar aquí —órdenes de la doctora Niles—, pero necesito airearme de los confines del nido y la unidad materno-infantil. Y necesito privacidad para lo que estoy a punto de hacer.

Llamo a DNA Easy. Jim responde al primer tono de llamada.

—Estoy desesperada, Jim —digo—. Necesito los resultados de ADN.

—Por supuesto —contesta. Consulta la base de datos—. Veo que los resultados se han enviado hoy.

¿Ya, antes de lo previsto? Es una magnífica noticia.

—¿Cuándo llegarán?

—Garantizamos que en dos días laborables, de modo que el lunes como muy tarde.

—El lunes es demasiado tarde —objeto—. ¿No puede leérmelos por teléfono sin más?

—Lo siento —responde Jim—. Por motivos legales, solamente podemos facilitar los resultados por escrito.

Se me cae el alma a los pies.

—No. Necesito esos resultados para hoy sin falta. ¿Puede mandármelos por correo electrónico, por favor?

El tono de voz de Jim se endurece.

—No consta una dirección de correo electrónico en el formulario. Me temo que nuestra política es sumamente estricta en este sentido.

Olvidé rellenar una casilla, y debido a mi descuido y a una burocracia absurda cabe la posibilidad de que retrase el reencuentro con mi hijo.

—Le pido disculpas —añade Jim.

Veo que en la pantalla de mi móvil se ilumina el número de mi padre.

—Olvídelo —le digo a Jim, y respondo a la llamada de mi padre.

—Papá. —Remuevo la espuma blanca de mi chocolate caliente en el líquido marrón.

—Sasha. Hay algo que tengo que contarte. Tenía intención de decírtelo ayer, pero...

Se le apaga la voz. ¿Qué otra bomba me va a lanzar? Lo único que oigo es su respiración durante unos segundos hasta que añade:

—Tu madre te quería. Sé que no desearía que tuvieses un mal concepto de ella. Hizo lo que pensó que era lo mejor. Para nosotros dos.

—No entiendo —tartamudeo—. ¿Qué estás tratando de decirme? —No obstante, una parte de mí lo anticipa y no quiere escucharlo.

—Ella..., ella se tomó unas pastillas, Sasha. Se tomó la caja entera.

El murmullo monótono de la cafetería se apaga. «Pastillas». Las recuerdo, un popurrí de colores bonitos, esparcidos sobre la colcha como un arcoíris.

El dolor tarda unos instantes en asestarme el golpe. Mi madre se suicidó. Le resultaba insoportable vivir, ni siquiera por mí. Yo no le bastaba.

—Te lo estoy contando ahora únicamente porque no quiero que te pase nada.

Suelto la cucharilla en el plato de golpe.

—Yo no soy como ella —me oigo decir a mí misma—. Nunca he sido como ella.

Yo no fumo. Yo no tengo depresión posparto. Yo no abandonaré a mi hijo. No me suicidaré bajo ningún concepto. Hubo un tiempo, sin embargo, un tiempo oscuro y solitario en el que se me pasó por la cabeza esa posibilidad.

A raíz de la investigación por la muerte de Damien, hacía de tripas corazón para ir a trabajar cada día, veía a niños que no estaban enfermos e intentaba infundirles confianza a sus padres con una sonrisa. Por las noches, volvía a casa y me desplomaba en el sofá delante del televisor. Hubo un día en particular que se me hizo más cuesta arriba que la mayoría. Un bebé con rizos castaño claro, aquejado de neumonía, que me recordó a Damien. Mientras lo auscultaba, me encontré junto a Damien de nuevo, viendo cómo la ambulancia volvía a trasladarlo a la sala de urgencias. Era la mañana siguiente a cuando lo había reconocido por primera vez. Todavía estaba consciente, pero cubierto con la erupción púrpura de la septicemia meningocócica, placas bacterianas en el torso, en la cara, hasta en sus mustios párpados. Sus ojos reflejaban miedo, como los de un animal que sabe que está a punto de morir.

Al terminar de atender al bebé con neumonía, fingí que tenía migraña y me marché del trabajo pronto. Fui al garaje antes de la hora a la que Mark acostumbraba a llegar a casa. Puse la escalera de mano más grande que teníamos bajo las vigas. La cuerda estaba detrás del calentador. Cuando estaba haciendo amago de cogerla, Mark me sujetó por detrás.

«Sash, ¿qué estás haciendo?». Me arrebató la cuerda de las manos de un tirón. «Anda, ven conmigo».

Me llevó a rastras a la cama, nos arrebujamos bajo el nórdico y se tendió a mi lado para acurrucarme entre sus brazos. A la mañana siguiente no había rastro de la escalera ni de la cuerda.

Al volver la vista atrás, no sé si me habría atrevido a dar el paso. No creo que hubiera sido capaz. Pero lo único que deseaba era que cesara el dolor que me acribillaba la cabeza, que desapareciera el nudo que tenía en las entrañas, que se mitigara la congoja que me oprimía el pecho. Quería que me tragase la tierra.

Mark no me lo había permitido. Ahora la certidumbre me golpea: él seguramente estaba al corriente de lo de mi madre. Lo sabía desde un principio y también me lo ocultó.

—¿Sasha? ¿Estás bien? —Mi padre continúa a la espera al teléfono.

«No».

—Estoy bien. Muy bien.

—Necesito enseñarte una cosa. Lo llevaré la próxima vez.

—¿Qué es?

—Ya lo verás. Iré pronto.

¿Otra colcha? ¿Un álbum de fotos? Otro recuerdo de la madre que no me quería lo suficiente como para quedarse conmigo.

A raíz de lo de Damien, yo quería tirar la toalla porque no tenía ningún aliciente por el que luchar. Esa equivocación estuvo a punto de costarme cara. Pero esta vez es diferente. Lucharé hasta la muerte por mi hijo.

Día 6
Jueves a primera hora de la mañana

Han bajado la calefacción en el nido. El aire fresco me provoca escalofríos en la piel. Conforme avanzo con dificultad en dirección a la incubadora de Toby procuro olvidar lo que he sabido acerca de mi madre. Esta noche me han asaltado imágenes de ella, de mi infancia. Apenas he pegado ojo. Tengo los ojos enrojecidos e hinchados, con oscuras ojeras. Por suerte he podido cambiar mi cita matutina con la doctora Niles a última hora de la tarde para brindar a mis ojos la posibilidad de recuperar su estado normal. Todavía no tengo ganas de urdir excusas por mi aspecto.

Me siento observada por el personal al pasar por delante del mostrador. No cabe duda de que todos estaban al corriente. No solo Mark, sino los médicos. Todo el mundo. Por eso estaban tan preocupados por mí. Por eso me han ingresado aquí con tanta prisa.

Brigitte ya está sentada junto a la incubadora de Gabriel esbozando una sonrisa forzada. Me indica que me siente a su lado con un asentimiento de cabeza. Da la impresión de que estaba esperando. ¿Esperándome?

—Podías haber dicho algo —comenta.

Se me hace un nudo en la garganta. No tengo ganas de sentarme.

—¿A qué te refieres?

Los colores se desvanecen de mi vista, las luces azules de la incubadora de Gabriel se vuelven negras. La cara de Brigitte se confunde con el blanco níveo de las paredes del nido. Por fin tomo asiento a su lado.

—Podías haberme dicho que tienes depresión posparto. No hay por qué avergonzarse. La han padecido un montón de mujeres. Me habría hecho cargo. O sea, me hago cargo ahora. Pero ojalá te hubieras sentido con la confianza de decírmelo.

De modo que todavía ignora lo de la confusión de bebés: qué buena noticia. Pero ¿cómo ha llegado a la conclusión de que tengo depresión, cuando el motivo de mi ingreso fue psicosis puerperal? ¿Ha sacado esa idea de Mark? Menos mal que se ha confundido. Comienzo a apreciar los colores de nuevo, y al levantar la vista veo el turquesa de la incubadora de Gabriel, y la tez pálida familiar de Brigitte.

—Lo siento. Me cuesta hablar de ello —digo. Es la verdad.

—¿Te estás recuperando?

—Estoy bien —respondo—. He estado peor.

—Vaya —comenta—. Lo entiendo. Yo también he pasado malas rachas. Me alegra saber que están prestándote la ayuda que necesitas. —Parpadea—. ¿Tienes antecedentes familiares de depresión?

¿Se lo ha contado Mark? Se me humedece la nariz.

—Mi madre.

—Lo siento —dice—. ¿Se encuentra bien ahora?

Me seco la nariz, vacilante. En cierto modo, decirlo en voz alta lo hace más real.

—Está muerta.

—Qué horror. ¿Fue un...?

Mark se lo habrá contado. Asiento con la cabeza lentamente.

—¿Alguna vez se te pasó por la cabeza a ti también?

—Solo en una ocasión —contesto. No pasa nada por confesarlo todo. No tiene nada de malo comentar mi pasado con ella. Quién sabe..., igual de hecho sirve de algo hablar con franqueza—. Hace años.

—Aun así, es terrible. Lo lamento. Seguramente estabas pasando un bache.

—Sí..., movidas del trabajo..., todo me superó un poco.

—La patología debe de ser estresante.

Entonces Mark no le ha contado todo.

—Mmm. Uno de mis pacientes falleció cuando trabajaba en pediatría. Fue un trago.

—Qué duro. Lo siento mucho. ¿Cómo lo llevas ahora? ¿Te han prescrito medicación?

—Hum... —Concluyo que no pasa nada por decirle lo de la medicación. No mencionaré que he estado extrayéndome leche y metiéndola en el congelador—. La verdad es que no me la estoy tomando.

—¿No?

—Seguro que lo entiendes. Los horrores de la medicina occidental. —Intento esbozar una tenue sonrisa.

—Sí —dice, y mete las manos en la incubadora de Gabriel para atusarle los mechoncitos de pelo rebeldes. Parece un poco más tranquila—. Sé lo que se siente. O sea, he hecho todo lo posible por evitar deprimirme. Kinesiología, homeopatía, quiropráctica..., de todo.

—¿Quiropráctica?

—Tengo una desviación en la columna vertebral desde el parto. Jeremy también.

Cuando desliza sus dedos a lo largo de la espalda de Jeremy, prácticamente me da la sensación de que es mi mano la que está acariciando su suave piel. Abro el ojo de buey de la incubadora de Toby con un chasquido y ahueco la mano sobre su fresco cuero cabelludo, un cuenco de porcelana bajo mi palma.

—Entonces, ¿llevarás a Jeremy al quiropráctico?

—Sí, cuando le den el alta. A lo mejor no está de más que te plantees llevar a Toby. Los bebés que nacen por cesárea corren especial riesgo. —Abre el lateral de la incubadora de Gabriel y lo acurruca contra su pecho. Me fijo en que aún está amarillento, pero al menos está recibiendo tratamiento. Y al menos esto significa que seguramente permanecerá hospitalizado un poco más.

Gabriel se rebulle en los brazos de Brigitte. Ella desliza la palma de la mano por su torso hasta la barriga.

—Me muero de ganas de que salga de aquí. Por encima de todo, necesita tratamientos de homeopatía. Pronto comenzaremos con las vacunas.

—¿Qué vacunas?

—Las homeopáticas, por supuesto. Estará más sano que cualquier crío al que inyectan vacunas de la medicina occidental. Es increíble la de porquerías tóxicas que algunas personas están dispuestas a darles a sus hijos.

Me muerdo el labio de abajo e intento por todos los medios guardar silencio. No es de extrañar que alguien como Brigitte opte por la medicina natural, pero discrepo de su opinión sobre las vacunas. Afortunadamente, no tardaré mucho en recuperar a Gabriel. Entonces lo protegeré con todo lo necesario para velar por su seguridad y bienestar. De momento, alargo la mano con la esperanza de aparentar naturalidad.

—¿Te importa si lo cojo un momento?

Ella se queda mirándome extrañada.

—A Jeremy. ¿Puedo cogerlo en brazos?

Se pone de pie y coloca a Gabriel sobre su hombro. Su gesto parece una máscara, indescifrable.

—Hum... Mejor no. Lo siento.

—Dicen que solo coja a Toby a ratitos. A lo mejor coger a otro bebé en brazos me ayuda a sentirme mejor. —Desde luego que me ayudaría a sentirme mejor. Y solo necesitaré un par de segundos para comprobar si tiene los dedos de los pies palmeados. Otra prueba—. Por favor...

—No se encuentra bien —contesta en tono frío—. Dicen que los niveles de ictericia se han elevado. Ahora han triplicado el tratamiento con luz. Solo tengo permiso para hacerle algún que otro arrumaco y devolverlo a la incubadora.

Maldita sea. Mis intentos de comprobar si tiene los dedos de los pies palmeados son en vano.

Brigitte se vuelve para mirar por la ventana. Gabriel, echado sobre su hombro, tiene una sonrisa en los labios prácticamente imperceptible, una sonrisa solo para mí.

—Se va a poner bien, ¿verdad? —pregunto, tratando de emplear un tono despreocupado.

—Según los médicos todo apunta a que sí.

Brigitte tuerce el gesto y aprieta los labios. ¿Sospecha algo? Aparto la mano de la cabeza de Toby y la saco bruscamente de la incubadora.

—¿Quién te dijo que yo tenía depresión posparto?

—Nadie. Cuando Mark comentó que todavía no te habían dado el alta, lo leí en su mirada. —Como Brigitte se vuelve hacia mí, ya no puedo verle la cara a Gabriel—. ¿Cómo es la unidad?

Me encojo de hombros.

—¿Qué hiciste para que te encerraran? —Brigitte se mece de un lado a otro como un árbol empujado por el viento mientras trata de dormir a Gabriel.

—No estoy encerrada. Ingresé allí voluntariamente.

—Madre mía, qué valiente. Cuando trataron de persuadirme para que ingresara allí, me negué.

Eso me llama la atención.

—¿Intentaron persuadirte? ¿Por qué querían trasladarte?

Brigitte observa fijamente a Gabriel, acurrucado entre sus brazos, con la mirada apagada. Su roce contra mi piel sería cálido, tan cálido.

La presiono.

—¿Pensaban que estabas deprimida? —Eso explicaría sus lágrimas, su frialdad. Me obligo a reprimir el impulso de agarrar el bracito de Gabriel cuando pende flácido de los brazos de Brigitte.

—No —contesta, con los ojos súbitamente encendidos—. No me pasa absolutamente nada. Estoy perfectamente. Pero no has respondido a mi pregunta. ¿Qué me dices de ti?

¿Es posible que ella les contara lo mismo que yo y que tampoco le dieran crédito? Sin pensármelo, suelto la verdad:

—No me creyeron cuando les dije que pensaba que Toby no era mi hijo.

Ella se queda paralizada a medio vaivén. Alarmada, se le ponen los ojos como platos.

—¿Por eso estás en la unidad materno-infantil?

Asiento despacio, al tiempo que se me pone la piel de gallina. Quizá me haya ido de la lengua, me haya precipitado. Por lo visto a ella ni se le había pasado por la cabeza que se había producido una confusión. Y no le he sonsacado lo que sabe. Mark tiene previsto venir al nido un poco más tarde. Todavía tengo tiempo. He sido paciente con Brigitte, pero es mi oportunidad de formularle algunas preguntas de mi propia cosecha.

—¿Te llamó la atención algo la mañana en que nació Jeremy? ¿Alguien que se comportara de manera sospechosa?

Ella retrocede y se escuda tras la incubadora.

—Nada en absoluto. Ursula estuvo todo el rato aquí conmigo y con Jeremy. —Le hace un gesto a Ursula, en el área de enfermería. ¿Se habrá percatado de que creo que Jeremy es mi hijo? Mientras Ursula se aproxima, Brigitte dice despacio, sin quitarme los ojos de encima en ningún momento:

—Es bueno que te estén ayudando. Pero no creo haberte visto coger en brazos a Toby.

—Es que no se encontraba bien.

Ursula ya ha llegado. Nos lanza miradas incisivas.

—Parece ser que están congeniando. A lo mejor resulta que es bueno que Jeremy no se vaya a casa tan pronto como preveíamos. —Se mantiene curiosamente inmóvil al dirigirse a Brigitte—. Seguro que Sasha agradece la compañía, Brigitte.

Brigitte se muerde el labio de abajo.

—Me gustaría llevarme a Jeremy a casa lo antes posible. Mañana, por favor, tal y como tenía previsto la doctora Niles en un principio. —Apunta hacia mí—. Sasha dice que Toby no se encuentra bien. Por lo visto considera que no está lo bastante bien como para cogerlo en brazos.

—Le daremos el alta a Jeremy lo antes posible —señala Ursula, y se vuelve hacia mí con el ceño fruncido—. Pero no hay ningún inconveniente en coger en brazos a Toby. Lo sabe, ¿verdad, Sasha? No tiene más que pedirlo.

Un hilo del sol de la mañana se filtra a través de la ventana del nido en mi nuca.

—Sí, lo sé.

Ursula sonríe con una mueca sombría.

He de salir de este lugar sofocante y agobiante. Como con una sincronización perfecta, suena una alarma en mi teléfono.

Procuro sonreír.

—Volveré en cuanto pueda para hacerle arrumacos a Toby. Pero es la hora de la terapia de grupo. Tengo que irme. No quisiera llegar tarde.

Día 6
Jueves por la mañana

Ondine y yo cruzamos tranquilamente el vestíbulo de la entrada principal del hospital, pasando junto a diversas tiendas: lavandería, prensa, cafetería. Un grupo de quinceañeros holgazanean en la acera junto a la parada del autobús. Las casas se extienden en primorosas hileras a lo lejos.

Al llegar a la sala de recreo había encontrado un cartel pegado con cinta adhesiva en la puerta: «Se cancela el paseo de esta mañana debido a problemas de personal. Tiempo libre».

«¿Supongo que no te apetecerá dar un paseo de todas formas?», preguntó Ondine.

«¿Crees que no hay inconveniente? La doctora Niles recalcó que mientras estuviera ingresada no tenía permiso para ir a ningún sitio salvo al nido».

«Tienes razón. No quieren que salgamos de la unidad. Pero iban a llevarnos a dar un paseo. —Ondine se encogió de hombros—. Seguramente no pasará nada. Aquí las medidas de seguridad son bastante laxas. Ni siquiera se percatarán de nuestra ausencia».

Esbocé una amplia sonrisa.

«Vale».

Ahora, caminando a su paso, con el hormigueo del sol de la mañana en mis mejillas, me da la sensación de que este paseo es justo lo que necesitaba.

—El cementerio está a la derecha —dice Ondine—. ¿Vamos al lago?

Tiramos a la izquierda. Una madre empujando un cochecito de bebé aparece a lo lejos en la acera.

—¿Te importa si cruzamos por aquí? —pregunta Ondine.

Cruzamos la calle. Ninguna de las dos mira en dirección a la mujer con el cochecito.

—¿Alguna novedad en lo referente a tu hijo? —pregunta Ondine.

—Todavía no —respondo—. Pero ya he puesto en marcha mi estrategia. Ya queda poco. —No quiero gafar mis planes yéndome de la lengua—. ¿Y tú qué? ¿Estás sobrellevando el ingreso en la unidad?

Ella reflexiona durante unos instantes.

—Solo lo justo.

—¿Qué es lo peor?

—Todo. Las demás mujeres. El personal. Hasta el llanto de los bebés. Me resulta más fácil quedarme en mi habitación con los auriculares puestos.

—¿Qué escuchas?

—Nada —contesta, con una medio sonrisa inesperada—. Imagino que solo mis propios pensamientos. —Acelera el paso en dirección al lago.

Al alcanzarla, vislumbro la masa de agua turbia. Con la vuelta de las lluvias en estos últimos años la crecida de las aguas ha engullido los juncos de las márgenes del lago. Los tallos verduzcos enmarañados ahora yacen sumergidos, y de vez en cuando asoman a la superficie como serpientes marinas.

—¿Y qué te transmiten tus pensamientos? —pregunto a Ondine.

—Que soy la más desequilibrada de todas. Que no merezco que me devuelvan a mi bebé. Que deberían encerrarme de por vida. Lo cual es lo que deseo, en cualquier caso. —Se queda mirando el lago, por cuyo perímetro corre la gente.

—Tu hijo necesita que te pongas bien, Ondine. Tienes que recuperarte y salir de allí por él. Algún día, cuando sea lo bastante mayor para entenderlo, te perdonará todo. Te lo prometo.

—Me cuesta creerlo.

—Claro que sí. Pero no siempre has de creer lo que piensas, ¿sabes?

Mueve ligeramente la cabeza de lado a lado.

—¿Y tú qué? ¿Cómo lo llevas?

Inesperadamente, afloran a la superficie recuerdos de la noche del parto. El ruido sordo del corazón de mi bebé en el monitor. La camilla, yo tendida boca arriba encima, cruzando a la carrera fríos pasillos blancos de camino al quirófano. El tufo a alcohol del antiséptico. El pinchazo en mi espalda. Luego los repetidos intentos de encontrar el pulso a mi bebé. El doctor Solomon, su tono alarmado: «Hay que ponerle anestesia general. Ya». La seca ráfaga de oxígeno abriéndose paso entre mis labios. La punzada de propofol en mi brazo al fluir por la vena como un torrente helado. El brillante reflejo de mi cuerpo semidesnudo en el foco de la mesa de operaciones. Mark, de pie a mi lado mientras la sala se sumía en la oscuridad. Antes no se permitía la entrada de los cónyuges a los quirófanos. Me figuro que las reglas habrán cambiado. Estoy convencida de que fue su presencia lo que percibí en el último momento. No hubo tiempo de despedidas.

Súbitamente, una imagen del cadáver de un bebé aparece ante mis ojos. Sobresaltada, tropiezo y apenas si logro recuperar el equilibrio justo antes de caerme. La visión se desvanece al tiempo que se levanta una polvareda bajo mis pies.

—¿Estás bien?

—Sí.

Ondine se detiene al borde del lago a la sombra de un eucalipto. Se agacha para coger una piedra del sendero.

—Me figuro que pensarás que estoy loca de atar.

—No —digo—. Ni mucho menos.

—¿Ni siquiera según tu criterio profesional?

—Dejé de realizar reconocimientos a pacientes vivos hace mucho tiempo.

En el lago, los patos balancean las cabezas de arriba abajo en el agua. Me doblo para coger una piedra lisa del tamaño de la palma de mi mano que yace en el sendero, y gruño por las molestias al enderezarme.

—Muchas de nosotras estamos locas de un modo o de otro —añado.

—Tú no.

La piedra tiene el peso adecuado, la forma adecuada, para hacerla rebotar sobre el agua. La sujeto entre mis dedos, apreciando la curvatura y los bordes, intentando sujetarla de la manera adecuada.

—Claro que sí. O, al menos, lo estaba.

—¿Qué quieres decir?

—Supongo que me planteé poner fin a todo.

—¿A tu vida?

—Me lo planteé. No pasó de ahí. —No le cuento lo cerca que estuve. Las ganas que tenía de morirme—. No obstante, me alegro mucho de no haberlo hecho. —El último comentario es cierto.

La mirada de Ondine se apaga al contemplar la resplandeciente superficie del lago.

—Yo no me encuentro en condiciones de alegrarme de estar viva —señala.

Aprieto la piedra con fuerza contra la palma de mi mano.

—Lo estarás —digo.

Lanzo la piedra. Roza la superficie del agua y rebota dos, tres, cuatro veces antes de hundirse en el fondo del lago, creando círculos concéntricos que se extienden más y más hasta sumirse en la quietud de nuevo.

Cuando me armé de valor para salir de la sala de audiencia hace tantos años, hacía un día primaveral. Las abejas zumbaban en los jardines. El ambiente estaba cargado de polen. Los padres de Damien habían permanecido de pie en la entrada principal del tribunal forense. La madre estaba encorvada, con el gesto fruncido de indignación, mientras que el padre permanecía erguido, con una mirada penetrante en su semblante, el brazo alrededor de la cintura de su mujer, sosteniéndola. Me siguieron con la mirada al pasar.

Me planteé pararme y pedirles perdón. Pero, realmente, ¿qué podía decir? Nada de lo que pudiera hacer mitigaría su pena. Únicamente sería echar leña al fuego. Mejor ni intentarlo.

Al llegar al coche, volví la vista por encima de mi hombro y comprobé que seguían observándome. La madre de Damien se zafó de su marido y se puso a vociferar: «¡Después de lo que le hiciste a mi hijo, no mereces ser madre...!».

Durante muchísimo tiempo, la creí. Los abortos eran mi castigo. Todo fue culpa mía.

Ondine deja caer la piedra que tiene en la mano al suelo con un leve golpe seco.

—La doctora Niles se está planteando someterme a terapia electroconvulsiva.

Terapia electroconvulsiva: electrodos en las sienes, un protector bucal en los dientes, ligeros espasmos en las extremidades, corriente de alto voltaje circulando por su cerebro. «No lo hagas», me dan ganas de decir.

—¿Hay posibilidad de esperar, de darte más tiempo?

—No lo sé —responde—. Pero tienes razón al decir que mi hijo necesita que me ponga bien. Me figuro que no tendré más remedio que probar cualquier cosa, aunque solo sea por su bien.

Si ella puede, yo también. Está previsto que el doctor Solomon me visite antes de la hora de comer. Agarro a Ondine del codo.

—Volvamos. Voy a tratar de averiguar cómo sucedió esto con mi hijo.

Día 6
Jueves a media mañana

Cuando estoy comprobando la leche materna que tengo guardada en el congelador, cerciorándome de que no se haya descongelado, el doctor Solomon llama a la puerta. Dejo caer la tapa del congelador, cierro la puerta de la nevera y me las ingenio para adoptar un gesto sereno.

—La encontré —dice él—. Este edificio es como un laberinto. Intenté localizarla ayer en vano. Y menudo calor hace aquí. Increíble.

Como necesitaba descartarlo de mi lista de sospechosos, solicité que me visitara ayer, pero él lo aplazó hasta hoy. Llevo cinco días sin verlo, desde que me trasladaron del ala de maternidad. Los modales bruscos del doctor Solomon no han cambiado en ese intervalo. Con la cantidad de médicos y enfermeras que me han atendido, y sin embargo nadie se ha preocupado mínimamente por mí. Qué horror ser un paciente en este sistema. Qué horror ser médico también; perder la humanidad entre la saturación de trabajo y el estrés.

Cuando el doctor Solomon señala hacia mi barriga, me remango la blusa para enseñarle el vendaje. Él lo despega para dejar al descubierto mi cicatriz; lo único que se aprecia es una línea roja limpia justo por encima de mi hueso púbico.

—Bien —dice, colocándome en su sitio la braga de algodón del hospital—. Desde mi punto de vista, está estupendamente para irse a casa. Intercederé por usted ante la doctora Niles. Comentó que está sopesando la posibilidad de darle el alta mañana.

El alta mañana. Me impacta, pero en el buen sentido. Pensaba que me retendrían aquí en los próximos días. A lo mejor he subestimado mi capacidad y resulta que mis artimañas con la doctora Niles han surtido efecto.

—Perdone, doctor Solomon.

Él se detiene en el umbral.

—¿Sería tan amable de darme más detalles sobre el parto?

Se le tensa el rictus.

—Sin duda sabe que fue una cesárea de urgencia rutinaria. Con anestesia general, sí. De emergencia, sí, pero no hubo complicaciones. Su bebé nació perfectamente. Creo que le pusimos un poco de oxígeno al subirlo al nido, pero no es nada fuera de lo común. —Hace amago de girar el pomo de la puerta.

—Entonces, ¿la matrona estuvo con mi bebé todo el tiempo?

Toma aire por la nariz sin despegar los dedos del pomo.

—Por supuesto. Una de nuestras matronas estuvo presente en el parto. Ursula. Ella lo llevó arriba.

—¿Pudo en algún momento quedarse solo?

—Lo veo muy poco probable —contesta el doctor Solomon—. Francamente, me preocupa que siga obsesionada con este asunto. Me temo que voy a tener que mencionárselo a la doctora Niles.

Los nudillos se me ponen blancos en el regazo.

—Por favor, no hay necesidad de decirle nada a la doctora Niles. Era por pura curiosidad. Sé que Toby es mi hijo. Sé que Mark estuvo con él desde su primer aliento de vida. Lo único que me gustaría preguntarle...

—Es imposible que su marido estuviera presente durante el primer aliento de vida de su bebé.

El doctor Solomon suelta el pomo de la puerta y pega la cabeza ligeramente contra la pared, prácticamente tocando los nenúfares de Monet.

Se me encoge el corazón.

—¿Qué quiere decir?

—Si es necesario poner anestesia general para una cesárea, no se permite la entrada a parientes y cónyuges a la sala de quirófano. ¿Acaso no lo sabía? Se le pidió a su marido que esperara arriba, en el nido. Yo mismo subí después de la operación para comunicarle que la intervención había sido un éxito.

Mis recuerdos fragmentados de Mark agarrándome la mano mientras inyectaban el líquido blanquecino en mis venas, mientras me colocaban una mascarilla de oxígeno sobre la cara, mientras el techo pasaba gradualmente del blanco al gris, al negro..., ¿había sido todo fruto de mi imaginación? Me da un vuelco el corazón.

—Es posible que presenciara la reanimación en el nido, pero no el parto. Es el protocolo reglamentario del hospital —añade el doctor Solomon.

Aprieto una rodilla contra la otra hasta que me duelen. Quizá me haya fiado demasiado de Mark y de mi propia mente. Pero la negligencia del hospital —la falta de personal, las numerosas urgencias imprevistas y la desconsideración ante mis preocupaciones— no son imaginaciones mías. Me han llegado rumores de hospitales que han ocultado cosas anteriormente. Puede que no sea más que otra mujer a la que pretenden silenciar.

El doctor Solomon se mete las manos hasta el fondo de los bolsillos. ¿Es posible que esté involucrado en la conspiración para encubrir el intercambio de bebés? No quiero preguntarle abiertamente dónde estuvo toda la noche del viernes y la mañana del sábado. Es lo bastante perspicaz como para calarme de inmediato.

—¿Vio a alguien que actuara de manera sospechosa en la sala de quirófano?

Se queda de piedra.

—No, Sasha, no. Y llegado el caso, habría dado la alerta.

Personalmente, no estoy tan segura. Pero intuyo que se le está agotando la paciencia.

—¿Hubo alguien más a cargo de mi bebé entre la sala de quirófano y el nido?

—Probablemente. Enfermeras. —Suspira—. Pero a su bebé le pusieron pulseras identificativas nada más nacer. En el tobillo y en la muñeca. Supongo que todavía las lleva, ¿no? —Su boca adopta un mohín de incredulidad al adelantarse hacia la puerta.

Levanto las manos en el aire.

—¿Y qué ocurre si se sueltan las pulseras? Seguramente quienquiera que las volviese a poner podría haberse confundido. No me explico cómo no se ha investigado más a fondo. ¿Se ha producido algún otro caso de confusión de bebés en su hospital?

Los ojos del doctor Solomon son como nenúfares flotando en un estanque resplandeciente.

—Le consta que no se nos permite encubrir incidentes adversos en estos tiempos, Sasha. Jamás ha habido una confusión de bebés en este hospital, ni en ningún otro hospital donde yo haya trabajado. Es un suceso extremadamente raro. Motivo por el cual hemos estado tan preocupados por usted.

Al marcharse el doctor Solomon, me pregunto si no me habré llevado por delante mi estrategia, si ya no es probable que me den el alta mañana. Pero siempre cabe la posibilidad de que se le olvide; o de que no se tome la molestia de rellenar el papeleo; soy una de tantas madres «difíciles». Con suerte, habrá interferencias en la radio macuto del hospital, el mensaje se irá perdiendo en el camino.

De momento no hay tiempo para obsesionarse con estas posibilidades. Necesito ver a mi hijo.

En la antesala del nido, me froto con desinfectante el borde de las cutículas y las membranas entre mis dedos mientras arrugo el gesto por el escozor, y seguidamente me enjuago las manos bajo el chorro del agua. Más vale que limpie a conciencia todos los pliegues; ¿quién sabe qué bacteria podría estar acechando en las profundidades?

En el nido, me encuentro a Mark con las manos pegadas a la incubadora de Toby. Lleva el pelo engominado hacia atrás y los pantalones holgados de chef. No habrá estado en el trabajo, ¿verdad?

—Se encuentra bien —dice, esbozando una adusta sonrisa. Hace un gesto con la cabeza hacia la bolsa de plástico que yace sobre la mesa—. He cocinado para ti.

Echo un vistazo al interior de la bolsa. Una fiambrera con ñoquis caseros. Se lo agradezco, pero ha cometido una imprudencia.

—Está prohibido traer comida al nido, Mark. El riesgo de infecciones es demasiado alto. Debes tener más cuidado.

—Le hago un nudo a la bolsa de plástico—. El doctor Solomon ha venido a verme hace un rato. Me lo ha contado todo. ¿Por qué me mentiste después del parto?

—No sé de qué hablas, Sasha.

—Me mentiste al decirme que no te habías despegado de Toby en ningún momento.

—Yo jamás te he mentido. —Su voz adquiere una tonalidad grave. Pero sigue rehuyendo mi mirada. Una traición más de Mark. No va a soltar prenda. No tendré más remedio que dejarlo correr de momento.

A través del metacrilato, las mejillas de Toby tienen una tonalidad rosácea, se le están poniendo regordetas. Prácticamente podría pasar por un bebé que ha nacido al término del embarazo. Noto la mano de Mark en mi hombro, apretando el hueco de mi clavícula como si estuviera atravesándome la piel. No consigo captar el mensaje que está tratando de transmitirme.

—He ido un rato al trabajo esta mañana. Y necesitan que me reincorpore la semana que viene.

—¿No ibas a tomarte dos semanas libres cuando diera a luz?

—Andan escasos de personal, Sash. No tengo más remedio. —Mueve las manos para masajear mi fibroso y tenso cuello—. Nada ha salido como teníamos previsto.

Me consta que el lunes estará de vuelta en la cocina del restaurante, troceando remolacha, preparando chuletas a la brasa, picando hierbas. Un trabajo sencillo y honrado. Se sentirá más en casa que aquí dentro, donde los pitidos de las máquinas, los números y la tonalidad de piel revelan un mero atisbo de la realidad. Muevo el hombro para zafarme de su mano.

—Bueno, ¿qué tal el trabajo?

—Muy bien —responde en tono monocorde.

—¿Qué les has dicho exactamente?

—Que nuestro bebé se ha adelantado.

Me quedo mirando a Toby, que abre y cierra los puños en el aire.

—Nada sobre mí.

No contesta.

—Si los pusieras al tanto, podrían concederte un permiso más largo.

—Puede. —Se tira del cuello de la camisa—. Con suerte podrás venir a casa pronto. Están barajando la posibilidad de darte el alta mañana.

Ojalá todos dejaran de hablar de mí a mis espaldas.

—Puede —mascullo. Debería mostrar entusiasmo ante la perspectiva de irme a casa. Pero volver a casa con Mark, a mi antigua casa, a mi antigua vida, no es para lanzar cohetes después de todo—. Y, en cuanto a hacerte socio del restaurante..., ¿les has dado una respuesta definitiva?

Aparta la cara y niega con la cabeza.

Consulto el gráfico de Toby. La temperatura se mantiene estable. Su pulso es normal. Ha remontado como la espuma en los primeros seis días de su nacimiento prematuro, pese a no haber tenido el consuelo del contacto con su madre.

Mark está observándome.

—No tienes por qué tratarle como médica también, ¿sabes? Lo único que tienes que hacer es estar a su lado. Eres su mamá, tenlo presente. Sé que puedes hacerlo. —Intenta sonreír.

Por fin veo la realidad. Nunca he sido la única que ha puesto en duda mis dotes como madre, mi capacidad para ser el sostén de mi hijo. Todos los años que llevamos juntos, Mark ha estado preocupado por cómo me las apañaría, inquieto por que acabe como mi madre.

—Estabas al corriente de lo de mi madre, ¿a que sí? Pensabas que me atiborraría de pastillas como mi madre y que te dejaría solo con el bebé.

Su expresión refleja tanta tristeza que me quedo muda.

—Sabes que adoro a nuestro hijo —dice en voz baja—. Me resulta increíble ser su padre. Estoy convencido de que llegarás a quererlo también. Y sé que por nada del mundo nos dejarías solos. —Suena la alarma de su teléfono, un recordatorio del plan de lactancia de Toby—. La enfermera acaba de comprobar que la sonda nasogástrica está bien colocada. Igual sería buena idea que te encargaras de darle la toma.

Me tiende un biberón de leche de fórmula que ha calentado y se dirige a la sala de lactancia para calentar la siguiente dosis. No me explico por qué me cuesta tanto confiar en él. Ni que decir tiene que él no ha cambiado a Gabriel por Toby. No tiene motivos, ni propósito. Vierto la fórmula en la jeringa. Según las enfermeras, es una ventaja que sea médica para confiarme esta tarea en los primeros días de estancia en el nido. Opinan que también reforzará el vínculo. Levanto la sonda nasogástrica por encima de la incubadora y observo el líquido que fluye de arriba abajo hasta el orificio de su nariz como una serpiente de piel blanca. En un acto reflejo, mi mirada se posa en Gabriel.

Brigitte está tejiendo a su lado; las agujas de punto ensartan la pieza rectangular roja que cuelga sobre su regazo. Una hebra de lana, como un hilo de sangre, pende a lo largo de su pierna hasta una bolsa que hay en el suelo. Ursula está toqueteando las luces de Gabriel. Su bata es del gris de los funcionarios de prisiones. Se halla de espaldas a mí.

Gabriel patalea contra las paredes de la incubadora y levanta los brazos en el aire. Me muero de ganas de poder darle de mamar. Los pezones me dan punzadas. Noto la humedad antes de verla, goteándome de los pechos, calando en mi sujetador hasta formar dos rodales húmedos que automáticamente manchan mi blusa de algodón blanca. Es un reflejo, una respuesta natural del cuerpo al ver a mi precioso bebé. No está bajo mi control.

Brigitte alza la vista de su labor. Su mirada se posa fugazmente en mí, en Gabriel, en los lamparones húmedos de mi pechera. Sus agujas se quedan inmóviles a media puntada. Oh, no. Ahora intuirá que he tenido una pérdida de leche refleja porque sigo obsesionada con su bebé. Voy a meterme en líos de nuevo.

Le da un golpecito en la manga a Ursula y cuchichea algo indescifrable. Ursula se da la vuelta para fijarse en mi blusa, cierra de golpe la incubadora de Gabriel —«no tan fuerte», me dan ganas de advertirle—, y enfila hacia las enfermeras arremolinadas en el mostrador de enfermería.

Vierto más fórmula en la jeringa de Toby con tan poco tino que se desborda y se derrama por el suelo formando un charco lechoso. Me pongo en cuclillas para limpiarlo, pero por muchos pañuelos de papel que saco de la caja parece que no doy abasto.

De repente Ursula aparece delante de mí, impidiéndome ver a Gabriel con su torso gris. Aguarda hasta que me incorporo sujetando con firmeza el puñado de pañuelos.

—Creo que dejé bastante claro que no tiene permiso para examinar a otros bebés.

—No estaba haciendo nada. —La lengua se me pega al paladar.

—Sin embargo, su reacción —se fija en mi pechera— exige que tomemos medidas preventivas.

Chirridos metálicos próximos. Las demás enfermeras están colocando paneles de separación alrededor de la incubadora de Gabriel y de Brigitte, ocultándolos de mi campo de visión.

—Si detecto cualquier otro comportamiento fuera de lo normal, me veré obligada a prohibirle la entrada en el nido —apostilla Ursula.

—¿Se encuentra bien?

Ursula me mira con recelo. Me extraña no haberla descartado aún como sospechosa en el intercambio de bebés.

—¿Estuvo acompañando a Toby en todo momento la mañana de su nacimiento?

—Por supuesto. —Se seca un fino hilo de sudor de la frente.

—¿Y vio algo sospechoso?

—No, Sasha. De hecho, la única persona que ha estado comportándose de manera extraña todo este tiempo ha sido usted. —Arruga la nariz antes de alejarse hacia el mostrador sin quitarme ojo de encima en ningún momento.

—¿Qué pasa? —Mark sale de la sala de lactancia con el biberón de leche caliente en la mano—. ¿Por qué están colocando los paneles?

Los ojos se le salen de las órbitas al ver los lamparones húmedos en mi pechera; le explico las conclusiones precipitadas que han sacado Ursula y Brigitte.

—Sé que es raro —señalo, arrebujándome en la rebeca—. Pero no me equivoco en cosas así.

Mark se deja caer en una silla al lado de Toby y apoya la frente entre las manos. Dice en un tono casi inaudible:

—Quizá ha llegado la hora de aceptar, Sasha, que incluso tú a veces te equivocas.

Aprieto los nudillos contra los ojos hasta que veo puntitos de luz titilando ante mí. No estoy dispuesta a dar a nadie la satisfacción de verme llorar.

La pintura de color lima de la placa de pladur se está descascarillando. Los lavabos son de porcelana verde; las tapas de los inodoros, de plástico negro. Da la impresión de que no han reformado el cuarto de baño de las enfermeras desde los años setenta, y también huele como si no lo hubieran limpiado a fondo desde entonces.

Los demás padres nunca utilizan este baño; por lo visto prefieren el moderno que hay al lado de los ascensores. Yo he estado viniendo a estos cubículos a encerrarme para disponer de tiempo para reflexionar, a salvo de miradas entrometidas.

Examino el techo. Aquí no hay cámaras ni dispositivos de escucha. Nada obvio, en cualquier caso. Los tubos fluorescentes parpadean como vías férreas. Pero enseguida me sobresalto cuando la puerta del baño chirría al abrirse. Oigo pisadas de tacones en las baldosas. Mierda.

Al oír el clic del pestillo del retrete contiguo al mío, salgo disparada hacia los lavabos. Mientras estoy sacudiéndome el agua de las manos, se abre la puerta. Es Brigitte. La falda se le ha quedado pillada por un lado. El pelo le cae suelto por la cara.

—Puedo explicar lo de mi pérdida de leche —digo—. Es un reflejo fisiológico. No ha sido mi intención. Ni siquiera está bajo mi control.

—Entiendo que ha sido duro para ti —contesta sin mirarme—. Pero preferiría que te mantuvieras alejada de mí. ¿Vale?

—Solo estoy tratando de aclarar las cosas. No pretendo arrebatarte a tu bebé.

—Me cercioraré de que no se te presente la oportunidad. —Tiene las cejas fruncidas.

Necesito saber de cuánto tiempo dispongo para arreglar las cosas.

—¿Cuándo le dan el alta a Jeremy?

—Te ruego que te mantengas alejada de él. Y de mí.

¿Cómo diablos voy a impedir que se marche? Caigo en la cuenta súbitamente cuando Brigitte sale dando un portazo: con las prisas, se ha olvidado de lavarse las manos. Es importante. Me pregunto si es consciente de lo importante que es, especialmente a raíz del brote infeccioso que se produjo hace varios años. Puede que la bacteria continúe contaminando los grifos, los tiradores de las puertas, las superficies brillantes. Pero si voy en su busca, solo conseguiré que vierta alguna otra acusación en mi contra; de acoso, quizá.

Me desplomo sobre los lavabos, con cuidado de no tocar la porcelana con las manos desinfectadas. Hasta ahora he hecho todo lo correcto. Sin embargo, Brigitte posee lo único que deseo, lo único que todavía no puedo reclamar: mi niño. Mi hijo.

Mi única opción: ceñirme a mi plan inicial. Fingir que Toby es mío. Descartar al último sospechoso. Esperar a que lleguen los resultados de ADN. Luego demostrar a todo el mundo la razón que tenía desde el primer momento, y la crueldad con la que me han tratado.

Día 6

Jueves a la hora del almuerzo

De vuelta en el nido, encuentro a Toby dormido; sus labios entreabiertos dejan a la vista la oscuridad de su cavidad bucal. Cojo una bolita de algodón, la humedezco con solución salina limpia y se la paso por ambos párpados. Él hace una mueca de disgusto y echa la cabeza ligeramente hacia atrás, apartándose de mí. A continuación oigo un movimiento detrás de mí.

Es mi padre, pertrechado de bolsas en ambas manos. No esperaba verlo hoy. Se inclina para besarme, me raspa la mejilla con la barba. Y acto seguido me tiende las bolsas.

—Te he traído ropa de bebé —dice—. De la amiga de una amiga mía. Pensó que te podría venir bien.

—Gracias, papá.

Me mira detenidamente.

—¿Sabes? Tienes los ojos de tu madre.

—No creo que me parezca a ella ni por asomo.

Mi padre arruga la nariz. Se mete la mano en el bolsillo y saca un pedazo de papel, doblado en cuatro partes, muy arrugado.

—Debería haberte contado todo hace años. Era mi intención. Lo siento de veras. Esto..., esto es lo último que te he ocultado. Lo he tenido guardado para cuando me pareciera que estabas preparada. Esto es para ti.

Lo estiro. La letra de mi madre.

—¿Qué es esto?

—Léelo.

«Pensaba que me encantaría ser madre. Me equivocaba...».

Es su carta de despedida. No puedo creer que me la esté dando aquí y ahora. Me consta que mi padre es, cuando menos, ajeno a su faceta emocional, pero seguramente es consciente de que esto es de lo más desconsiderado. No quiero leer nada más; soy incapaz. Vuelvo a doblar la nota y se la devuelvo a mi padre.

—Yo... no quiero esto.

—Perdona, no era mi intención que la leyeras precisamente ahora —señala—. Es que pensé que deberías conocer toda la historia, especialmente ahora que eres madre. Soy consciente de que debería haberte contado todo hace mucho tiempo. —Hace amago de darme la nota de nuevo.

—Sé que lo haces con buena intención. Pero no pienso leerla jamás. —Empujo la nota contra las palmas de sus manos.

Toby, a mi lado, da un respingo mientras duerme, sus extremidades tiemblan detrás del plástico.

—Lo he averiguado —anuncio—. Todo.

Mi padre toma una bocanada de aire.

—¿Qué quieres decir?

—Ahora lo recuerdo. —Tendida a su lado, el sopor haciendo mella en mí. Escuchando cómo dejaba de respirar. Sus brazos alrededor de mí, cada vez más fríos—. Yo estaba allí cuando murió, ¿verdad?

Mi padre se desploma en la silla que hay junto a la incubadora de Toby.

—Francamente, deberías habérmelo contado todo hace años, papá.

Está temblando.

—Dijeron que los fármacos que te había dado no tendrían secuelas a la larga. Que, una vez pasado lo peor, te pondrías bien.

Fármacos. ¿Qué fármacos?

Había una taza. Una reluciente taza de plata donde se reflejaba la luz del sol. Rebosante de líquido marrón.

«Chocolate, cariño. Chocolate con leche. Rico y templado. Bébetelo, cariño. Bébetelo».

Sus palabras farragosas. Su aliento frío y húmedo.

El líquido me templó la boca, recubrió mi lengua y fluyó por mi cuerpo, como si estuviera sumergida en un baño de chocolate. Yo me había tendido a su lado, acurrucada contra su cuerpo, frío. Ella me abrazó con fuerza, respirando contra mi cuello. Yo ya estaba acostumbrada al olor de su vómito sobre la colcha.

«Ahora todo irá mejor. Todo irá bien».

Yo estaba con ella. Cómo no iba a ir todo bien.

«Enmendaré lo que he hecho. Y perdóname por lo que estoy a punto de hacer».

Yo siempre la perdonaba. Era mi madre. La quería más que a nadie. Pensaba que siempre lo haría.

Se me nubla la vista. Creo que una parte de mí siempre lo ha sabido. La parte de mí que tanto empeño ha puesto en olvidar.

—¿Cómo es posible que hiciera eso? —pregunto con voz entrecortada.

Mi padre deja caer la cabeza sobre su pecho.

—No le encuentro explicación, Sasha. Estaba... enferma.

Me siento vacía, como anulada, como los confines lejanos del espacio exterior.

—¿Corrí el riesgo de morir?

—Los médicos dijeron que estuviste a punto.

Siento como si ese líquido marrón estuviera ahora burbujeando dentro de mí y formando espuma en mi boca.

—No me protegiste. Me dejaste con ella. ¿Cómo no sospechaste lo que se disponía a hacer?

—Lo siento mucho. No intuí que algo iba mal aquel día en concreto. No era como hoy en día. La gente no sabía cómo hablar de ello. —Entierra la cabeza entre las manos.

Suena una alarma al fondo de la hilera de incubadoras. Al cabo de unos instantes irrumpe en el nido una marabunta de personal sanitario. La doctora Green ausculta con el estetoscopio al bebé mientras Ursula toma las riendas dando indicaciones a la gente apuntando con el dedo.

—Seguramente hubo indicios de que no se encontraba bien —mascullo.

Mi padre se sienta de espaldas a la escena que está aconteciendo, ajeno a ella.

—A mí me parecía que estaba bien. —Cuando levanta la cabeza de las manos, tiene las mejillas bañadas en lágrimas—. Ya sé que debería habértelo contado, pero cómo le dices a alguien que su madre... Solo espero que puedas perdonarme algún día.

Las enfermeras se llevan al bebé enfermo a la sala de reanimación a toda prisa. En este preciso instante daría lo que fuera por evaporarme y que el aire me arrastrara por la ventana, hacia lo alto del cielo. Mi única esperanza es que algún día, más adelante, pueda ser capaz de recordar los detalles de lo que sentía cuando mi madre me abrazaba con fuerza, con el único deseo de quererme.

Catorce años antes

Mark

Cuando estaba claro que la quimioterapia no le estaba haciendo efecto a Simon, los médicos empezaron a buscar un donante de médula ósea. Todo apuntaba a su mellizo: yo. Pero cuando llegaron los resultados de la pruebas dijeron que yo no era compatible. Sentí que se me caía el alma a los pies. Le había fallado. Ni siquiera tuve la oportunidad de echarle una mano.

Y luego, para consternación de mi familia, los médicos no consiguieron encontrar a otro donante.

En la última visita que le hice a Simon, se encontraba hospitalizado en una habitación individual con vistas a frondosas zonas verdes. Por aquel entonces yo ignoraba que asignaban las mejores habitaciones a los pacientes terminales.

—Se acabó, Mark —dijo—. Será mejor que nos despidamos.

—No digas tonterías —contesté, retorciéndome las manos—. No puedes darte por vencido. Bueno, ¿qué me dices de las finales?

—Maldito Collingwood. Nunca van a clasificarse en primera división. Al menos, no lo veré en vida. —Se rio entre dientes de lo que a su modo de ver era una broma para troncharse de risa.

A mí seguía pareciéndome que no tenía mal aspecto; recostado sobre la almohada, su tez no llegaba a ser del tono de la sábana que cubría su escuálido cuerpo. Si él dejase de existir, yo dejaría de ser mellizo. Sería hijo único. No tendría a nadie a quien proteger. A nadie de quien estar pendiente. Nada sería igual.

—No digas eso —le supliqué.

—Puedo decir lo que me dé la gana. A ver si te atreves a impedírmelo. —Volvió a reírse, como si fuera otra gracia.

—No puedes darte por vencido. No te toca todavía.

—Llega un momento en que hay que decir basta. En que hay que dejar de oponer resistencia.

Apreté los puños.

—No ha llegado ese momento —repuse.

A Simon se le cerraron los párpados. Yo pensé que era una indirecta para que dejara de atosigarle. Más tarde, me pregunté si se habría debido a la medicación; él sufría muchos dolores. El caso es que salí de la habitación como una furia. No estaba dispuesto a dejarle marchar.

Cuando mi madre me llamó aquella noche para decirme que había fallecido, la cara me ardió. Los médicos dijeron que estaba preparado para morir. Que se encontraba en paz.

Puede que él estuviera preparado. Yo jamás lo estuve. ¿Lo que más deseo, lo que daría lo que fuera por cambiar? Ojalá hubiera tenido la oportunidad de escuchar sus últimas palabras. Ojalá hubiera tenido la oportunidad de despedirme.

Día 6

Jueves a media tarde

Un fuerte sonido armónico se deja sentir en mi habitación. Son las mujeres cantando a coro en la sala de recreo; sus voces resuenan desde el fondo del pasillo. Debería estar allí, pero he empezado a recoger mis cosas contando con que me dejarán irme a casa mañana. A pesar de mi pérdida refleja de leche en el nido y de mi interrogatorio al doctor Solomon, no hay rumores de que se descarte darme el alta. A lo mejor, tal y como yo esperaba, los miembros del personal no han compartido su inquietud: la burocracia del hospital funciona, por una vez, a mi favor. Con suerte seguirá siendo así hasta que me libre de esto.

Las duras superficies brillantes de mi habitación —la mesilla de noche, el mueble del televisor, la mesa y la silla— permanecen desprovistas de mis objetos personales. El armario es otra cuestión, y mi ropa, hecha un revoltijo después del frenético registro de Mark, se desparrama sobre la moqueta como tripas derramándose de una herida al abrir la puerta.

Mi teléfono suena con un estridente pitido en mi bolsillo. Bec. Mantengo el dedo vacilante sobre el botón de aceptar la llamada hasta el último momento.

—¿Cómo lo llevas, Sash?

—Regular. ¿Se ha puesto en contacto contigo mi padre?

—No. Nadie.

Ahora caigo en la cuenta de por qué Lucia se mostraba tan cariñosa conmigo. Todos los adultos se compadecían de mí; seguramente, todo el mundo.

—Mi padre por fin me ha contado toda la verdad sobre mi madre. —Hago una pausa. Jamás pensé que me vería obligada a decir estas palabras acerca de mi madre—. ¿Sabías que se suicidó? ¿Y que intentó quitarme la vida a mí también?

Bec sofoca un grito.

—¿Qué?

—Me drogó, Bec. Quería llevarme con ella.

—Por el amor de Dios. ¿Cómo demonios...? ¿Por qué?

No tengo ni idea. Dudo que algún día lo sepa.

Entonces me asalta un recuerdo, otra cosa que he reprimido a lo largo de todos estos años. Lucia, lamiendo un pegote de masa de una cuchara de madera, con los ojos chispeantes al coger el azucarero de la encimera. Yo había confundido los cristales blancos con la sal.

«Errores, mi vida. No te sientas mal. Todos cometemos errores. Yo también. Debería haber interrumpido el embarazo como sugirió Mario».

Pero interrumpir el embarazo habría significado abortar a Bec. Seguramente no se refería a eso, ¿no?

«Tu madre también —continuó, mientras tiraba la masa dulce al cubo de la basura con la cuchara sopera—. Ella sentía que tener un bebé había sido una equivocación. —Me apretó con fuerza contra sí—. Pero créeme, Sasha, tú no eres una equivocación».

Todas las noches que sollozaba sobre mi almohada a raíz de la desaparición de mi madre, Lucia venía a mi encuentro. Ella mandaba a mi padre a la casa de al lado para que se hiciera cargo de Bec, se metía en mi cama y me estrechaba entre sus brazos, apretándome contra su cuerpo rollizo y tibio, musitando palabras que me resultaban incomprensibles. Olía a ajo, a jabón de rosas y a amor.

—Creo que Lucia sabía lo que mi madre había intentado hacer.

—Nunca me lo dijo —contesta Bec en un hilo de voz.

Creo a Bec. Sé que probablemente no debería, pero así es.

—Mi madre siempre me preguntaba por qué no me parecía más a ti —comenta Bec—. Te quería más que a mí.

—Tonterías —digo. Lucia jamás me presentó como su hija. Lucia jamás reemplazó a mi madre. Yo jamás la llamé mamá, a pesar de que me habría gustado—. Tú eras su única hija —afirmo—. Ella deseaba lo mejor para ti.

Bec se sorbe la nariz.

—La echo de menos, Sasha. Constantemente.

—Pues claro.

Y curiosamente, pese a todo, yo también echo de menos a mi madre.

Como si estuviera leyéndome el pensamiento, Bec susurra:

—Tu madre te quería, ¿sabes?

—Ya. Por eso intentó... Ya sabes.

—Sash: todos somos capaces de cometer errores.

Al menos me siento identificada con eso.

—Damien —suspiro—. No puedo creer que yo hiciera eso. Es mi mayor error.

—Sash. Eso no fue culpa de nadie.

En teoría, Bec tiene razón. Ella estaba presente en la sala de audiencia cuando presentaron las pruebas varias semanas después de la investigación.

—Espero que no sigas dándole vueltas a eso —continúa—. ¿Es que no te acuerdas? El forense dijo que su muerte fue inevitable. Nada de lo que tú o alguien hiciera habría cambiado las circunstancias. Fue una muerte desafortunada causada por una enfermedad letal. Tú no tuviste ninguna culpa.

Solo hay un problema; Bec no sabe que mi error no fue únicamente el hecho de no emitir un diagnóstico potencialmente mortal. Fue mi omisión cuando el forense me interrogó.

—Sash, lo más importante: tu bebé. ¿Algún avance?

Guardo a Damien en los confines de mi memoria, donde siempre permanecerá.

—Fatal, Bec. Han colocado paneles alrededor de la incubadora de Gabriel para que ni siquiera pueda verlo. ¡Por lo visto piensan que voy a hacerle daño! De momento sigue previsto que le den el alta mañana y la idea de no verlo cada día me resulta insoportable. No sé qué hacer.

—Respira, Sash, respira y punto. Va a salir bien. Sé que ha sido estresante averiguar lo de tu madre. ¿Cómo vas con el descarte de sospechosos?

Respiro hondo y repaso la lista mentalmente.

—Brigitte, que piensa que es la madre de Gabriel, y Ursula, la enfermera, corroboran mutuamente sus versiones. Ambas pasaron toda la mañana en el nido y no vieron nada sospechoso. El doctor Solomon y la doctora Niles están descartados también. Y Mark no ha sido, por descontado.

Bec resopla.

—Te lo dije.

—Así que la única persona que queda es la doctora Green. La pediatra.

—Siempre es la persona de la que menos sospechas —señala Bec—. O una confusión fortuita como pensabas al principio.

—O que estoy desequilibrada y punto.

—Ni pensarlo, Sash. Has de tener fe en ti misma. Da la impresión de que nadie más lo hace. Excepto yo. Cíñete al plan. Todo saldrá bien, ¿vale? Pase lo que pase, lo solucionaremos juntas.

Al colgar, repaso la lista de tareas pendientes antes de que me den el alta. Uno: interrogar a la doctora Niles para averiguar su coartada la noche del nacimiento de Gabriel. Dos: empaquetar la bolsa de cierre hermético con el cordón umbilical. De momento la llevo metida en el sujetador, más cerca de mi corazón de lo que nada ha estado jamás. Tres: tirar la leche extraída del congelador. No hay ninguna posibilidad de que consiga llevármela a casa a escondidas de Mark. Además, Gabriel podrá mamar perfectamente cuando lo tenga conmigo. He logrado mi objetivo de no dejar que se me retire la leche, de modo que ya no hacen falta los frascos congelados. Cuatro: despedirme de Ondine. Ahora es más que una conocida. Podría considerarla una amiga.

Mientras espero a la doctora Niles, las cortinas de mi habitación aletean con la brisa de la noche. Algo no encaja en las flores estampadas en la tela blanca de algodón. Los claveles y las violetas nunca florecen en la misma estación.

Por fin la doctora Niles aparece en el umbral, con el teléfono en una mano, la pluma en la otra. Toma asiento en la silla que hay bajo la ventana.

—¿Cómo está, Sasha?

—Muy bien. —Hago amago de morderme las uñas, pero me contengo—. Fenomenal.

—Debe de estar contenta de que Toby esté evolucionando tan bien.

—Sí. —Hago de tripas corazón para sonreír.

Se pone a soltar una perorata sobre un estudiante de medicina de hace años, un paciente al que trató. Las flores de la cortina oscilan y se mecen al viento hasta que mis oídos captan la palabra «suicidio».

—... Me di cuenta de que lo había tenido delante de mis ojos. —La doctora Niles me mira inquisitivamente, sus ojos ámbar se oscurecen—. ¿Ha tenido pensamientos suicidas desde que está con nosotros, Sasha?

—No.

—Es que, dado su historial... Y, según tengo entendido, tuvo un episodio hará unos diez años, ¿no?

—¿Quién le ha dicho eso?

Mark. Traicionándome de nuevo. Confiaba en que no diría nada a los médicos. Él debería haber sido consciente de hasta qué punto el hecho de revelar mi intento de suicidio a un facultativo podría hacer mella en el Colegio de Médicos —incluso más que un diagnóstico de psicosis posparto— y en qué medida afectaría a mi carrera.

—Quienquiera que se lo dijera estaba mal informado —suelto.

—Entonces, ¿tampoco en ningún momento tomó antidepresivos?

—Bueno, sí. Supongo que sí. —Ha vuelto a tener un descuido al maquillarse, tiene un rodal de piel pálida en la sien—. Después de una tragedia.

La doctora Niles se lleva la mano a la barbilla.

—Un niño que falleció.

Se me forma un sollozo en la garganta, pero lo reprimo.

—Un bebé.

La doctora Niles se sienta a mi lado en la cama y posa una mano sobre la mía.

—Estoy bien —digo, enderezándome y esbozando una sonrisa de compromiso—. Fue hace muchísimo tiempo.

Ella me lanza una mirada incisiva y aparta la mano.

—No es la única que ha cometido algún error en su vida. A todos nos pasa. Incluso a los mejores.

—Yo me equivoqué. —Cuesta decirlo en voz alta—. Y no creo que jamás llegue a perdonármelo.

Cuando el forense expuso sus conclusiones, tras ser exonerada, me quedé clavada en el asiento. Si permanecía así, quieta e inmóvil, podía simular que era un familiar del difunto, o simplemente una desconocida curiosa. No la médica responsable de la muerte de Damien. Con todo el lío, había olvidado por quién estaba fingiendo. ¿Era por su familia, o por mí?

La doctora Niles se vuelve hacia mí. Tiene arrugas profundas bajo los ojos, el legado de todo lo que ha presenciado. ¿Ayudar a otros pacientes le ha permitido superar el suicidio de aquel paciente? ¿Formo yo parte de su terapia?

—Que conste que la autocompasión requiere práctica. Es una de las habilidades que más cuesta aprender. Para un médico. Para cualquiera.

—Estoy bien, de veras —miento, y me cruzo de brazos—. Ya apenas pienso en ello.

—Ajá. —La doctora Niles se atusa el pelo—. Y doy por sentado que está tomando la medicación que le receté todos los días, ¿no?

—Por supuesto. —Finjo incredulidad.

—¿Y está surtiendo efecto?

—Supongo que sí.

—Cree que Toby es su bebé.

Es una afirmación, no una pregunta, y sé la respuesta correcta.

—Sin la menor duda.

—¿Y no siente el impulso de hacerse daño a sí misma?

—Ni pensarlo.

—De lo contrario, ¿me lo comunicará? No quiero que se repita la equivocación que cometí.

—Yo tampoco. —Esbozo una fugaz sonrisa de complicidad. Es increíble lo que los médicos ven si así lo desean: un logro, una oportunidad para redimirse. Y, naturalmente, como médica, la doctora Niles se ve reflejada en mí.

—También debería advertirle, Sasha... No se alarme si comienza a sentir el deseo de estar junto a su bebé en todo momento.

Continúa describiéndome la preocupación maternal primaria, un estado psicológico constatado en el que la madre y el bebé se funden en el equivalente a un mismo ser humano durante un corto periodo de tiempo inmediatamente posterior al nacimiento, una etapa en la que la madre está en sintonía con cada necesidad de su hijo. El inicio podría demorarse en mi caso, explica, pero en principio debería prever que voy a experimentarlo.

Mi madre estuvo en un lugar similar a este, separada de mí cuando yo solo tenía seis meses. ¿Me echaría de menos cuando estábamos separadas? ¿O se sentiría aliviada de librarse de las incesantes demandas de un bebé de tan corta edad? Tal vez fueran sus ingresos en el pabellón psiquiátrico los que la convencieron de que sería mejor llevarme con ella al morir.

La doctora Niles posa la mirada en mí con expresión amable como si se hiciera cargo. Tal vez sea así, después de todo. Se levanta y se estira la falda.

—Le comunicaré a su marido que se encuentra bien para que se tranquilice. Ha estado preocupado por usted.

En la ventana, las cortinas ondean y ambas nos distraemos momentáneamente.

La doctora Niles hace amago de marcharse, pero se detiene en la puerta.

—Está evolucionando muy bien, Sasha. Los miembros del personal con quienes he hablado me han dado partes excelentes de usted. Ha mejorado muchísimo, y en menos de una semana. Autorizaré su alta para mañana de buen grado. Se lo comunicaré a las enfermeras.

Intento sonreír. Cuánto he tenido que guardarme para mis adentros para engañar a los que me rodean con tal de que me consideraran mentalmente estable.

La doctora Niles posa la mano en el marco de la puerta.

—Le alegrará saber que, como sus síntomas han remitido tan rápidamente y no han afectado a su labor como médica, no tengo la obligación de dar parte de su ingreso ante el Colegio de Médicos. Y, por cierto, ambas teníamos razón. Lo busqué. Los junquillos son una variedad de narcisos.

—Están prácticamente fuera de estación —señalo.

—Sí, pero todavía percibo su olor al pasar junto a las ventanas abiertas. Supongo que serán imaginaciones mías. Aunque algunas fragancias persisten más que otras. —Se despide con un fugaz ademán y apaga la luz al salir de la habitación.

Mantengo la sonrisa en la cara hasta que sus pasos se apagan y acto seguido relajo la boca. Descorro las cortinas para poder ver un pedacito del cielo nocturno, estrellas, una luna nueva brillando en la oscuridad para mí.

Día 7
Viernes por la mañana

Esta mañana he venido al nido con un plan. Antes de irme a casa, necesito coger en brazos a mi hijo. He de aprovechar esta oportunidad, pues no sé cuándo se me presentará la siguiente.

La incubadora de Gabriel está rodeada de paneles de separación, con la diferencia de que esta vez no están cerrados del todo. Al vislumbrarlo fugazmente bajo las luces aguamarina por la rendija de entre los paneles, siento punzadas en los pezones, y a continuación un chorro caliente de leche me empapa el sujetador. El fluido me cala la camiseta, pero desde ayer tengo presente la importancia de vestirme de negro.

Ursula, inclinada sobre un bebé en una cuna abierta al fondo del nido, es la única persona que hay a la vista al echar un vistazo; las demás enfermeras estarán en entregas de bebés. Avanzo con sigilo hacia la incubadora de Gabriel y fisgo por la rendija de los paneles. Despejado, salvo por Gabriel. Me cuelo dentro. A través de un fino resquicio entre los paneles alcanzo a ver hasta el área de enfermería a lo lejos. Dispongo de tiempo de sobra si alguien se acercara.

Gabriel yace inmóvil, un tenue esbozo de sonrisa en la boca, los párpados cerrados, sus largas pestañas acariciando sus mofletes de querubín. Cuesta calcular el alcance de la ictericia bajo las luces azules. Alargo la mano para separarle los dedos de los pies. Si los tiene palmeados sería una mínima prueba de la que hasta Mark se vería obligado a tomar nota.

Una vez más, sin tener ocasión de constatarlo, los paneles se abren de golpe con un chirrido. Mark se asoma entre los paneles recién afeitado.

—Te estaba buscando por todas partes. —Se fija en Gabriel y acto seguido en mí, con las manos metidas por los ojos de buey y posadas en los pies de Gabriel. Abre y cierra la boca de par en par como una carpa dorada—. ¿Qué coño estás haciendo?

Saco las manos de la incubadora de un tirón y cierro los ojos de buey de un portazo.

—Nada. —Aparto a Mark bruscamente para dirigirme a la zona abierta del nido.

Mark cierra los paneles de golpe y se pone a caminar de un lado para otro delante de mí. Parece un animal enjaulado: un león, tal vez.

—Pensaba que tenías claro que debes mantenerte alejada de Jeremy.

—No es lo que piensas —aduzco.

Él continúa caminando de acá para allá, hablando entre dientes.

—No hay necesidad de decírselo a nadie —señalo—. No he hecho nada malo.

Se para en seco.

—¿Cuántas veces te has acercado a esta incubadora? ¿Cuántas veces lo has tocado?

—Esta es la primera.

Reanuda el paso con la mano pegada a la frente.

—Por favor, no se lo digas a nadie.

Se detiene y se queda mirándome como si yo fuese una especie de amenaza. Un escalofrío me recorre desde el torso hasta los pies, petrificados en el suelo.

—Por favor, no digas nada. Por favor.

Tiene el cuerpo rígido.

—Ha sido un error.

—Un error. —Las líneas de expresión que rodean su nariz se convierten en fisuras.

Él no me creerá hasta que presente pruebas irrefutables. No me queda más remedio que urdir una mentira.

—Jeremy no paraba de llorar y las enfermeras estaban ocupadas y, como nadie atendía al pobrecito, pensé que lo menos que podía hacer era echarle una mano a Brigitte y...

—No estarías intentando hacerle daño, ¿verdad?

—Por supuesto que no. —¿Cómo se atreve siquiera a insinuarlo?

—No puedes volver a hacer nada así, ¿entiendes? —Cierra la boca de golpe cuando Ursula camina a nuestro encuentro.

—¿Algún problema? —Ursula se tira del escote del delantal al dirigirse a Mark. Él esboza una sonrisa de compromiso.

—Sasha me estaba contando lo bien que se encuentra Toby. —No me mira—. ¿Verdad, cariño?

—Sí —aseguro—. La verdad es que sí.

Ursula desaparece al fondo. Mark, con los nudillos blancos como el papel sobre la barra metálica de la incubadora, observa fijamente a Toby como si fuera un tesoro de un valor incalculable.

—Tienes que creerme, Sash. Toby es nuestro hijo. Fíjate en el gesto que hace antes de estornudar. —Levanta la vista y arruga la nariz—. Y en la arruguita de su entrecejo. —Apunta con el dedo hacia mi entrecejo—. Lo mismo que tú. —Se queda mirándome, sus pupilas son como túneles oscuros que no conducen a ninguna parte—. Por favor, prométeme que jamás harías daño a un niño.

—Si me quisieras de verdad no me pedirías eso.

—No te has enterado, ¿verdad? —Su tono es suave, de una serenidad inquietante—. Sí que te quiero. Por eso mentí, por eso te dije que no me había separado de él en ningún momento desde el parto.

Ursula mira en nuestra dirección, pero no se está fijando en Mark o en mí. Tiene la mirada clavada en la ventana, junto a la incubadora de Toby, donde ha empezado a caer granizo del tamaño de pelotas de golf.

—No me permitieron entrar en el quirófano —continúa Mark, mirando fijamente la tremenda granizada—. Me hicieron esperar fuera, así que me vine derecho al nido. Desde el instante en que lo subieron aquí, me quedé con él, durante la reanimación, todo el rato. No lo dejé solo.

A estas alturas no sé a quién creer.

—¿Fue cosa tuya que me encerraran aquí? ¿Querías retenerme aquí dentro para poder hacerte socio del restaurante a tus anchas y ahorrarte el engorro de que tu desequilibrada mujer te incordiase? ¿Como esos maridos que recluían a sus mujeres en manicomios cuando se hartaban de ellas?

—No digas disparates —dice, asiendo con fuerza la barra—. He hecho lo imposible por sacarte de allí.

Fuera, en la calle, los coches están reduciendo la velocidad por el granizo. Hasta el tiempo se ha detenido. Nos hemos internado en un universo paralelo donde las cosas no encajan. Después deja de granizar. Caen copos de nieve revoloteando, formando remolinos, volando por los aires arrastrados por una ráfaga de viento, y a continuación se arremolinan sobre el asfalto; un acontecimiento sumamente insólito en una primavera tan cálida.

—Supongo que el motivo por el que hablaste de mí a la doctora Niles con pelos y señales también es porque me quieres, ¿no?

Mark niega con la cabeza.

—Pero ¿qué dices?

—Le contaste lo de Damien. Lo de mi intento de suicidio. Que me hablaban los fetos. ¿Por qué tuviste que irte de la lengua?

Ahora la nieve cae con más fuerza y los copos se acumulan sobre la marquesina de la parada de autobús, la acera de cemento y la calzada antes de convertirse en aguanieve bajo el paso de los coches.

—No le conté nada. Salvo lo de los fetos. Me lo sonsacó. —El gesto de Mark se funde con todas las demás expresiones de su cara; las ocasiones en que me ha sonreído sin ganas, las veces que ha rehuido mi mirada.

—Has estado al tanto de lo de mi madre todo este tiempo, ¿a que sí?

—Sash, por favor. De verdad, no sé de qué estás hablando.

—Ya no me creo una palabra de lo que dices.

Mark cierra las puertas de la incubadora de golpe. Tuerce el gesto de una manera que jamás había visto, más allá de la preocupación o la impotencia, rozando la aversión.

—Se supone que tengo que llevarte a casa esta mañana.
—Echa un vistazo a los paneles de Gabriel—. Creo que será mejor que te deje un poco de espacio para aclararte las ideas.

No sabe ni la mitad de las ideas que tengo en la cabeza.

Cuando Mark se marcha, examino a Toby. Está tranquilo. Sus extremidades son de un tono pálido; su respiración es superficial y rápida. Sus ojos parpadean con la tenue luz. ¿Está demasiado inmóvil? ¿Algo va mal?

Consulto el gráfico de observaciones. No me quedo tranquila con los valores. Hay una oscilación en su temperatura y en su ritmo cardiaco. Es un leve aumento —no me extraña que a las enfermeras se les haya pasado por alto—, pero ahí está.

La doctora Green, la pediatra, está tomando notas en el área de enfermería. No he mantenido una conversación propiamente dicha con ella desde el domingo, cuando se opuso a realizar las pruebas de ADN. La llamo para que venga. Sus tacones repiquetean en el suelo hasta que se para junto a la incubadora de Toby; el pelo le cae en mechones limpios y lisos. Me embriaga con su agradable perfume floral.

—¿Algún problema?

Señalo hacia el gráfico e indico las fluctuaciones, los valores anormales.

—Pensé que debería estar al corriente.

Ella desliza el dedo por las líneas del gráfico. A continuación abre la incubadora de Toby, le palpa el abdomen, pone el estetoscopio sobre su pecho. Al terminar, levanta la mirada.

—¿Acaba de reparar en estas... anomalías?

Asiento.

La doctora Green coge el gráfico y vuelve al área de enfermería, donde descuelga el teléfono. En teoría tenía que interrogarla acerca de su coartada y su móvil, pero ahora resulta impensable. Toby necesita a alguien a su lado. Lucia no era mi madre biológica, pero estuvo a mi lado. Yo puedo estar al lado de Toby esta mañana. Él es una víctima inocente en todo esto y hoy necesita el cariño de alguien.

Bajo la vista a la incubadora. Da la impresión de que el movimiento del pecho y el abdomen de Toby está desacompasado; uno se eleva mientras el otro se hunde. Respiración paradójica. Mala señal.

A raíz de lo de Damien, dejé de confiar en mi instinto en lo tocante a las enfermedades. Llegué a la conclusión de que la intuición no era uno de mis puntos fuertes. En vista de la poca confianza que tenía en mi capacidad, cada vez que me veía en la tesitura de atender a otro niño enfermo solicitaba cada vez más pruebas al laboratorio, radiografías, escáneres. Por qué dejé la pediatría: me di cuenta de que las pruebas no podían protegerme de mí misma.

No obstante, Toby tiene un aspecto diferente al de ayer. No tiene buena pinta. La doctora Green se acerca de nuevo, esta vez con las mejillas pálidas.

—Vamos a llevarlo a la sala de reanimación —anuncia—. Es preciso que le ponga un gotero, que le saque unas muestras de sangre y que le administre unos antibióticos. Ahí dentro tendremos más espacio.

Ponerle una vía intravenosa, hacerle análisis de sangre, administrarle antibióticos; es lo que yo debería haber hecho con Damien. En vez de eso, lo mandé a su casa... y lo desahucié. En aquellos primeros tiempos, estaba convencida de que jamás daba un paso en falso.

La doctora Green coge a Toby y me lo da.

—Llévelo usted —dice. Me da la sensación de que hace un siglo que no lo tomo en brazos. Tiene la piel húmeda y fría. Podría cogerlo con una mano perfectamente, pero lo acurruco entre las dos para sujetarle la columna vertebral. Los brazos y las piernas le cuelgan flácidos como si fuera un muñeco de trapo. Aprieto su cuerpecillo contra mí para que no se enfríe.

La doctora Green camina a mi lado.

—Recuerdo lo duro que fue ver a otros bebés luchando por vivir mientras mi hija evolucionaba. ¿Le comentó Mark que tuve un bebé prematuro?

Asiento, recordando el día de mi ingreso.

—Cassie. ¿Se puede creer que me sentía culpable porque se estaba poniendo bien? —Tras una breve pausa, añade—: Por aquel entonces me sentía culpable por todo. Hasta estaba convencida de que su nacimiento prematuro era culpa mía. He tardado más de lo que pensaba en perdonarme a mí misma, en ser consciente de que fue fruto del azar. Una de esas cosas que pasan sin más. No por mi culpa en absoluto.

La sala de reanimación queda oculta tras una puerta corredera opaca. Esperaba no volver a pisar un lugar así en mi vida. Las paredes están cubiertas de estanterías repletas de equipamiento: jeringas, agujas, mascarillas, cajas de medicamentos. Todo lo que pueda necesitar un bebé. La incubadora de la sala de reanimación, cubierta de varios diales e interruptores, se halla en medio de la sala, pegada contra una pared. Hay dos botellas de oxígeno sujetas con correas a la parte posterior, listas para insuflar oxígeno o aire al bebé enfermo. Una lámpara de calor se cierne sobre la incubadora como un helicóptero de emergencia. Hace años que no trabajo en pediatría; a estas alturas sería incapaz de reanimar a Toby de acuerdo con el protocolo de buenas prácticas. Ahora se encuentra en manos del personal sanitario.

La doctora Green trajina entre los estantes, rasga envoltorios de plástico, prepara una bandeja de cánulas. Pongo a

Toby en el colchón de la incubadora. La lámpara de calor está graduada al máximo; siento un hormigueo en los antebrazos al acariciarle la cabeza. En la pared, el diagrama de flujos muestra los detalles del proceso de reanimación. En una pizarra blanca todavía aparecen los tiempos y las dosis del último bebé al que reanimaron.

La doctora Green tiene el ceño fruncido por la preocupación, las manos le tiemblan de manera casi imperceptible al preparar la vía intravenosa.

—Ojalá me hubieran entregado un bebé sano en vez de uno prematuro. —Su intenso perfume floral se mezcla con su sudor en el exiguo espacio de la sala—. No es justo para nadie, los padres, los bebés, pasar por este trance. Por eso me dedico a esto, ¿sabe? Para aliviar el sufrimiento de los demás.

Me tiende un tubito con líquido transparente.

—Dele esta sacarosa mientras inserto el gotero —dice. Se inclina sobre Toby, en el colchón de la incubadora de reanimación, y agarra su diminuto brazo; es prácticamente del grosor de su pulgar. Los dedos de la doctora Green le dejan marcas blancas sobre la piel al girarle la muñeca. Las venas de Toby se convierten en protuberantes hilos violetas. Le sujeto el pecho con una palma, y con la otra introduzco las gotas de sacarosa en su boca. A pesar de la lámpara de calor, está frío de pies a cabeza. Le sujeto la muñeca. Abre y cierra la boca dando bocanadas al tragar el líquido dulzón. La doctora Green da un golpecito sobre una prominente vena con el dorso de los dedos y después inserta la aguja en su piel. Toby chilla.

—Tranquilo —susurro, al tiempo que una capa de sudor impregna mi frente. Se me acelera el pulso.

Los berridos de Toby resuenan en la sala. Aunque me dan espasmos y calambres en los dedos, no despego la mano de su pecho ni de la cánula de sacarosa.

La doctora Green por fin retira la aguja y coloca una llave a rosca con el tubo de plástico de la vía intravenosa. Llena unos diminutos viales con la sangre rosácea de Toby al tiempo que le lagrimean los ojos.

—Yo siempre deseé tener una familia numerosa, ¿sabe? Nada más nacer Cassie, me obsesioné con la idea de tener otro hijo. Creo que en parte fue para demostrarme a mí misma y a todo el mundo que la siguiente vez me saldría bien. Pero cuando vi por lo que pasó Cassie en el nido, me contenté con un hijo.

Toby se pone a gimotear, su llanto crece y decrece como el órgano de una iglesia. Se le forma una profunda arruga, casi familiar, en el entrecejo cuando la doctora Green le venda el brazo. Al notar su agitado pulso contra la palma de mi mano, la cabeza me da vueltas y mis pies de repente pierden su anclaje, dejo de sujetarle el pecho y salgo despavorida de la sala, sin saber en qué dirección correr.

El nido está vacío; no hay personal ni visitas. Fuera, continúan cayendo copos de nieve. Al colarme por el hueco entre los paneles encuentro a Gabriel dormido en su incubadora. Su piel presenta una tonalidad azulada bajo las luces. Pego la frente al metacrilato. Está empezando a ponerse regordete, la cara se le está redondeando, se le están formando pliegues en las muñecas. Abro uno de los ojos de buey con un clic y alargo la mano para tocarle la piel.

—Lo sabía.

Ursula. Tiene los hombros tan pegados a las orejas que parece una serpiente a punto de atacar.

—Sabe perfectamente que tiene prohibido acercarse a este bebé. —Da un paso al frente; el estetoscopio negro os-

cila sobre su pecho como el péndulo de un hipnotizador—.
He puesto todo de mi parte para que se encariñara de Toby
—dice—. Pensaba que todo apuntaba a su mejoría, Sasha.
Hasta rompí una lanza en su favor cuando el resto de enfermeras querían prohibirle la entrada al nido. —Clava la mirada en Gabriel—. Pero esto ya pasa de castaño oscuro.

Con la mano aferrada a mi hombro, Ursula me insta a
salir del habitáculo en dirección a la salida del nido. Me conduce por la puerta y me hace sentarme bruscamente en una
silla del pasillo junto a un helecho de plástico.

—Espere aquí —ordena.

Enfrente de mí hay un tablón de corcho cubierto de
fotos de bebés nacidos en el hospital, un galimatías de caras
regordetas, papadas y ojos de par en par. Los bebés que yo
conozco no aparecen en ese tablón. Al menos, todavía no.

Toby, en el nido, su alimento fluyendo por un conducto desde el orificio de su nariz hasta el estómago, manipulado
por extraños día y noche.

Gabriel, con la mujer sentada junto a su incubadora día
tras día con la certidumbre de que es su hijo, llamándole por
un nombre que no le pega.

Por último, yo, acurrucando a Gabriel contra mi cuello,
aspirando el aroma dulzón de su piel.

Tres bebés, cuatro nombres: Damien, Gabriel, Jeremy,
Toby. Solo uno de ellos es mío.

El profundo pliegue del entrecejo de Toby, el que Mark
está convencido de que es mío; no es posible que sea heredi-
tario, ¿no? Sin duda es imposible que Toby sea mi hijo, ¿no?

La doctora Niles ha mantenido en todo momento que
ha visto mujeres con reacciones similares a la mía, sobre todo
después de partos traumáticos. Se desvinculan, pugnan por
establecer lazos con sus bebés. Yo siento que Toby no es mío.

¿Acaso no lo he intentado? He intentado quererlo, que me despierte algún sentimiento. Ha sido en balde.

Cuento el número de veces que he cogido a Toby en brazos como es debido. Una vez. Una vez en siete días.

Tal vez estén en lo cierto: podría ser culpa mía. Tal vez no me haya esforzado lo suficiente.

Si Toby fuera mi hijo, podría lidiar con los reproches silenciosos de Mark. Y podría aprender a vivir con mi tremenda equivocación.

«¿Qué diablos se supone que debo hacer?».

Los goznes de la puerta del nido chirrían como el aullido de un perro al abrirse y cerrarse. No encuentro respuesta a la pregunta ni en mi cabeza ni en mi corazón. En cuanto a Damien, lo he llevado en el pensamiento desde hace años, despertándome de pesadillas aferrada al edredón. Mark dejó de preguntarme por los motivos.

En la sala del tribunal forense, declaré que no recordaba nada de la lesión que Damien presentaba detrás de la oreja. Pero no es así. Le examiné la marca la noche anterior a su muerte, intentando borrársela con el dedo índice. Pero no desapareció. Seguía allí cuando aparté la mano de su piel. Yo lo achaqué a una marca de nacimiento que les había pasado desapercibida a sus padres. No tenía ninguna otra —lo comprobé— y una lesión cutánea no justificaba solicitar más pruebas, o eso consideré en aquel momento. En la Facultad de Medicina había aprendido que la erupción meningocócica era el último síntoma previo a la muerte, pero Damien no presentaba signos de gravedad..., por lo menos aquella noche.

No obstante, el principal problema no fue pasar por alto la gravedad de la lesión cutánea. Fue lo que sucedió a continuación.

El forense me interrogó acerca de la marca. Me quedé helada. Mi incompetencia quedó patente en la sala de audiencia, a la vista de sus padres, los medios, los extraños congregados, incluso ante mí misma. Me dio la sensación de que solo me quedaba una salida. Desde entonces mi respuesta ha resonado en mi cabeza cada noche, con un timbre bajo y débil:

«No lo recuerdo».

—Lo siento, Damien —susurro en el ambiente caluroso y húmedo del pasillo. Las palabras se quedan flotando en el éter, en torno a mi cabeza, pero cuando el semblante serio de Toby aparece ante mí, tan parecido al de Damien, me pregunto si Damien estará dispuesto a dejarme marchar. Y rezo por llegar a aceptar que Toby —el hijo al que es posible que haya despreciado por recordarme a Damien, a mis errores— ocupe su lugar.

Cuando la puerta del nido se abre y la doctora Green aparece ante mí con el semblante adusto, súbitamente caigo en la cuenta de lo que debería haber sabido durante todo este tiempo, de lo que ya no necesito confirmar con pruebas. De lo que me había resistido a creer.

Una cosa más que añadir a mi larga lista de equivocaciones.

El corazón se me contrae y expande bajo las costillas. Me desplomo hacia delante en la silla de plástico, de rodillas, incapaz de sostener mi propio peso, pero la doctora Green se apresura a sujetarme para evitar que me caiga de bruces.

La moqueta está mugrienta bajo mis rodillas, salpicada de viejas manchas oscuras. Me pongo a temblar. No es demasiado tarde. Algunas mujeres no sienten apego por sus bebés hasta pasados unos meses, incluso años. O jamás. Es posible que tarde mucho tiempo en aprender a querer a Toby. Al menos de este modo los dos tendremos una oportunidad.

Me incorporo trabajosamente.

—Necesito ver a Toby —digo en tono lastimero—. Necesito cogerlo en brazos. Por favor. Tiene que dejarme verlo.

La doctora Green niega con la cabeza.

—Han surgido algunas preguntas acerca del estado de Toby —contesta—. Me temo que de momento no tendremos más remedio que pedirle que no lo visite.

—Se lo ruego. Yo no le he hecho nada a Toby. Soy consciente de que estaba equivocada. Si pudiera por lo menos cogerlo en brazos...

—Lo lamento —ataja la doctora Green—. Lo lamento de veras. Pero de momento no tenemos elección. —Me conduce pasando por el largo lavabo en dirección a los ascensores—. La avisaremos cuando pueda volver a visitarlo.

Las piernas me flaquean hasta tal punto que me da la sensación de que voy a desplomarme. Esto no puede estar ocurriendo; no ahora que por fin he averiguado la verdad. Me he equivocado en muchísimas cosas. Pero yo no soy mi madre. Y no le he hecho ningún daño a Toby aposta. Puedo querer a mi hijo y ser mejor madre de lo que esperaba, mejor madre que la mía propia. Ruego a Dios que no sea demasiado tarde para Toby, ni para mí. Las piernas empiezan a fallarme.

Noto una mano bajo la axila, sosteniéndome.

—Es hora de que vuelvas a casa, Sash —dice Mark.

Por primera vez desde hace mucho tiempo, acude cuando más lo necesito.

Día 7
Viernes a media mañana

Siento un vacío en el pecho mientras Mark me ayuda a meterme en el coche en la puerta principal del hospital. No debería marcharme, no cuando estoy dejando atrás una parte de mí.

Realizamos el trayecto a casa en silencio. Mark ha puesto un nuevo CD de jazz experimental que hace que me den ganas de gritar. Cuando llegamos a las afueras de la ciudad me fijo en los arcenes, donde hay cúmulos de nieve derritiéndose bajo el sol de primavera que asoma entre los nubarrones. Nos cruzamos con los restos de algunos animales muertos sobre el asfalto, inidentificables debido a la putrefacción, con los que los insectos se han dado un festín hasta no dejar más que un cúmulo de huesos y pelaje. Me pregunto qué haría Mark ahora si por casualidad viéramos un animal herido; si me pediría que le ayudara a salvarle la vida. La idea de una cría amamantando, incapaz de extraer suficiente líquido como para mantenerse con vida mientras su madre se enfría, me resulta casi insoportable.

Por el espejo retrovisor, la sillita portabebés que habíamos colocado hace semanas yace en el asiento trasero como
una huevera vacía.

—¿Mark? —Considero que le debo una explicación.
Él asiente.

—Esto ha sido un verdadero trago para ti, ¿verdad?

Salimos del asfalto y nos metemos en la pista de tierra;
las piedras golpean los bajos del coche al tiempo que la sus-
pensión vibra bajo nosotros.

—Pensé que esto sería distinto.

—Yo también —dice.

Los molinos de viento de las colinas lejanas mueven las
aspas como una batidora. Pasamos junto al tendedero de una
granja, una sábana ajustable se infla con el viento. Luego por
delante de la casa con el porche a reventar de coches oxidados,
carcasas de tractores y chatarra. Subo la calefacción y extiendo las piernas bajo el salpicadero. Estamos cerca de casa. Necesito decirlo ahora, antes de que sea demasiado tarde.

—Sucedió algo cuando te marchaste... —Sin embargo,
de alguna manera me resulta demasiado difícil encontrar las
palabras para explicar el episodio. Hago un segundo intento—. Siento haberte complicado la existencia. Creo que he
metido la pata. He cometido un error. Creo a pies juntillas
que Toby es nuestro bebé. Podremos verlo pronto, ¿verdad?
¿Nos permitirán volver al nido? Necesito abrazarlo. Se va a
poner bien, ¿a que sí?

Mark suspira y afloja las manos al volante.

—Iré a ver Toby esta tarde —dice—. En opinión de la
doctora Green, parece ser que se pondrá bien. Con suerte,
te dejarán verlo muy pronto. Todo va a salir bien. —Me da
la impresión de que está hablando más para sí mismo que
para mí.

Al entrar por nuestro camino de entrada de piedra blanca, los pétalos de los cerezos se arrugan bajo los neumáticos. La tormenta de nieve no ha llegado tan lejos de la ciudad. Después de una semana fuera, nuestra casa me resulta extraña: los toldos de encaje y los postes esculpidos del porche, el logrado estilo eduardiano de repente demasiado elegante para este entorno boscoso, como si la hubieran transportado en un camión desde el centro de la ciudad y luego la hubieran dejado caer en medio de la espesura. Estamos rodeados de árboles por todas partes, nuestra casa no es visible desde la carretera. «Situada en un idílico claro del bosque», había proclamado el agente inmobiliario. «Una ratonera en un incendio forestal», había corregido Mark. Yo me había empeñado en comprarla de todas formas, dejándome llevar por la fantasía de un refugio en el bosque, como si la tranquilidad fuera algo que pudiera comprarse, o poseerse.

Mark pasó los primeros cinco años en la casa refunfuñando por la instalación eléctrica, la tarima flotante, la inclinación de los techos. «Casas viejas», había dicho entre dientes al meterse en el registro. Él prefería las casas modernas: líneas depuradas, techos rectos, todo en orden y bajo control.

Yo, por mi parte, adoraba las casas con historia. Su atmósfera. Prácticamente podía sentir a la gente que había vivido en esta casa antes que nosotros. No había otro lugar donde prefiriese estar. Después de ocho años, me sentía en casa.

Una vez dentro, me fijo en los montoncitos de polvo y pelusas acumulados en el pasillo. Será cosa de Mark. Él nunca ha valorado la importancia de pasar la aspiradora o barrer antes de pasar la mopa. Echo un vistazo a la figura de la mujer embarazada que hay encima de la consola. Es un regalo que me hice a mí misma, al principio del embarazo. Para celebrar los nueve meses, comenté entonces.

Encima de la consola hay colgada una reproducción de Monet. *El puente japonés.* Habrá que quitarla. Será suficiente con las paredes desnudas. Encargamos que las pintaran durante los preparativos para el bebé. En blanco roto. Mark dejó que yo eligiera el tono.

Me quito los zapatos de un puntapié y observo el techo. Entre las molduras y los apliques de cristales de colores cuelgan madejas de telarañas. En el salón, ramos de flores marchitas adornan la repisa de la chimenea —gerberas, azucenas y claveles—, con los pétalos ya mustios por los bordes. Huelen a rancio, a muerte.

—Se me ocurrió dejarlas para que las vieras al llegar a casa —señala Mark. Me tiende un taco de tarjetas de felicitación. Son de amigos, compañeros de trabajo, parientes lejanos; todas contienen alegres mensajes de enhorabuena y buenos deseos, todas están llenas de esperanza. Nada negativo. Nada real. Tiro las que menos me gustan a la chimenea.

Los regalos están pulcramente apilados en la sala de estar. Sonajeros, prendas de algodón ecológico, una colección de DVD de *Baby Einstein.* Mark coge un pelele de color celeste y se lo pega al pecho para calcular el tamaño.

—Te he dejado las pastillas en tu mesilla de noche —dice—. Para que no se te olviden.

—Ni siquiera me las he tomado —contesto.

Mark deja caer el pelele al suelo.

—¿Cómo que no? Oh, Dios mío. ¿Puedes hacer el favor de decírselo a la doctora Niles cuando la veas? Prefiero no tener que hacerlo yo.

—Me ha dado el alta. Ha dicho que estoy recuperada.

Pero Mark niega con la cabeza al agacharse para cruzar la puerta y sale de la habitación sin mediar palabra.

Cuando tengo la certeza de que se ha ido, extiendo la colcha de *patchwork* de mi madre sobre el respaldo del sofá. El granate de los coches de bomberos hace juego con la piel burdeos. La colcha tiene el largo y ancho perfectos, aunque los motivos infantiles no terminan de hacer juego con la decoración de la casa.

Más tarde, nos ponemos a preparar el almuerzo de pie uno al lado del otro en la cocina, casi como en los viejos tiempos. Después de una semana fuera, la cocina parece aséptica, con los electrodomésticos de acero inoxidable, los armarios de un gris satinado y la encimera despejada. Es como estar de vuelta en el laboratorio.

Todavía quedan sobras de la tanda de ñoquis que Mark preparó. El agua hirviendo se derrama sobre el fogón cuando echa la masa blanca a puñados en la cacerola.

—Anoche vi una lechuza boca de rana —comenta.

—Ajá.

—Estaba posada en el tocón del árbol junto al garaje. Trepé para acercarme a ella. Estuve en un tris de tocarle las plumas. Alzó el vuelo en el último momento.

Corto un tomate en dos; la hoja del cuchillo en mi mano se me antoja un escalpelo al golpear contra el cristal de la tabla de picar. Me salpica el jugo.

—Cuidado —dice él.

Los armarios de la cocina pasan del gris al negro mientras mi cerebro se queda sin sangre. Me dejo caer en un taburete.

—Ya conoces el dicho —comenta Mark con una sonrisa—. Al mal cocinero le estorban hasta las cucharas.

Me llevo la mano a la cicatriz que tengo sobre el hueso pélvico.

—Era broma —apostilla. Y acto seguido, con dulzura—: ¿Estás bien?

No contesto. Él remueve los ñoquis puestos a hervir.

—Ha llamado la doctora Niles —dice—. Quiere verte en la unidad materno-infantil esta tarde.

—¿Tan pronto?

—Ha insistido. Mira, si no vas a la cita, corres el riesgo de que ordene tu reingreso. Esta vez en contra de tu voluntad.

Un gorrión alza el vuelo desde el bebedero del porche.

—¿Y Toby? ¿Alguna novedad sobre su estado?

—No he tenido noticias de la doctora Green.

—¿No podrías darle un toque sin más?

—No quiero agobiarla, Sash. Está ocupada. Seguro que se pondrá en contacto en cuanto pueda.

—Igual podemos ir a ver a Toby después de mi cita con la doctora Niles.

—No creo, Sash. Tenemos que esperar a que la pediatra nos dé el visto bueno.

Hay algo que me está ocultando.

—¿Por qué quiere verme la doctora Niles? ¿Qué le has dicho?

—Nada —dice Mark—. Parece ser que estaba preocupada por ti.

Mierda. Se ha enterado de mi interés por Jeremy. No voy a tener más remedio que volver a convencerla de que creo que Toby es mi hijo.

—Algo le habrás dicho.

—Sash, te prometo que estoy intentando ayudarte. Lo último que deseo es que vuelvan a ingresarte.

Sentada a la mesa con las mujeres en silencio masticando la comida pasada del hospital como una presa. Sollozando en el baño, con el agua tibia chorreándome por la espalda. Cerrando los ojos con fuerza durante la meditación, mientras las mujeres se rebullen y se sorben la nariz a mi alrededor.

Mark cuela los ñoquis en el escurridor en el fregadero. El vaho que emana empaña la ventana de la cocina. Imagino a Toby, solo en su incubadora, y entierro la cara en mis manos.

—No tengo apetito —farfullo.

—Avísame cuando tengas hambre. Te calentaré unos pocos.

En el dormitorio, la ropa sucia de Toby yace en una bolsa de plástico encima de la cama, al lado de mi maleta, lista para que la lave y la doble. Me pego uno de los peleles a la cara. Despide un ligero olor terroso, como las aterciopeladas virutas de corteza y plumas blancas que yo solía coger en mis paseos por el bosque cuando no podía quedarme embarazada. Me las metía en el bolsillo y las apretaba con fuerza como si estuviera atrapando la magia con la palma de mi mano.

Trato de visualizar cómo quedará nuestra habitación cuando traigamos a Toby a casa. Dejaré la nueva butaca para darle el pecho junto a nuestra cama. El cambiador seguramente cabrá bajo la ventana. Y podemos colocar su cuna aquí. Podrá dormir con nosotros, junto a mi lado de la cama.

La ropa sale despedida al abrir la cremallera de mi maleta. En cuanto a mi armario, está hecho una leonera: un revoltijo de tops y pantalones en fardos asoman de los cajones abiertos. Las perchas metálicas están desparramadas por el suelo.

—¿No podías haber intentado mantener mis cosas en orden? —exclamo. Encuentro la colcha de mi madre escondida al fondo del estante de arriba. Mark ya la ha quitado del sofá.

Saco la bolsa hermética del bolsillo delantero de mi maleta. El cordón umbilical está aún más ennegrecido y encogido que la última vez que lo examiné. Abro la bolsa de plástico de un tirón. El pegote negro y ajado de células ha perdido el olor. Lo llevo al baño anexo y lo tiro a la papelera. Oigo un crujido detrás de mí.

Mark está en el umbral, blandiendo su chaqueta y una carta, «DNA Easy» en el membrete, entre sus temblorosas manos. Una vena le palpita en la frente.

Mierda. Los resultados han llegado antes de lo previsto. Y se me había olvidado que, anticipando que me darían el alta antes, les había pedido que me los remitieran a mi domicilio.

—Eso va dirigido a mí.

Alargo la mano para coger la carta, pero él me la arrebata de un tirón.

—Tomaste las muestras. Lo hiciste a mis espaldas. Ni siquiera tenías intención de decírmelo. ¿Cómo has podido?

Me tiemblan las rodillas.

—Es complicado.

—Pues a mí no me lo parece. No me extraña que estés tan segura de que Toby es nuestro hijo. A mí ni siquiera me hace falta leer esto para saber la respuesta.

Hace un ovillo con la carta.

De modo que no la ha leído. A mí tampoco me hace falta leerla. Ya sé lo que dice, los resultados en negrita acusándome de otro error más. Ahora mi única esperanza es que Toby se recupere.

Mark se guarda la carta en el bolsillo de la chaqueta.

—¿Y yo? ¿Tomaste una muestra mía?

Las baldosas del suelo tienen un diseño monótono, de cuadros blancos y negros en damero, que se repite hasta el infinito. La elección fue cosa de Mark. Yo nunca le dije que el diseño me parecía horrible.

Maldice entre dientes.

—Si no fuera porque la doctora Niles insistió en que mantuviera un ambiente tranquilo en casa por ti... —Toma una bocanada de aire y aprieta los puños. Percibo su olor, dulzón y empalagoso.

—Has escondido mi colcha hace un rato.

Mark me escudriña.

—Es una colcha infantil, Sasha.

Siento una desazón en el pecho, se me revuelve el estómago.

—Mark. —El cuerpo me tiembla hasta tal punto que casi me tambaleo—. Tenemos que hablar.

Mark se mete las manos en los bolsillos. Podría guardármelo para mis adentros, no decir nada y vivir la vida que hemos creado en nuestra casa escondida en el bosque como un búnker contra incendios. Sería lo seguro. Lo cómodo. Lo adecuado.

Veo gente congregándose delante de nosotros, como en las agradables fotografías que adornan las paredes del cuarto de estar: mi padre, amigos, compañeros de trabajo, parientes, todos apiñados, con miradas inquisitivas. ¿Cómo voy a decepcionarlos a todos de esta manera?

Jamás concebí imaginar la vida sin Mark, ni siquiera durante las semanas previas a la boda, cuando la presión de un marido que vivía la vida por su difunto mellizo comenzó a pesarme enormemente sobre los hombros.

«No te eches atrás ahora —comentó Bec mientras yo me ponía ciega de martinis en mi despedida de soltera—. Lo lamentarás».

No existen las relaciones perfectas. En eso Bec había dado en el clavo. El matrimonio te une en las malas rachas. Como ahora, supongo. Lo que pasa es que hace mucho tiempo que no somos felices juntos.

—Yo...

Mark levanta la palma hacia mí, al tiempo que niega con la cabeza.

—Yo quería...

Hay tantas cosas que tengo ganas de decir sobre las formas en las que nos hemos fallado mutuamente, pero casi me supera el hecho de sacarlo a relucir. Como no abre la boca, continúo.

—No hemos sido sinceros el uno con el otro.

Las mejillas de Mark se hunden en sus pómulos, los globos oculares en las cuencas.

—No eres tú la que hablas, Sash. Son tus hormonas. O tu enfermedad.

Las manos me tiemblan sobre el lavabo del baño.

—Llevo muchísimo tiempo dándole vueltas a la cabeza, Mark. Me resultaba más fácil seguir adelante, ver si las cosas mejoraban entre nosotros cuando fueras más feliz, cuando tuviéramos un bebé. Llevo muchísimo tiempo fingiendo que todo va bien, que estoy bien. Tú también. Seguro que eres consciente de que ninguno de los dos es feliz tal y como están las cosas. No puedo seguir así. Confío en que algún día lo entiendas.

Me callo, no hay nada más que decir.

—Me he esforzado muchísimo en ser el marido que deseabas.

—Yo no puedo ser la mujer que necesitas.

Se vuelve hacia mí. Parece hundido.

—No puedes salvar nuestra relación —digo—, al igual que tampoco pudiste salvar a Simon.

Se le crispa la expresión.

—Simon no debería haberse rendido. No debería haberse dado por vencido. Se lo dije la noche en que murió.

En ese momento, con los ojos enardecidos, una mueca temerosa en su boca, ya no reconozco a mi marido. Me pregunto a quién habrá amado y si por casualidad me habrá amado en algún momento.

—A tomar por saco —dice—. Te espero en el coche.
—Se aleja dando zancadas por la alfombrilla de la entrada en
dirección a la puerta.

Tiene razón. A tomar por saco. Todo. Quiero estar con
mi bebé. Quiero abrazar a Toby. Por encima de todo, debería
tener derecho a ver a mi hijo.

Toby. Es bueno; mejor de lo que merezco. Al final crea-
remos un vínculo real y genuino. Mejorará día a día. Tiene
que ser así y punto; ya ha sufrido mucho, y la mera idea
de perderlo ahora es superior a mí.

Una oleada de bilis me sube a la garganta. Necesito
abrazarlo. Entonces sabré a pies juntillas que es mío. Ojalá
hubiera otra manera de averiguarlo.

Día 7
Viernes a primera hora de la tarde

C ómo estás, Sasha?

Brigitte se halla detrás de mí en el vestíbulo del hospital, sujetando el bolso con una mano, la bolsa de plástico llena de labores de punto —lana roja, agujas, cuadrados tejidos— con la otra.

—Cuanto antes volvamos a casa mejor, ¿eh?

¿Por qué me habla tan de buen grado ahora? Seguramente no se ha enterado de que me pillaron otra vez junto a la incubadora de Jeremy. Y, después de lo sucedido con Mark, no tengo claro si deseo estar en casa precisamente ahora. Mark y yo prácticamente no nos hemos dirigido la palabra de camino al hospital. Al dejarlo esperando en el coche, tenía el semblante ceniciento. Me pregunto si confiará siquiera en que acuda a mi cita con la doctora Niles.

Aparto a Mark de mi pensamiento y trato de mostrarme magnánima con Brigitte.

—Estoy segura de que Jeremy se irá a casa pronto.

—Puede. —Se muerde el labio de arriba—. ¿Cómo se encuentra Toby hoy?

—Le están administrando antibióticos. Espero que se ponga bien. —Tengo previsto ir a la unidad materno-infantil, donde procuraré tranquilizar a la doctora Niles antes de dirigirme al nido. Me muero de ganas de comprobar el estado de Toby. Como sigan prohibiéndome la entrada, tendré que idear otro plan para verlo. Así que lo último que deseo hacer es seguir hablando con Brigitte. Sus temores y sospechas sobre mí eran fundados; es absurdo intentar reavivar cualquier afinidad que pudiéramos haber tenido anteriormente.

Antes de poder escabullirme, Brigitte esboza una amplia sonrisa.

—Ursula acaba de contármelo todo. Lo siento mucho. No tenía ni idea del trance por el que estabas pasando. De haber sabido que pensabas que mi bebé era el tuyo... —Sigue sonriendo—. Debe de haber sido un trago para ti. Me alegro mucho de que lo hayas superado. —Parece verdaderamente preocupada—. Por cierto, me di cuenta de que tu colcha está un poco deshilachada. Me encantaría ayudarte a arreglarla, si te parece.

Titubeo, y Brigitte se acerca sigilosamente.

—Mira, he estado reflexionando sobre lo que te ha pasado. He estado documentándome un poco. ¿Sabías que las primeras incubadoras que se fabricaron eran de metal?

Me arrebujo en la chaqueta de Mark, la que se empeñó en que me pusiera cuando me puse a temblar en el coche de camino al hospital.

Brigitte sigue hablando a borbotones.

—Por lo visto, cuando empezaron a meter a los primeros bebés en incubadoras, las madres los abandonaban.

Dejaban a los bebés en el nido y no regresaban. Así que comenzaron a fabricar incubadoras de cristal. Las madres los visitaban todos los días. Los médicos lo achacaron a que las madres eran capaces de encariñarse de sus bebés porque podían verlos mejor. —Baja la voz—. ¿Y si estaban equivocados? ¿Y si fue gracias al cristal en sí? Es un material natural, no como el metacrilato o el metal. A lo mejor no estaría de más que pidieras una incubadora de cristal.

En sus labios no se aprecia el menor atisbo de sonrisa.

—O sea, puedes ver a tu bebé con mucha más nitidez a través del cristal que del metacrilato, ¿o no? Quién es. Quién deseas que sea.

Me planteo cuál es su estado mental, y si la naturopatía y la quiropráctica estarán realmente manteniendo a raya la depresión posparto.

—Gracias, Brigitte, pero ya estoy bien. Todo va bien. Oye, tengo que irme.

Ella da un paso atrás.

—Me alegro de que te encuentres mejor. Por cierto, quería decirte que me encanta el nombre de Toby. Qué curiosos son los nombres, ¿a que sí? Yo siempre he pensado que las personas los integran hasta que resulta imposible haberse llamado de cualquier otra manera. —Me observa con mirada inquisitiva.

Me da un sofoco y me aflojo el cuello de la camisa. Si la situación fuera a la inversa —si ella hubiera tocado a mi bebé sin mi conocimiento—, yo habría deseado que me lo dijera. Respiro hondo.

—Lo siento, yo...

—No pasa nada —ataja—. No hace falta que digas nada más. Me consta lo que vas a decir. Y me hago cargo de la situación. A veces resulta muy fácil equivocarse. Cuando deseas que las cosas sean diferentes. Cuando deseas empezar de cero. Cuando sientes que no tienes elección. —Hurga en su bolsillo—. Tenía intención de darte mi número. Sería estupendo ponernos al día cuando nos llevemos a casa a nuestros bebés. A Jeremy le van a dar el alta el día menos pensado. Como estaba preocupada por si no te veía antes de marcharme, cogí tu número de tu historial. Estaba segura de que no te importaría. —Me pasa un pedazo de papel—. Me encantaría mantener el contacto. Igual nuestros hijos pueden hacerse amigos.

—¿Los datos de mi historial? ¿Cómo los conseguiste? —Suenan timbres de alarma en mi cabeza.

Ella hace un mohín.

—Solo cogí tu número de teléfono. Guardan los historiales médicos de mujeres como nosotras, de madres cuyos bebés están en el nido, en el ala de maternidad. En el área de enfermería, en el primer cajón de la derecha. Al alcance de la mano cuando las enfermeras están ocupadas. Ya sabes cómo son las cosas. —Me hace un guiño.

La letra que aparece en la nota me resulta extrañamente familiar. Entonces me acuerdo: es la misma caligrafía grande y clara que aparecía en todas las tarjetas que hay junto a la incubadora de Jeremy. ¿Por qué iba a redactar mensajes de felicitación para sí misma?

—Tengo que irme sin falta —farfullo.

Brigitte sigue rebuscando en su bolso.

—Según los libros, en los viejos tiempos, antes de las incubadoras, solían llamar enclenques a los bebés prematuros. Me figuro que con eso todo el mundo justificaba la manera en la que eran desahuciados. ¿A que es increíble? Gracias a Dios, hoy no es como antaño. Menuda suerte han tenido nuestros bebés. Y nosotras. —Saca un diminuto jersey del fondo del bolso y me lo pone en las manos—. Lo hice para Jeremy —dice—, pero creo que debería ser para Toby.

Paso las yemas de los dedos por el cuello trenzado, por las bocamangas. Es de lana merina, más suave de lo que parecía a cierta distancia. Es demasiado grande para el minúsculo torso de Toby, pero no me cabe duda de que le quedará bien muy pronto.

—Qué detalle —digo—. ¿Seguro que no te importa?

—Por supuesto que no —responde Brigitte, encandilándome con su amable sonrisa de nuevo—. Y, por favor, mantén el contacto.

Me detengo frente a la pared de los monitores de la unidad materno-infantil, donde una docena de altavoces atornillados al pladur emiten los sonidos de los bebés en otra habitación. Los altavoces se utilizan para el método de entrenamiento del sueño. Las madres se apostan al otro lado de la puerta, escuchando el llanto de sus bebés, intentando identificar las señales de angustia. Nunca le presté demasiada atención a los altavoces durante mi ingreso. Ahora pego el oído al más próximo. Suspiros. Un gemido. Silencio. Seguidamente un chillido agudo que reverbera en mi pecho. Por nada del mundo querría que mi bebé estuviera en un sitio como este.

—Hola, Sasha. —Percibo el aliento a café de la doctora Niles al girarme y toparme con ella—. Gracias por acudir a mi cita.

Me conduce a la sala de entrevistas, al lado del área de enfermería, donde se respira de nuevo un ambiente caluroso y cargado. Me quito la chaqueta de Mark y me dejo caer en la silla de plástico con la espalda erguida. Las luces del techo parecen focos de interrogatorio sobre mi cara.

La doctora Niles se sienta en la silla que hay enfrente de mí. Sujeta la pluma sobre mi informe, la punta tan afilada como un pincho. Me pregunto hasta qué punto estará al corriente de mi obsesión por Jeremy, que ya es agua pasada. «El personal está a su servicio», me recuerda el cartel que hay en negrita sobre su cabeza.

—No se ha estado tomando la medicación. —Una afirmación, no una pregunta.

—Casi siempre —miento—. Cuando me acuerdo.

Me fulmina con la mirada.

—Tiene que tomarse las pastillas con regularidad. De lo contrario puede que tengamos que plantearnos volver a hospitalizarla.

—No hay problema —digo, al tiempo que me pongo de pie. Me clava las uñas en la piel al sujetarme del brazo y hacerme un gesto hacia la silla. Lo único que quiero es coger en brazos a Toby para asegurarme de que se encuentra bien; sin embargo, al parecer no me queda otra que volver a sentarme.

—Hay otra cosa de la que tenemos que hablar —dice la doctora Niles—. Mostró un particular interés por otro bebé del nido. Pidió cogerlo en brazos. —Esto tampoco es una pregunta.

Frunzo el ceño.

—¿Lo niega?

—Solo quería experimentar lo que se sentía al coger a un bebé que era un poco más grande que Toby —explico con cautela, sin saber a ciencia cierta si es la respuesta adecuada, pero es lo mejor que se me ocurre ahora mismo.

—Quería coger a un bebé más grande. —Mantiene en alto la afilada punta de su pluma sobre un folio en blanco encima de la mesa.

—Sí —afirmo, aprovechando la ocasión—. No esperaba que Toby fuera tan pequeño. Es muy delicado. Y frágil. Me da la sensación de que podría romperse al tocarlo.

—Romperse al tocarlo. —Los dedos de la doctora Niles aprietan con tal fuerza la pluma que las yemas de los dedos se le emblanquecen.

Ay, mierda.

—No —corrijo—, no quería decir eso. Me refería a que no quiero hacerle daño a Toby. Mire, solo deseo lo mejor para él. —Miro fugazmente un póster pegado en la pared, una madre con aire sereno y una plácida sonrisa en el semblante, amamantando a su bebé—. Como mi leche, por ejemplo.

—¿Tenía intención de amamantar a Jeremy?

Me da la sensación de que las paredes de la minúscula habitación se me vienen encima. Tengo la camiseta empapada de sudor, pegada a la espalda. Me siento como un animal enjaulado en un experimento al que observan a través de un cristal ahumado, colocado bajo un único foco. Igual soy como uno de esos macacos *Rhesus* que se aferraban a madres de pega en los experimentos. Recuerdo que los monos preferían las madres de trapo a las de alambre.

—Ni pensarlo. Él no es mi bebé. No sé qué más puedo decir para convencerla. —Un hilo de sudor me resbala por la sien—. He sabido que Toby es mi bebé desde el instante en que usted ordenó mi ingreso. Puede preguntárselo a cualquiera. Se lo confirmarán. He ido a verlo a la incubadora cada día. Me he extraído leche para él aun en contra de sus indicaciones. Le he comprado regalos... —Llego a la conclusión de que poco más puedo decir. Se me apaga la voz hasta que prácticamente me atraganto—. Lo quiero.

La doctora Niles me observa como un científico habría observado a esos monos. Ella me considera una madre de alambre, no me cabe la menor duda.

—¿Está bien Toby?

—No estoy al tanto de los detalles. Tendrá que hablar con los pediatras.

Eso es lo que voy a hacer en cuanto me sea posible. Nada de esto debería haber sucedido, este siniestro hospital. Se me hace un nudo en el pecho.

—Mark es el responsable de todo esto, ¿a que sí? Para empezar, de mi ingreso, y de darle pelos y señales de mi pasado.

La doctora Niles se queda perpleja.

—Mark la ha defendido a ultranza.

—Pero no para de mentirme.

—Lo dudo.

La cara de Mark aparece delante de mí. Su gesto compungido de culpabilidad mientras estaba en cuclillas en el suelo de mi habitación, hurgando en mis pertenencias. Su mirada de desesperación mientras intentaba evitar que me ingresaran instándome a simular que no pasaba nada. Su espanto al descubrir el alcance de mi obsesión por Jeremy. Las rosas, los ñoquis caseros, el bizcocho de albaricoque. Por último, su cara con la misma expresión que el día de nuestra boda: ojos brillantes, mejillas sonrojadas, labios fruncidos en una sonrisa. ¿Acaso es posible que haya estado dando la cara por mí todo este tiempo?

—¿Entonces quién? ¿Quién le contó todo?

La doctora Niles enarca sus perfiladas cejas.

—¿Bec?

La doctora Niles niega ligeramente con la cabeza y el pelo le cae en su sitio.

—¿Bec es esa amiga suya? ¿La que por fin dejó de llamarme?

—Entonces, mi padre.

—Yo no he hablado con su padre.

—Pues Ondine desde luego que no ha sido.

Frunce las cejas. Entonces, Ondine no. Solo hay otra persona que me conoce y está al corriente de mis errores. Pero ella no tiene nada que ver con la unidad materno-infantil.

—¿Brigitte?

La expresión de la doctora Niles es indescifrable.

—Pero ¿por qué diablos haría eso?

Ella se encoge de hombros.

Repaso mentalmente lo que le he contado a Brigitte y lo que no, como tratando de escudriñar un taco de papeles arrastrados por una corriente que se deshacen entre mis manos. No me explico por qué ha estado hablando con la doctora Niles. No tiene el menor sentido.

—Tengo que irme —digo.

Aquí hay gato encerrado. He de averiguar los motivos que tenía Brigitte para irse de la lengua con la doctora Niles. A lo mejor si leo su historial médico conseguiré dilucidar los motivos. Entonces podré finalmente intentar ver a mi hijo.

La doctora Niles le pone la capucha a su pluma.

—Seguro que es consciente de que nuestras preocupaciones por la seguridad en lo concerniente a los bebés son fundadas, Sasha —dice—. Créame, de ahora en adelante no le quepa duda de que la vamos a vigilar muy de cerca.

Cuatro meses antes

Mark

La noche en que me presenté en casa de mis padres para decirles que Sasha estaba embarazada, mi madre se encontraba junto al fregadero, escurriendo una esponja. Mi padre estaba sentado a la mesa de comedor, con un puñado de botellines de cerveza vacíos delante.

—¿En qué demonios estabas pensando? —dijo mi padre arrastrando las palabras—. Simon jamás habría hecho esto.

Cuando Simon murió, las críticas hacia su persona cesaron de la noche a la mañana. Empezaron a elogiarlo, a recordarlo como el chico perfecto; el hijo perfecto. A mí no me molestaba. Al fin y al cabo, ese era el concepto que yo siempre había tenido de él: el hermano fuera de serie; mi mejor amigo. El único problema era que, para mis padres, quedaba yo para cometer todos los errores. Abrir mi propio café era un paso en falso, decían. Casarse con una mujer cuya madre había abandonado a su familia, que podría hacer lo mismo. Ahora por lo visto tener un hijo con Sash era una pésima decisión.

Pero yo me guardaba un as bajo la manga.

—Es un niño.

Yo no estaba seguro de que fuera varón, como es lógico, pero tenía la fuerte corazonada de que la ecografía de las veinte semanas demostraría que estaba en lo cierto. No tenía corazonadas a menudo, pero cuando ocurría, siempre acertaba. Como el hecho de saber que Sash era la mujer de mi vida desde el primer instante.

En cuanto al bebé, yo estaba convencido de que a mis padres les entusiasmaría tener un nieto. El bebé sería como recuperar a Simon. No un sustituto, sino una fuente de consuelo.

Tenía razón. Mi madre dejó caer la esponja en la jabonosa agua del fregadero y se llevó las palmas de las manos a las mejillas.

—¿Un niño? Qué maravilla. ¿Has oído eso, Ray? Es como un regalo de Simon. Un varón.

Mi padre dejó el botellín de cerveza en la mesa de un golpe seco y se levantó para estrecharme la mano.

—Enhorabuena, hijo. Un nieto para conservar el apellido familiar.

De regreso a casa aquella noche, iba conduciendo a toda velocidad por el campo cuando me embargó un repentino sofoco en el cuerpo. Tuve la insólita sensación de que había alguien en el asiento del pasajero.

—Simon —dije en voz alta, a sabiendas de que era absurdo dirigirme a mi difunto hermano, pero con la necesidad de hablar con él de todas formas—. Gracias por el bebé. Ahora Sash y yo vamos a ser una familia. —Escuché el zumbido del motor en el silencio de la noche—. Ahora voy a vivir mi propia vida, hermano. Ya no puedo seguir viviendo la tuya también. No obstante, quiero que continúes a mi lado. Como un mentor. Un guía.

En la cuneta, vislumbré una enorme sombra que se aproximaba. Conforme remontaba la pendiente, distinguí un canguro frente a los focos delanteros, erguido. Un macho, apostado solo. Lo había visto antes por la zona, pero nunca tan de cerca. Era lo bastante grande como para hacer añicos el parabrisas, para llevarnos a los dos a la tumba.

Pisé a fondo el freno, y paré derrapando delante del canguro. Él inclinó la cabeza y me observó fijamente. Su pelaje tenía un reflejo rojo a la luz de los faros. Sus ojos eran dos puntitos de luz ribeteados de negro. Su mirada poseía un cariz desafiante; una expectativa. Una ausencia absoluta de miedo.

Sin darme tiempo a desabrocharme el cinturón de seguridad, se dio la vuelta y saltó la valla para internarse en la densa negrura del bosque. Yo salí del coche y agucé la vista en la oscuridad para atisbarlo. No había rastro de él entre el cúmulo de recios troncos. Sentí la tentación de seguirlo, pero algo me retuvo.

Sash. Me necesitaba. Como siempre.

El asfalto crujió bajo mis pies. El asiento de piel del coche aún estaba tibio. Sash. Y el bebé que llevaba en el vientre. Tenía que regresar a casa. Ambos me aguardaban.

Día 7

Viernes por la tarde

Voy dando zancadas hasta el ascensor, subo a la primera planta; el ala de maternidad. Llevo prácticamente una semana sin venir aquí, desde la mañana siguiente al parto. No hay un alma en el pasillo ni en el mostrador de enfermería. Solo necesito un momento.

Cajón de arriba a la derecha, había dicho Brigitte. Rodeo sigilosamente el mostrador y tiro para abrir el cajón.

Las dos carpetas rojo vivo que estoy buscando se hallan encima de un montón. S. Moloney. Y B. Black.

Me quedo vacilante delante de la carpeta identificada con mi nombre. Sin duda hay que repasar concienzudamente multitud de observaciones erróneas y ofensivas. Suspiro. Tengo prisa. Mark me espera en el coche, supongo. No quiero que sospeche que estoy intentando ver a Toby. Y seguro que en el momento menos pensado me interrumpirá otra paciente o una enfermera. Ahora no tengo tiempo de preocuparme por los comentarios y opiniones del personal sanitario respecto a mi persona.

Saco la carpeta de Brigitte y la abro por la primera página.

«Brigitte, naturópata, soltera. Dos abortos, una muerte fetal a las veinticuatro semanas».

Hay tanto que se ha guardado para sí. Ha habido tantas ocasiones en las que no me ha dicho la verdad.

Paso la página. Escrito a mano en mayúscula, subrayado en rojo: «PRESUNTA AGRESIÓN SEXUAL A MANOS DE UN DESCONOCIDO EN SU DOMICILIO ANTES DEL EMBARAZO. NO APTA PARA EXPLORACIONES VAGINALES A MENOS QUE SEA ABSOLUTAMENTE NECESARIO».

Cierro el informe. No me hace falta leer nada más.

—Lo siento —digo en voz alta. Va dirigido a Toby, pero podría ser para Brigitte, para todas nosotras, para todas las mujeres con nuestros secretos y mentiras piadosas.

La cabeza me da vueltas.

Brigitte me interrogó sobre mi filosofía de crianza, mis planes de tener más hijos, mi matrimonio.

Ella me impidió ver a Jeremy desde que apunté la posibilidad de una confusión de bebés.

Me regaló un jersey tejido a mano para Toby.

Una prueba difícilmente irrefutable de lo que podría haber hecho.

Trato de tranquilizarme diciéndome a mí misma que yo jamás sería capaz de cambiar a mi bebé por el de otra persona. Pero sé que no puedo imaginar ni por asomo el trance que ha padecido Brigitte.

Un anuncio suena por los altavoces del hospital: «Código Azul, Unidad de Cuidados Intensivos Neonatal».

Toby. No. Esto no puede estar pasando.

Meto la carpeta en el cajón a toda prisa, lo cierro de golpe y acto seguido cruzo el pasillo como una exhalación hasta los ascensores y pulso el botón del quinto una y otra vez. Por fin se abren las puertas del ascensor y entro atropelladamente. En la quinta planta me froto las manos en el lavabo y seguidamente me dirijo a la puerta corredera del nido. Se abre con un zumbido. Me topo con Brigitte. Casi la tiro al suelo con mis prisas por entrar. Ella aparta la mirada y camina hacia el rellano, en dirección a los ascensores. Ahora no tengo tiempo de hablar con ella.

Desde la puerta del nido, oigo una cacofonía de sonidos procedentes de la sala de reanimación: voces apremiantes, pitidos de monitores, timbrazos de alarmas. A través del paño de cristal de la puerta de la sala de reanimación, vislumbro al personal sanitario apiñado alrededor de una camilla; el tumulto oculta al bebé al que están reanimando y me impide verlo.

Ursula se acerca a mí con el semblante lívido.

—Tendrá que esperar en el pasillo —dice, tirándome del codo.

—¿Es Toby?

—Tendrá que esperar —repite. Me lleva a rastras, cruzando la puerta del nido y la antesala, hasta el frío pasillo—. Siéntese. —Su expresión refleja cansancio e inquietud—. Ahora mismo se prohíbe la entrada a todos los padres. Vendré a hablar con usted cuando pueda.

¿Cómo voy a sentarme? Camino de un lado a otro por la moqueta raída. Tengo los dedos helados por la conmoción. Meto las manos en los bolsillos de la chaqueta de Mark. En el interior de la piel, mis dedos rozan una bola de papel arrugado. Lo saco. Una pulcra carta blanca, la que Mark se guardó a toda prisa en el bolsillo hace un rato en casa. Los resultados de ADN. Me apoyo contra el tablón de fotos de la pared y estiro las hojas. Esto es lo que pensaba que tenía que esperar. Lo que pensaba que necesitaba desde el primer momento. Por lo que arriesgué todo con tal de conseguirlo. Mark dijo que ni siquiera se iba a molestar en leer los resultados.

El corazón me aporrea el pecho como un tambor. Cuando Mark sacó la carta en casa, pensé que yo tampoco tenía necesidad de leerla, que podía confiar en mi intuición. Es en este preciso instante cuando soy consciente de que necesito pruebas concluyentes para demostrar a los demás en la misma medida que a mí misma quién es realmente mi niño. Necesito algo más tangible de lo que me dictan mi corazón, mi mente o mi instinto. Necesito la constancia que pueden proporcionar las pruebas científicas: que Toby es, después de todo, mi hijo.

Con dedos temblorosos, estiro los folios y los sujeto en alto delante de mí. Titubeo. Una pequeña parte de mí se resiste. Pero tengo presente que ya no hay vuelta atrás.

Bajo la vista a los resultados. Se me nubla la vista y el papel tiembla en mi mano. Los resultados de ADN no tienen nada que ver en absoluto con lo que esperaba.

Brigitte. Debe de haber cambiado nuestros bebés.

Jeremy —Gabriel— es mi hijo.

Desde la sala de reanimación, el clamor de voces se apaga en un murmullo, y a continuación reina un silencio sepulcral. El personal sale del nido en pequeños grupos, cabizbajos mientras cruzan el pasillo sin hacer ruido. La doctora Green camina rezagada, con la mirada clavada en los ascensores. Nadie se ha percatado de mi presencia delante del tablón de fotos.

Me pego a la pared para mantener el equilibrio. Cuando se despeja el nido, meto los resultados en el bolsillo de la chaqueta hechos un gurruño. El corazón me late a mil por hora.

Me dirijo al nido. Al abrirse la puerta corredera, me topo de frente con el torso de Ursula como un sólido tronco.

Intento esquivarla.

—Necesito ver a mi hijo.

—No es el momento oportuno. —Noto su mano sobre mi hombro como las pinzas de un cangrejo, sujetándome con fuerza, mientras me conduce al rincón más apartado de la antesala, al lado del lavabo, lejos de la puerta del nido.

Ursula. Me ha tratado fatal desde que me hospitalizaron. ¿Estará al tanto del cambio de bebés?

—¿Fue usted? —pregunto—. ¿Sabía que Toby no era mío desde un principio?

—Ya hemos pasado por esto. —Baja la vista y se estira el delantal a la altura de los muslos.

—Usted lo sabía. ¿Lo sabía y no hizo nada? —Saco la carta de mi bolsillo de un tirón y la sacudo delante de su cara—. Tengo pruebas, Ursula. —Estiro el papel, lo pego a la pared bruscamente y apunto hacia los resultados en blanco y negro—. Mire. Jeremy es mi hijo. Como yo decía desde el primer momento.

Al examinar la carta, se le afloja la mandíbula. Tras una pausa, como si estuviese sopesando sus opciones, comienza a decir despacio:

—Yo... Ella no tiene a nadie, ¿sabe? Está completamente sola.

—Ella dijo que estaba casada. Que tenía amigos.

Ursula niega con la cabeza.

—No hay ningún marido. Brigitte es soltera. Y no tiene amigos.

Las tarjetas que había alrededor de la incubadora de Jeremy, todas con la misma letra: Brigitte a todas luces escribió todas y cada una de ellas.

Solo se me ocurre una manera de solucionar esto.

—Deje que me lleve a Jeremy a casa. Nada de esto tiene por qué salir a relucir. De lo contrario, lo sacaré a la luz: la implicación del hospital, su conocimiento de la situación. Perderá su trabajo.

Ursula pega la espalda a la pared y se mira los pies.

—¿Cómo es posible que le permitiera salirse con la suya? —digo.

El agua gotea de los grifos en el lavabo de metal a un ritmo constante.

—Yo... No fue Brigitte. —Traga saliva; tiene la voz ronca—. Yo hice el cambio.

¿Ursula? Mi corazón amenaza con pararse. Me da la sensación de que la sangre se me coagula en el pecho.

Encogida contra la pared de la antesala, casi es digna de lástima. Comienza a dar explicaciones con voz entrecortada:

—El hospital me rebajó de categoría de supervisora a raíz del brote infeccioso. Me endosaron una rotación en atención prenatal como si estuviera desacreditada. Ahí fue donde conocí a Brigitte, en su primera consulta prenatal. Cuando le comunicaron que estaba embarazada, estaba de veinte semanas. Supongo que se había negado a aceptar lo que había sucedido..., la violación. —Escupe la palabra con patente rabia en su voz.

»Pese a la repulsión que le provocaban las circunstancias de su embarazo, no se veía capaz de hacer frente a un aborto. Todo el embarazo fue un suplicio para ella. Por supuesto que lo fue. ¿Cómo no iba a serlo? Temía no ser capaz de querer a su hijo al dar a luz. Hicimos buenas migas. Nos entendíamos mutuamente. Yo le conté que me había pasado algo parecido, hace años; algo que jamás le he contado a nadie. Intimamos. Nos hicimos amigas, casi.

Escucho con recelo a Ursula en silencio.

—Yo preparé su parto inducido con la esperanza de estar de servicio en el momento del nacimiento. Salió perfectamente. El paritorio andaba falto de personal, así que me avisaron para que fuera temprano y me asignaron a Brigitte. En cuanto dio a luz y le puse el bebé en los brazos, supe que sus temores eran fundados. Él no se parecía en nada a ella. Ella no pronunció palabra; giró la cabeza hacia la pared sin más.

»Se desgarró tanto que tuvieron que darle puntos. Entretanto, llevé al bebé al nido. Cuando me disponía a empujar el carrito con el bebé para salir de la sala, ella pareció aliviada.

»Más tarde, cuando la llevé a verlo, ella se mostró reacia a acercarse a la incubadora. En lugar de eso, se puso a mirar a los demás bebés. Yo le advertí que no lo hiciera, le dije que no era aconsejable, que ni siquiera estaba permitido. Ella debería haberse centrado en su propio hijo. Pero en cuanto se fijó en Jeremy, se quedó prendada de una manera que me constaba que jamás sería el caso con su hijo. —Hace una pausa mientras un miembro del personal sale del nido. La enfermera nos mira fugazmente y acto seguido continúa hacia los ascensores.

Las palabras me salen a borbotones:

—Pero yo quería a mi hijo. Incluso antes de que naciera. ¿Cómo es posible que usted, que ella, me hicieran eso a mí? ¿A mi familia?

A Ursula se le ensombrece el semblante al tiempo que endereza la espalda contra la pared.

—A mí me constaba que usted sería capaz de querer a cualquier bebé. Leí sus datos mientras le practicaban la cesárea. Pedí que me los enviaran por fax desde el Royal. Se moría de ganas de tener un hijo. He sido testigo de ello con muchas madres. Después del periodo de infertilidad, después de ponerle tanto empeño y durante tanto tiempo, se habría conformado con cualquier niño.

»Cuando Brigitte me insinuó que cambiara los bebés, pensé que se trataba de un comentario a la ligera. No caí en la cuenta de que hablaba en serio hasta que me ofreció una suma razonable. Y yo estaba desesperada. —Se inclina y apoya las manos en los muslos—. No es tan fácil tirar del carro hoy en día. Usted es patóloga; no entendería lo que significa ser enfermera en un hospital público. Nuestro sueldo y nuestras condiciones de trabajo empeoran cada año..., y encima me degradaron de categoría. Una intenta pagar las facturas, la hipoteca, después de eso. Una intenta sobrevivir. Y Brigitte había sido enfermera: ella entendía perfectamente las estrecheces que yo estaba pasando.

»Pero Brigitte recibió una indemnización económica por lo que le ocurrió. Ella podía permitirse el lujo de pagarme. Fue muy fácil, ¿sabe? Más fácil de lo que se pueda imaginar. Las pulseras identificativas prácticamente se les soltaron a ambos. Yo misma las había prendido a sus muñecas. Escribir unas nuevas y tirar las originales fue coser y cantar.

»Después, todo se desarrolló según lo previsto. Brigitte se empecinó en conocerla a fondo, en cerciorarse de que Toby iba a estar con una buena familia. Estaba contenta porque a usted se le daría bastante bien criarlo. No empezó a recelar de usted hasta que le pidió coger en brazos a Jeremy. Yo le quité hierro a sus preocupaciones y no la puse al tanto de sus sospechas hasta que ella presenció la pérdida de leche que usted tuvo en un acto reflejo. Yo esperaba que llegados a un punto usted se convencería de su equivocación. Fue la única persona que se percató de que había un problema. En realidad, el mayor problema era usted.

La mirada penetrante de Ursula, como un pájaro a punto de abatirse en picado, me saca súbitamente de mi estado de *shock*.

—Alguien más debió de haberse percatado de ello. Los bebés tenían distintos periodos de gestación. Se encontraban en diferentes etapas del desarrollo.

—Todos vemos lo que queremos ver, ¿no le parece? —replica.

El doctor Solomon. La doctora Niles. La doctora Green. Incluso Mark. Les resultó más fácil creer que yo estaba trastornada que ver la verdad.

—¿Fue usted quien avisó a la doctora Niles? ¿La que le dijo que yo pensaba que Jeremy era mi hijo?

—Su comportamiento era impropio. Infringía las normas del nido. Por supuesto que tenía que ponerlo en conocimiento de la doctora Niles.

Me da un escalofrío.

—¿Qué le contó exactamente?

—Simplemente le conté lo que había pasado, y lo que usted le había dicho a Brigitte. Nada más que la verdad. —Enumera los hechos con los dedos mientras habla—. Que tanto usted como su madre habían tenido pensamientos suicidas. Que no se estaba tomando la medicación. Que había intentado coger en brazos a Jeremy. Que le había pedido a Brigitte que la dejase cogerlo. Que tuvo una pérdida de leche en un acto reflejo delante de él. Que usted seguía considerando que Jeremy era su hijo.

—¿Y qué me dice de mi matrimonio? ¿Qué le contó a la doctora Niles?

—Lo que Brigitte me comentó. Tengo entendido que la doctora Niles tiene problemas personales. Desavenencias conyugales. Problemas de infertilidad. A lo mejor pensó que podía aprender algo de usted.

Yo no podría enseñarle nada a la doctora Niles, salvo quizá lo que aprendí en patología: que las apariencias engañan.

—¿Y Toby? ¿Se encuentra bien?

Un chillido de desesperación procedente del pasillo, a la altura de la escalera. Es el grito de una mujer. Ursula gira la cabeza bruscamente hacia el lugar de donde procede el sonido.

—Tengo que irme. Espere aquí. —Se aparta, se estira el delantal y acto seguido enfila apurada en dirección a la escalera.

No ha respondido a mi pregunta. Pero puedo aprovechar esta oportunidad para ver a mi Gabriel. Cruzo a hurtadillas la puerta del nido, camino a toda prisa hasta su incubadora y aparto los paneles de un empujón.

Su incubadora está vacía. ¿Dónde está? Seguro que no le han dado el alta. Tenía ictericia, no se encontraba muy bien. Necesitaba permanecer hospitalizado, recibir atención médica.

Encima del colchón, una jeringa medio llena de un líquido transparente. Una cánula intravenosa desechada.

Me llevo la mano a la boca e inhalo entre los dedos.

Toby se encontraba en peor estado que Gabriel. ¿No era Toby al que estaban reanimando? Entonces, ¿por qué no está Gabriel en la incubadora?

El tubo de oxígeno, que cuelga de la pared, pende como una piel de serpiente sobre el suelo.

Te lo suplico, Dios, no. No puede tratarse de él. No puede tratarse de Gabriel. Mi hijo.

Una minúscula mancha de sangre en la sábana. ¿Al ponerle la vía? La toco con la yema del dedo.

Me desplomo sobre la mesa, la mano se me resbala de la incubadora al tiempo que las piernas me fallan y voy escurriéndome hasta quedar a gatas en el suelo.

El frío vinilo se me clava en las rodillas. Pego la frente al suelo en una vana súplica. Sobre este suelo él posó su mirada. Las células de su piel estarán impregnadas en este vinilo. La memoria celular. Recorro la superficie con la palma de la mano, arrastrando motas de polvo negras y grises, y lo más preciado, las escamas blancas de piel. Me beso la mano. El polvo y la mugre se me pegan a los labios. Pero también su piel. La textura es seca y tibia.

Me engancho a las barras de la incubadora para incorporarme y deslizo los dedos por el revestimiento metálico, por los botones que lo han mantenido con vida, que han mantenido su calor.

El metacrilato es suave. Demasiado suave. Me dan ganas de hacerlo añicos tan afilados que pudieran atravesarme el corazón.

Levanto el lateral de la incubadora y pego la cara a la sabanita de algodón. Él sigue aquí conmigo, su aroma a miel y canela y a tostada de mantequilla caliente. Lo aspiro hondo, hasta el fondo de mis pulmones.

La sábana se me pega al intentar apartar la cabeza. Tiro y me la llevo conmigo. La doblo hasta hacerla un cuadradito y me la meto en el sujetador, pegada a mi pecho, donde estará a buen recaudo.

Me inclino hacia delante y acuno el colchón entre mis brazos, entre mis codos. Aprieto los labios contra la funda de plástico, que se me antoja la piel de un bebé.

Acaricio el plástico, resbaladizo al roce de mi palma, e imagino que mi bebé está aquí conmigo. Me parece que tiene demasiado calor. Necesita refrescarse.

Las toallitas para la cara están guardadas en un estante debajo de la incubadora. Humedezco una bajo el grifo del agua fría en el lavabo que hay al lado de la incubadora y hago como si le estuviera enjugando la frente. Ahora está más fresco. Se encuentra más a gusto. A lo mejor se pone bien.

Una alarma suena en una incubadora de enfrente.

El plástico se me pega a los codos. Me lo despego de un tirón, planto el colchón en su sitio bruscamente. Este no es mi bebé. No es él ni mucho menos.

Cierro la incubadora de un portazo. He de ver a Gabriel. Necesito cogerlo, estrecharlo. Sujetar su cuerpo frío e inerte entre mis brazos.

La sala de reanimación está vacía. La emergencia pasó hace rato.

La lámpara de calor que cuelga sobre la incubadora de reanimación continúa encendida, pero no hay ningún bebé debajo. Acerco la cara al colchón. Percibo su olor aquí también, logro sentir su presencia a través de todos los poros de mi piel. Me ha faltado una milésima de segundo para verlo.

La incubadora cruje al apoyar la cara contra la sábana. El calor que emana de la lámpara me abrasa la piel.

Aquí es donde yació. Donde tomó su último aliento.

Con la cabeza ladeada, atisbo los tiempos de procedimiento. Inserción de vía intravenosa. Intentos de intubación. Reanimación cardiorrespiratoria. Dosis de los fármacos: succinilcolina, propofol, adrenalina, amiodarona, bicarbonato. Viales de medicación medio vacíos sobre las superficies de trabajo. Paquetes de plástico abiertos como envoltorios de piruletas en el suelo. Le suministraron todo lo posible para tratar de mantenerlo con vida.

Grito. Era lo único que deseaba, lo único que pedía. Un bebé. Una familia. Alguien a quien querer y que a su vez me quisiera.

«No sé cómo sobrellevar esto. Por favor, mamá, ayúdame, por favor. No sé cómo arreglar esto».

Escudriño la neblina que flota en la sala, visualizo la cara de Lucia delante de mí, la imagino acariciando mi espalda, diciéndome que todo saldrá bien.

Gabriel confiaba en que yo lo encontraría. Lloraba por mí. Esperaba que yo estuviera a su lado para consolarlo. Le fallé.

Entre lágrimas, aguzo el oído para escucharlo, para escuchar su llanto, su voz.

Nada, salvo silencio.

Un movimiento procedente de la puerta. Ursula, su rostro carente de expresión.

—Tiene terminantemente prohibido estar aquí. —Me ayuda a levantarme.

—Por favor —suplico, al tiempo que me agarro al lateral de la incubadora, intentando aferrarme con fuerza—. No.

—Tiene que acompañarme —dice. Me despega los dedos, uno a uno, de la barra de la incubadora. Sujetándome de la cintura con firmeza, me conduce al nido.

Mi madre. ¿Qué diría ella? Que puse demasiado empeño. Que me empeciné demasiado en tener un bebé. Que en cierto modo todo esto ha sido culpa mía. De haberse encontrado en mi situación, ella lo habría dejado correr, habría aceptado su sino. Yo no soy como ella. No quiero finales. Quiero principios. Tienen que asumir lo que han hecho, todos y cada uno de ellos. Salvo Brigitte. Yo entiendo lo que hizo. Y ella no pretendía que mi hijo se pusiera peor. Todo me supera, es demasiado rápido para asimilarlo. Lo que sí sé es que el hospital es el que debería pagar. Debería hundirlos. Hundirlos por todas las otras mujeres a las que no ha dado crédito el sistema a lo largo de los años, mujeres a las que han ridiculizado, despachado e ignorado. Hundirlos por lo sucedido.

Ursula me empuja hasta la puerta del nido, donde Mark se encuentra ahora, la mandíbula cubierta de una barba de tres días, la ropa arrugada le cuelga sobre su corpulento cuerpo. Se suponía que estaba esperándome en el coche. ¿Qué está haciendo aquí? Y, de nuevo, me da por preguntarme: ¿qué sabe de nuestro hijo?

Me agarra del brazo y tira para que me pegue a él.

—Sash, mira.

Un bebé berreando, con la cara sofocada, las manos tensas.

Me zafo de él.

—Déjame —digo—. Es demasiado.

Me tira con firmeza de la ropa.

—Mira.

La pulsera identificativa.

Es Toby.

—Se encuentra bien, Sash. Lo acaban de trasladar a una cuna —dice Mark.

En mis tiempos de residente, los médicos solían decir que cuanto más cerca de la puerta, más cerca de casa.

Noto el sudor de la frente de Toby bajo la palma de mi mano. Recorro con el dedo el puente de su nariz, hasta la punta. Su llanto se aplaca un poco.

Toby no es mi hijo. Pero necesita una madre, una madre que lo anhele, que lo quiera, que lo adore. Que lo quiera incondicionalmente. Como Lucia me quería a mí. Me pregunto si se contentará conmigo, y yo con él.

—Chsss. Chsss, Toby. Ya.

Lo envuelvo en las toquillas, no demasiado apretadas, y me lo pego al pecho. Al arrebujarse contra mí, con la tez aclarándosele con un matiz melocotón, compruebo que pesa más de lo que imaginaba. Su mano se aferra a mi meñique, los pliegues de la palma de su mano se fruncen para no soltarme.

Los ojos le resplandecen con el color del crepúsculo. Alrededor del borde del iris, un océano profundo de azul, impenetrable. «¿Llegaré a conocerte a fondo algún día? ¿Y llegarás a conocerme algún día?».

Toby me mira.

Creo que podría tenerlo así eternamente.

Entonces, algarabía en la puerta.

Brigitte irrumpe en el nido como una energúmena. El vestido estampado azul le queda holgado sobre su cuerpo menudo, los hombros encorvados como una anciana. Su larga melena desgreñada se le ha soltado del recogido y le cae por la espalda.

Ursula sale del mostrador de enfermería como para consolarla, pero Brigitte le da la espalda y se gira en redondo en dirección a mí.

—¿Cómo te atreves? —exclama a voz en grito.

Aprieto a Toby contra mi pecho. Él no se merece nada de esto.

—Fuiste tú, ¿verdad? —Tiene la mandíbula tensa; el blanco de los ojos inyectado en sangre—. Están diciendo que ha muerto de una infección. Tú lo infectaste. —Se le escapa la saliva por el hueco de las paletas.

—No —digo—. Yo no he hecho nada malo. —De pronto caigo en la cuenta de cómo ha ocurrido esto. Reparé en que Brigitte se había olvidado de lavarse las manos en el baño del nido. Por lo visto, involuntariamente, es la responsable de la muerte de un bebé. Mi hijo, al que llevé dentro de mí durante treinta y cinco semanas. Tendría que descargar mi cólera, supongo; sin embargo, me siento abrumada por la consternación, como en los tiempos en los que cometí errores garrafales.

A Brigitte se le encoge el semblante de pena. Sisea, en un hilo de voz para que nadie lo oiga excepto yo:

—Tú sabes lo que hice, ¿a que sí? —Escruta mi expresión—. Si se le brinda la oportunidad, cualquier madre que se precie la aprovecharía para reescribir el pasado. —Ahora, en voz más alta—: ¿Cómo es posible que este bebé consiga vivir? Si ni siquiera lo quieres. He visto cómo lo miras.

Mark da un paso al frente, pero se halla demasiado lejos para alcanzarnos. No me había dado cuenta de lo sumamente cerca que Brigitte había conseguido apostarse. Ahora la tengo justo delante, con el aliento viciado rozándome los orificios de la nariz cuando extiende los brazos hacia mí.

—Dámelo —dice—. Yo lo querré más que tú. —Se echa hacia delante.

Yo retrocedo, aferrándome a Toby. Ella lo rodea con las manos e intenta arrebatármelo y, espoleada por el sufrimiento, tiene tanta fuerza que no sé si seré capaz de retenerlo, si tendré fuerzas para aguantar hasta el final. Ella hunde más los dedos en las toquillas al tiempo que voy cediendo, y conforme tira de él lo va despegando de mí.

Por un momento, con las palmas de las manos resbaladizas, el liviano cuerpo de Toby entre mis brazos, barajo la posibilidad de dejárselo en los brazos. Sería prácticamente como soltar un suspiro, o un estornudo, algo que se libera sin querer, para depositarlo en sus suaves manos, más suaves que las mías, sus uñas más apropiadas para un bebé que mis dedos en carne viva y mi piel reseca y agrietada. Con sus manos, su abrazo, ella sería capaz de sujetarlo con más firmeza, más desenvoltura, más como yo considero que debería hacerlo una madre.

Mi madre. Ella me abrazó con fuerza mientras se sumía en las tinieblas. Recuerdo que sus brazos me apretaban contra su pecho, cada vez más frío. Ella tenía intención de llevarme consigo. Por alguna razón, no la seguí. Me mantuve con vida. Y a pesar de todo, he continuado apostando por la vida. Incluso cuando todavía me cabía la duda de si llegaría a ser diferente a mi madre, opté por tener un hijo. Mi duda respecto a mi capacidad de ser madre persiste. No obstante, sé que haré cualquier cosa, todo lo posible, por evitar hacerle daño a mi hijo en todo momento.

Brigitte forcejea para arrancármelo de los brazos, tira bruscamente de las toquillas. Yo aprieto con fuerza a Toby contra mí. Sé que le he dado lo que he podido, a pesar de haber pasado mucho tiempo sin ser capaz de quererlo, descartando incluso que fuera mío. Solo me queda rezar para que algún día me perdone por mis fallos.

Contemplo con nitidez una imagen de Toby: la intensidad de su mirada, la tenue arruga de su entrecejo, la manera en la que ha cerrado los dedos alrededor de mi meñique.

Yo soy su madre. Ella renunció a él.

Ella me lo entregó.

—¡Es mío! —Mi voz, alta y clara, retumba en todo el nido. Doy un respingo y me aparto de Brigitte.

Toby se le escurre entre los dedos, sus manos vacías tratan de atrapar el aire que hay delante de ella.

Mi bebé, por fin en mis brazos.

Lo aprieto contra mí, sumamente cálido contra mi pecho. Su corazón late al compás del mío; estamos sincronizados.

Mark sujeta a Brigitte de las muñecas. Ella gira bruscamente la cabeza hacia Ursula, que está de pie junto al mostrador de enfermería.

—¡Ayuda, Ursula! —grita—. Necesito tu ayuda de nuevo. —Ursula niega ligeramente con la cabeza y descuelga el teléfono.

Suena un código de emergencia por megafonía y, casi de inmediato, el personal de seguridad entra a la carrera por la puerta. Rodean a Brigitte al tiempo que esta se desploma en el suelo. Se la llevan a rastras, pataleando y chillando.

Mi bebé, en mis brazos, rompe a llorar; su estentóreo llanto reverbera en mi pecho. Lo arrullo.

—Chsss, chsss —le musito al oído mientras le acaricio la espalda de arriba abajo, de abajo arriba—. Todo irá bien.

En el área de enfermería, la doctora Green habla por teléfono con aire agobiado. Mark grita algo a Ursula al tiempo que agita los brazos mientras ella retrocede contra la pared. No consigo oír lo que dice ninguno de los dos.

Me da lástima Brigitte, el trance que ha sufrido, la desesperación que la impulsó a renunciar a su hijo. Sé que en un momento dado buscará la manera de redimirse. Yo, por mi parte, he de buscar mi propia manera de redimirme.

El llanto de Toby comienza a aplacarse. Hace pausas cada vez más largas entre los sollozos hasta que se queda gimoteando y luego respirando ruidosamente. Observo detenidamente su rostro mientras trazo círculos sobre su pecho con suavidad, y reparo en rasgos en los que me había fijado en momentos de tranquilidad e intimidad y que había olvidado hasta hoy. La curvatura entre su nariz y sus ojos. El contorno de sus cejas, más tupidas por el centro, más finas por los bordes. El tenue pliegue bajo su labio inferior.

Me lo pego a la mejilla y lo beso en la coronilla, en la curva de su oreja, en la prominencia de su mejilla, en todas las partes que se funden para formar un todo.

—No sabes cuánto lo lamento —digo. Él se queda en silencio y se tranquiliza entre mis brazos, mirándome fijamente, con los ojos brillantes y cristalinos, instándome a ser su madre y a quererlo, y, después de tantos días, horas, minutos, finalmente creo que puedo serlo.

Seis meses después del parto

Mark

Los limpiaparabrisas oscilan de izquierda a derecha con un compás errático, arrullando a Toby. No da el menor tormento, incluso menos a Sash que a mí. Suele quedarse dormido en brazos, o en el carrito cuando lo llevamos de paseo por el lago.

Por el espejo retrovisor, lo veo en la sillita del asiento trasero. Entorna los párpados hasta que se le cierran. Caen chuzos de punta contra el parabrisas que encharcan la calzada.

Me giro para mirarle. Su nariz, larga y respingona. Su pelo, peinado hacia un lado, le acentúa la ancha frente. Su cuello, ladeado ligeramente, deja a la vista el lóbulo de la oreja, pegado a la cabeza.

Imposible.

Es el vivo retrato de Simon.

Vuelvo la vista hacia la carretera, donde una cacatúa de moño amarillo está picoteando en el suelo junto al cadáver putrefacto de un canguro. Absorto en la imagen, no reparo en la curva de la carretera y avanzo a toda velocidad hacia el arcén. Sin tiempo para frenar, doy un volantazo y las ruedas derrapan en la tierra, el volante se me resbala de entre las manos. El coche sale despedido sin control y me pregunto si parará, y cuándo, y qué pasaría si este fuera el fin, pero seguidamente el vehículo se para en seco con un chirrido.

La lluvia golpea el techo del coche. Toby se pone a gimotear, a emitir un suave llanto que llena el habitáculo en la quietud de la espesura. Me rebullo en el asiento y compruebo cómo se encuentra. Parece ser que ambos estamos bien. La cacatúa cruza la carretera aleteando y dando graznidos. Todo va a ir bien.

Salvo que no es así. En realidad no.

Hay tantas cosas que no puedo contarle a Sash. Para empezar, jamás podré hablarle de este accidente. Ni de que Bill me contó hace años lo que hizo su madre, lo que intentó hacer a Sash. O de lo que siento en el alma no haber llegado a conocer a Gabriel.

Menuda equivocación he cometido. Con respecto a Sash. Con respecto a todo.

Yo leí los resultados de ADN al recibirlos en casa, pero, pensando que Sash los había manipulado adrede para confirmar sus sospechas, me negué a darles crédito. No deduje lo que había sucedido en el nido hasta que sujeté a Brigitte de las muñecas y sus dedos se me clavaron como garras en su ansia por lo que yo pensaba que era mi hijo biológico. Sash estaba arrullándolo, trasmitiéndole su amor de una forma nueva antes de que yo pudiera hacerlo. Supe en el acto que lo mejor para todos sería guardar silencio. No es que entienda la decisión de Sash, pero ¿quién soy yo para juzgar su elección, después de todo lo que ha padecido? Aquella primera noche, cuando reclamó a Toby, la puse al corriente de la conclusión a la que había llegado en un momento a solas. No le pregunté nada más. No me hacía falta conocer los detalles. Bastante había dicho y hecho yo.

Además, al menos parte de lo sucedido ha sido culpa mía.

La mañana en que nació Toby, mentí a Sash. Yo me había ido a casa. Me dije a mí mismo que, después de la noche que habíamos pasado, necesitaba descansar. Estaba agotado. Destrozado. Refugiado en nuestra casa, intenté cocinarle algo a Sash. El detector de humos me sacó de mi modorra. Saqué el ragú quemado del horno, me di una ducha para quitarme el hedor de la cría de canguro y, de camino al hospital, compré rosas y comida para Sash en la cafetería.

Sash aún estaba dormida cuando dejé las rosas junto a su cama. Fui al nido con la intención de ver a nuestro hijo. Pero las piernas me pesaban como el plomo. Fui incapaz de entrar. La idea de ver a nuestro bebé demacrado y desnudo bajo luces artificiales, conectado a tubos para mantenerse con vida, me recordaba demasiado a lo que había vivido con Simon. No estaba preparado para ver cómo se iba nuestro hijo.

A lo mejor todo habría salido bien si me hubiera quedado con él como había prometido a Sash; si no le hubiera fallado a mi hijo en su primer día de vida; si le hubiera dicho la verdad a Sash desde el principio, antes de que todo comenzara.

No pude salvar a Simon, ni a Gabriel. Ahora tengo a Toby. A él puedo protegerlo.

Alargo la mano hacia el asiento trasero, desabrocho las correas de sujeción y cojo a Toby en brazos. Él, con los ojos todavía cerrados, se rebulle contra mí. Lo abrazo mientras la lluvia golpea el techo, arrastrando la suciedad del coche a la calzada, llevándose consigo nuestros errores al bosque, donde espero que, con el tiempo, se conviertan en tierra fértil.

Nueve meses después del parto

Un cúmulo de globos amarillos flota sobre el gentío congregado en el campo de fútbol. Mark camina a grandes zancadas a mi encuentro con Toby pegado al pecho en una mochila portabebés. Ha estado cuidando de Toby durante mi entrevista laboral. Se ha comprometido a ejercer de padre en casa para cuidarlo. El restaurante, y el café, están descartados. La familia es lo primero, dice.

—¿Cómo te ha ido? —Me tiende el pequeño racimo de globos para que sujete los brillantes hilos y acto seguido me da un fugaz beso en la mejilla. Yo esbozo una alentadora sonrisa.

—Fenomenal. Me parece que lo he conseguido. —La empresa de patología de la gran ciudad desconoce mi historial. Hay anonimato, es más seguro que trabajar en una ciudad más pequeña, en vista de todo lo que hemos vivido.

La gente se congrega en un círculo poco definido en el húmedo césped. Yo, como de costumbre, escudriño la multitud buscando una melena larga con trenzas, unos ojos penetrantes, un hueco entre las paletas. Ahora la busco en todas partes. Algún día vendrá a por él. No se lo reprocharía. Yo haría lo mismo.

Ursula me arrinconó cuando se llevaron a Brigitte.

«Ni una palabra a nadie jamás —dijo con una sonrisa casi de disculpa— y yo me encargaré de que Brigitte tampoco lo haga».

Me constaba, incluso entonces, que no había garantías.

Mark forcejea con el cierre de la mochila portabebés para desenganchársela del pecho. Intento desabrochar la hebilla. Al aflojar Mark el arnés, Toby se espabila durante unos instantes y alarga el brazo hacia mí. Mark lo coge y lo deja en mis brazos.

Toby pesa más ahora. También está calentito, a pesar del aire fresco que sopla a primera hora de la tarde. Está lleno de vida, rebosante de vida. Da un leve suspiro; su aliento emana el matiz dulzón de la leche materna. Le limpio una manchita blanca que tiene en el labio superior y acaricio el fino pelo de su cuero cabelludo. ¿Un niño llega a pertenecer realmente a una madre alguna vez? De momento, al menos, es mío.

—He comprado cinco globos. —Mark se desengancha la mochila portabebés de la cintura, me la coloca sobre la barriga y la abrocha.

—¿Cinco?

Se le suaviza la expresión.

—Por los dos que perdimos hace tiempo. Luego otro para Simon. Uno para Damien —yo no sabía que se acordaba del nombre— y otro para... —Se le apaga la voz. No pronuncia el nombre. No hay necesidad. Ambos sabemos lo que sucedió; lo que hice; lo que debería haber hecho.

Envuelvo con mi mano la huesuda mano de Mark para sujetar los globos.

—Gracias. —Lo que quiero decir es: gracias por haberte puesto de mi parte finalmente, después de todo lo sucedido en el hospital. Gracias por no cuestionar mi decisión de criar a Toby como a un hijo propio. Gracias por darnos otra oportunidad. Hay tantas cosas que han quedado en el tintero entre nosotros. Pero por ahora basta con decir «gracias».

Se queda mirando hacia los postes del fondo del campo de fútbol. Sus sombras alargadas se proyectan como lápidas sobre el césped cubierto de rocío conforme la luz comienza a atenuarse en las afueras de la ciudad.

Es como Bec comentó. Mark es un buen tío. Supongo que soy afortunada. Al menos no me abandonó cuando la cosa se puso fea. Adam, por su parte, abandonó a Bec hace seis meses, justo después de que por fin se quedara embarazada, aduciendo que no quería saber nada de la niña. Después de pasarlas canutas durante una temporada, ella decidió regresar a Australia. Bec está decidida a ser madre soltera y a decirle a su hija lo de la donación de óvulos.

«Cuando sea lo bastante mayor como para entenderlo. Ahora no tengo el menor inconveniente en recurrir a una donante. Un niño es un niño; ¿qué más da quién sea su madre biológica? Desde mi punto de vista, mejor cualquier bebé que ningún bebé».

Estuve a punto de decírselo entonces. En el último momento, me mordí la lengua. Pero la acompañaré en la experiencia de ser madre, como Lucia habría deseado para las dos.

La multitud se queda en silencio. Es la hora.

Formamos un gran círculo desigual. Algunos empiezan a soltar los globos amarillos al aire: primero uno, después otro, se liberan, se enredan en remolinos, flotando cada vez más alto en el crepúsculo.

Mark tira de uno de los hilos del racimo, cierra los ojos y musita palabras inaudibles. El globo sale despedido de su mano, y va empequeñeciéndose hasta formar un pequeño huevo, después una cabeza de alfiler, delante de nuestros ojos.

—Solía pensar que liberarlo era una deshonra. Que sería como olvidarlo, supongo —comenta Mark—. Ahora sé que puedo despedirme. —Me pone un cordón amarillo en la palma de la mano—. Te toca.

Damien. Últimamente cada vez pienso menos en él. Ya no aparece en mis pesadillas. Es la fantasía de un bebé; una ocurrencia tardía; un deseo de que las cosas pudieran haber sido diferentes hace tantos años.

Abro la mano de golpe y lo libero. Él se alza por los aires, en dirección a las nubes, hasta que no es más que una mota en el cielo del atardecer.

Los dos globos siguientes son más fáciles. Recuerdo las voces que oía en mi cabeza: Harry y Matilda. Sus chillidos de alborozo, la tenue charla. Sus almas ya son libres. Rezo para mis adentros mientras se alzan sobre nosotros: «Ojalá encontréis una familia que os quiera como yo os quise. Ojalá encontréis un hogar feliz».

El rostro de Ondine aflora en mi pensamiento. Ahora que ha vuelto a casa con su marido y su hijo, ha recuperado su familia feliz. Cuando por fin le hizo efecto la medicación, se libró de la terapia electroconvulsiva. Quedamos para tomar café y ponernos al día con regularidad, en nuestra propia versión del grupo de madres enfermas mentales; nos llamamos «las madres locas».

Mark me pasa el último globo. Se queda flotando en el aire en medio de los dos. Sus ojos, entrecerrados y pugnando por sostener mi mirada, lo dicen todo.

Lo cojo de la mano y lo animo a sujetar el hilo conmigo. Él accede, cabizbajo.

—Por Jeremy —dice.

—Gabriel. —Se me borra la sonrisa. Se me escapa un sollozo—. Su bebé. Aprieto a Toby entre mis brazos y lo abrazo.

—Era nuestro, Sash.

Mark tiene razón. Lo fue, durante un breve instante.

—Sash, mira.

Se me ha escapado el globo y está flotando sobre nosotros, luminiscente al reflejo del sol del atardecer, como si estuviera iluminado por dentro.

Mark pasa el brazo alrededor de mis hombros y se pega a mí. Observamos el globo conforme se eleva en el cielo, hacia las estrellas, hasta que se pierde de vista.

Me coge de la mano y me la aprieta, ni demasiado suave ni demasiado fuerte.

—Vamos, Sash. Es hora de irnos.

—Ve tú delante. Dame un minuto.

Él se va paseando hacia el coche, dejando huellas en el césped. La multitud comienza a dispersarse hasta que Toby y yo nos quedamos solos bajo el cielo azul cada vez más oscuro.

Toby se rebulle contra mí. Contemplo su preciosa cara y recuerdo los momentos en los que me planteaba si sería capaz de quererlo algún día; el momento en el que no sabía si viviría o moriría; la manera en la que nos quedamos prendados el uno del otro en el último instante posible.

Ha refrescado el ambiente. Le tiro hacia abajo del jersey de lana rojo, cuya talla le queda bien por fin, y lo arrebujo bien con la mantita.

Él suspira y frota la nariz contra mí. Al besarlo en la frente, su maraña de pelo rizado me hace cosquillas en la nariz, y le susurro:

—Estoy tan contenta de que nos encontráramos el uno al otro.

Después, acurrucándolo contra mí, le musito palabras de adoración al oído. Él mueve la cabeza, casi risueño, me aprieta el dedo con fuerza. Le sonrío y, de manera prácticamente inaudible, susurro su nombre.

Toby.

Mi bebé, Toby Gabriel.

Agradecimientos

Mi profundo agradecimiento a todos aquellos que me han brindado su apoyo y ánimo a lo largo de los años. No podría haberlo hecho sin vosotros.

A mis cultivados profesores: la señora Mason, George Papaellinas, Antoni Jach, Mark Dickenson de The Story Suite, y al personal del Curso de Escritura y Edición del Royal Melbourne Institute of Technology, especialmente a Ania Walwicz, Michelle Aung Thin, Olga Lorenzo y Penny Johnson, gracias por enseñarme lo que necesitaba aprender.

A mis sabios mentores y seguidores: Inga Simpson, Toni Jordan, Kate Torney, Alison Arnold y Elizabeth Whitby, gracias por apretarme las clavijas para llegar más lejos de lo que me creía capaz.

A mis queridos amigos, colegas de la literatura y lectores: Rosalind McDougall, Yolanda Sztarr, Jennifer Coller, Kali Napier, Mark Brandi, Imbi Neeme, Bella Anderson, gracias de todo corazón por vuestros oportunos comentarios y asesoramiento. A mi fiel grupo de escritura: Jennifer Porter, Margaret Kett, Caitlin Ziegler, Jasmine Mahon, gracias por vuestro inestimable apoyo y vuestros comentarios, increíblemente perspicaces. A mis documentalistas: Kate Irving, Amanda Furber, Evan Symons, gracias por detectar las cosas importantes. A los Tifaneers, gracias por vuestro apoyo. Y a Kym Riley, mi enorme agradecimiento por tu fe en mí, por tus valiosas sugerencias y por escuchar mis tormentas de ideas a lo largo de tantos años.

A Varuna, a The Writers' House y a Queensland Writers Centre, mil gracias por vuestra fe en mí.

A Grace Heifetz, con quien estoy en deuda. Muchas gracias por darme el tiempo y el espacio que tanto necesitaba para llevar a cabo este trabajo, y por tu infinita paciencia y apoyo. A Kimberley Atkins, gracias por apostar y entusiasmarte por mi trabajo. Y a Tom Langshaw y Rebecca Starford, gracias por ayudarme a cruzar la línea de meta.

Papá, mamá, gracias. Annie, gracias. Por último, Milly y Sebastian, gracias. Os estoy muy agradecida a todos.